# Les Manuscrits
## de la mer Morte

# Les Manuscrits
## de la mer Morte

**Farah Mébarki et Émile Puech**

Avec la collaboration de
George J. Brooke
Magen Broshi
Florentino García Martínez
Annette Steudel
Eugene Ulrich

Éditions du Rouergue

# Sommaire

# Préface

Le projet de ce livre remonte à une bonne quinzaine d'années. C'était après un voyage en Terre Sainte que Danielle Dastugue, fondatrice des Éditions du Rouergue, avait organisé pour les libraires et les éditeurs de littérature religieuse, au cours duquel elle redécouvrit la beauté du site en même temps que l'importance des trouvailles dont tout le monde parlait si abondamment et si confusément à la fois.

Elle dénichait alors à l'École biblique et archéologique française de Jérusalem un compatriote aveyronnais, chercheur au Centre national de la recherche scientifique et éditeur de ces fameux manuscrits réduits le plus souvent à des broutilles de fragments à l'édition desquels l'avait associé, dans les années soixante-dix, l'abbé Jean Starcky. Ce dernier était un des membres de la première équipe internationale et interconfessionnelle de l'édition des manuscrits de la grotte 4 de Qumrân, à l'origine sous la direction du R. P. Roland de Vaux, O. P., le fouilleur des grottes et du site et le directeur de ladite École. Au cours de cette visite, je lui montrai les photographies à l'infrarouge des documents qui occupaient le plus clair de mon temps et de mon énergie.

Les premiers résultats de mes recherches sur ce lot étaient encourageants et prometteurs, non de révélations sensationnelles, pour reprendre le langage médiatique, mais d'un renouvellement des connaissances dans nombre de sujets. Étaient concernés non seulement le mouvement essénien lui-même avec ses institutions et ses espérances mais aussi l'histoire en général à une époque clé des civilisations au tournant de notre ère et au berceau même du christianisme.

Bref, le contact était pris et les Éditions du Rouergue nourrissaient dès lors le projet d'un livre grand public où seraient exposés l'histoire de la découverte et les résultats importants des travaux menés par l'équipe des éditeurs des manuscrits. En effet, depuis la publication en 1957 de l'important livret par un maître en la matière, Józef T. Milik, *Dix ans de découvertes dans le désert de Juda*, vite épuisé, le lecteur profane francophone pouvait se sentir quelque peu frustré. Régnait alors un discours cacophonique qui accusait les éditeurs de lenteur dans la publication et allait jusqu'à invoquer une mainmise du Vatican sur certains manuscrits et l'interdiction de leur publication parce qu'ils mettraient en cause la foi chrétienne et l'historicité de Jésus. La suspicion et la surenchère, attisées par la loi du marché, venaient de tous côtés. Un titre provocateur se vend toujours! Ainsi allait l'information sur le travail de l'équipe de publication.

En 1988, l'abbé Jean Starcky nous quittait, me confiant l'entière responsabilité du travail d'édition de son lot. Les années ont passé, consacrées à l'étude de ces milliers de fragments manuscrits en vue de l'édition officielle si attendue dans la prestigieuse série *Discoveries in the Judaean Desert*, publiée par la non moins prestigieuse *Clarendon Press* à Oxford (Angleterre). C'est ainsi qu'ont paru dans deux volumes grand format tous les fragments hébreux et une bonne partie des manuscrits araméens du « lot Starcky », en plus de la collaboration à la publication de manuscrits araméens et hébreux parus dans d'autres volumes. C'est un travail de longue haleine étant donné que tous les fragments qui me sont départis étaient supposés appartenir à des œuvres littéraires inconnues. Après d'austères et patientes recherches cela reste toujours vrai, même si au passage l'un ou l'autre petit fragment de ce lot a pu être identifié à des livres bibliques comme la Genèse ou les Psaumes, apportant ainsi un complément d'information aux travaux de mes collègues.

On peut ainsi se rendre compte de l'une des difficultés auxquelles est confronté l'épigraphiste éditeur de ces textes : trier, identifier et répertorier le moindre détail matériel susceptible d'aider à un classement en vue d'opérer peut-être un joint direct avec un autre fragment ; déchiffrer les plus petites traces d'encre à l'aide d'une binoculaire ou d'un microscope afin de récupérer le maximum de texte sur des morceaux le plus souvent réduits à la dimension d'un timbre-poste pour en saisir au mieux la langue et le contenu et retrouver, si possible, un raccord à distance par une restauration de texte, telle une réécriture ou recomposition des colonnes des manuscrits. Alors peut commencer le travail de traduction et de commentaire, en quête d'identification d'une œuvre ou, à défaut, d'un genre littéraire, etc. En effet, il est très rare que les manuscrits, retrouvés à même la terre parmi les éboulements sur le sol de la grotte 4, aient conservé le début du rouleau. C'eût été trop facile pour les déchiffreurs du XXe siècle ! Toutefois, dans le lot légué par Starcky, trois rouleaux, dont deux copies d'une même composition, avaient conservé leur titre.

Alors que le dernier volume des manuscrits araméens du « lot Starcky » est toujours en préparation, les Éditions du Rouergue ont souhaité mettre en route le projet. Il ne m'était plus possible de retarder davantage cette contribution due à Danielle Dastugue, alors que la grande majorité des manuscrits de la mer Morte était enfin publiée et que pouvait être entrevue la fin proche de ma propre contribution à l'édition des manuscrits de la grotte 4. Mais pour ne pas trop ralentir cette dernière, nous avons fait appel à de l'aide et ce livre a ainsi bénéficié de la plume habile d'une experte en communication scientifique en la personne de Madame Farah Mébarki. Cette dernière avait déjà participé à la saisie du premier volume des manuscrits araméens du « lot Starcky » et avait ainsi pu goûter aux délices des découvertes. Sa collaboration à ce livre a été des plus précieuses à plus d'un titre et sa propre contribution paraît en particulier dans la présentation du monde gréco-romain et dans la conclusion.

Le travail fait en collaboration a été une expérience des plus enrichissantes pour tous. Mais pour ne pas imposer un seul point de vue après une bonne cinquantaine d'années d'approche de ces « nouveaux » textes et de l'histoire des ruines, il a paru judicieux de faire également appel à des collaborateurs d'horizons divers, par ailleurs experts universellement reconnus dans ces matières : George J. Brooke, Magen Broshi, Florentino García Martínez, Eugene

Ulrich et Annette Steudel. Ainsi le lecteur pourra plus justement apprécier le cadre et les opinions présentés et défendus par l'auteur de ces lignes, fruits de ses longues et patientes recherches ainsi que de celles de ses collègues et amis.

Ce livre n'a en aucune manière la prétention d'offrir une synthèse exhaustive sur la découverte et les manuscrits, bien des travaux pointus restent encore à faire. Il aura atteint son but si le lecteur y découvre l'histoire de Qumrân et le sens de l'exil volontaire au désert d'un groupe d'hommes religieux dans la rencontre avec des acteurs de la recherche qui rend ce site si vivant aujourd'hui. L'organisation du livre vise à faire participer le lecteur à l'extraordinaire aventure qu'a été la découverte, au XXᵉ siècle, des manuscrits de la mer Morte. Les quelques renvois à des numéros de manuscrits ne doivent pas effrayer, ils veulent seulement aider le lecteur intéressé à s'y retrouver plus facilement et l'inviter, s'il le désire, à aller voir par lui-même et à poursuivre la lecture des textes. Un cadre historique général a été fourni pour situer dans l'espace et dans le temps ce groupe de juifs pieux qui ont eu l'insigne mérite de recopier patiemment quantité de rouleaux reçus des générations précédentes et de composer des œuvres littéraires d'une haute tenue.

Nul doute que ces textes parvenus jusqu'à nous, le plus souvent en si mauvais état, ont quelque chose à nous dire. Tel était le but de leurs auteurs : « transmettre l'héritage des pères de génération en génération ». Puissent-ils être entendus encore aujourd'hui !

ÉMILE PUECH,
Jérusalem, le 22 août 2002.

1. Les grottes 4 et 5, creusées de main d'homme dans la terrasse marneuse qui supporte *Khirbet* Qumrân.

# La découverte des manuscrits et la recherche

Au fil des publications et des programmes divers consacrés au sujet, l'histoire du « réveil » au monde des manuscrits aujourd'hui connus comme les rouleaux de la mer Morte est presque devenue une page d'anthologie. Pourtant, lorsqu'on se penche sur les différentes versions du récit, il apparaît vite qu'elles ne se recoupent pas parfaitement. Toutes rassemblent sans doute nombre de vérités, mais elles en taisent aussi ou en créent dans le souci d'enjoliver. Peut-être faut-il expliquer ce flou par la nature de ces manuscrits et le contexte de leur mise au jour au XX$^{e}$ siècle. En effet, il ne s'agit pas de poèmes médiévaux retrouvés dans la quiétude d'une campagne

2. Par temps clair, les reliefs de la Jordanie (Moab) se dessinent au-delà de la mer Morte face au site de Qumrân.

française, mais bien de textes religieux ayant dormi dix-neuf siècles en « Terre sainte » ; de textes constituant une documentation inestimable sur la Bible hébraïque, le judaïsme ancien dans sa diversité, les courants de pensée d'une époque effervescente où le christianisme prend racine ; de textes mis au jour dans une Palestine incertaine et bouillonnante, alors que le mandat britannique sur le territoire touche à sa fin, que l'assemblée générale des Nations unies envisage une partition du pays en deux États, arabe et juif, que le projet mécontente les deux populations concernées, les Juifs fourbissant les armes de leur indépendance tandis que les Arabes s'apprêtent à la résistance. Trop de passions étaient en jeu pour que l'histoire authentique se laissât raconter nue. Lorsque foi, pouvoir et argent se mêlent en écheveau, qui peut avoir la prétention d'être un conteur omniscient ?

L'aventure moderne des manuscrits commence en 1947, avec pour premiers acteurs des bédouins de la tribu des Taᶜâmireh. Ces semi-nomades ont pour territoire le désert de Judée à travers lequel ils font paître leurs troupeaux de chèvres et de moutons, les menant notamment vers la côte nord-occidentale de la mer Morte *(photos 2 et 4)* à la saison des pluies, en hiver. Là, une falaise de calcaire rougeâtre *(photo 3)* domine, à 350 mètres, le lac Asphaltite et borne, à l'est, le plateau désertique. De nombreuses grottes naturelles en trouent la paroi. À son pied, une terrasse de marnes, héritée du temps où les eaux baignaient abondamment le fond de la fosse jordanienne, descend vers la mer. Si ce sol marneux est marqué par la stérilité en raison de la concentration des dépôts salins, il se couvre, au printemps, d'une végétation chétive qu'ovins et caprins aiment à brouter. Le voisinage ne manque

**3.** La falaise calcaire.

**4.** Posé sur la terrasse de marnes bordée, à droite, par le *wâdî* Qumrân, le site de Qumrân en cours de fouille.

pas de points d'eau : la « ruine de Qumrân », *Khirbet* Qumrân en arabe, vestiges hérissant la terrasse marneuse, donne son nom à un torrent saisonnier voisin, le *wâdî* Qumrân, qui se jette dans la mer. Un peu plus au sud, la source saumâtre de ᶜAïn Feshkha sait étancher la soif, des hommes comme des bêtes.

La découverte des premiers manuscrits revient à ces Taᶜâmireh et en particulier à l'un d'eux, Mohammad edh-Dhi'b, « Mohammad le Loup » en arabe. Certains ont traduit par « Mohammad le Chacal », songeant sans doute qu'il était plus probable, dans ces régions, de rencontrer de ces petits carnivores que de vrais loups, quoique des loups aient été vus récemment à Qumrân même. Cependant Józef Tadeusz Milik préfère, dans un volume anniversaire publié pour les dix ans de la découverte, le loup au chacal, et il faut le suivre dans sa traduction, qui respecte l'arabe.

Cette parenthèse de linguiste introduit le premier des nombreux détails par lesquels les auteurs différencient leur compte rendu. La plupart de ces derniers présentent l'épisode de la découverte d'une manière fort pastorale. Mohammad le Loup, pâtre de son état, recherche une chèvre (ou un chevreau) égarée tandis que le troupeau paît dans les environs du *Khirbet* Qumrân. Il court à flanc de falaise, en vain. Fatigué par la course, il s'assied à l'ombre d'un rocher et remarque un trou en face de lui : l'entrée d'une grotte. Les uns ont écrit qu'il y lança une pierre pour jouer, d'autres qu'il voulait savoir si la chèvre n'y avait pas cherché refuge. Le berger tendit l'oreille et c'est un bruit de pot cassé qui lui fut renvoyé. Les uns ont écrit que Mohammad, apeuré, prit ses jambes à son cou mais revint le lendemain escorté d'un cousin, Ahmad Mohammad, les autres qu'il se glissa de suite dans la grotte. La version Mohammad escorté du cousin est celle des auteurs sérieux qui connaissent les lieux : il faut, pour atteindre le trou en hauteur, une corde et au moins deux personnes. Dans la caverne exiguë se trouvaient huit jarres complètes à couvercle (et les restes d'au moins une cinquantaine de jarres et autant de couvercles, *photo 5*) dont une seule contenait trois rouleaux de cuir couverts de signes étranges.

5. Jarre à manuscrit restaurée de la grotte 1 avec son couvercle et des tissus de lin ayant enveloppé des manuscrits.

La tentation est grande de considérer le récit pastoral de la trouvaille insolite comme une légende dans le style du romantisme. Ce n'est pas l'accuser d'être faux, si l'on considère que toute légende se tisse autour du vrai. Mais il est tellement enchanteur qu'on en vient à le considérer avec suspicion. D'ailleurs, le fait que beaucoup d'auteurs situent l'événement pendant l'été 1947 (certains précisent même le mois d'août) invite à s'interroger. Les chèvres auraient-elles trouvé de quoi s'alimenter en pareille saison (ou au plus fort de l'été) sur un plateau stérile dont le maigre couvert végétal est déjà grillé par le soleil ? La théorie pastorale qui privilégie, elle, le printemps 1947 pour cadre de la découverte est plus logique : au printemps, les troupeaux peuvent trouver leur pitance. Les auteurs sérieux qui ont interrogé les bédouins placent ainsi la découverte au printemps. Pour qui a lu *Les Lettres de mon moulin* d'Alphonse Daudet, le récit d'une petite chèvre perdue dans la montagne a des allures de conte. Cela a poussé certains auteurs à suggérer que l'histoire de la chèvre racontée par les bédouins pouvait en vérité couvrir le fait qu'ils cherchaient une cachette pour quelque marchandise de contrebande. L'hypothèse, non prouvée, ne faisant finalement que romancer l'affaire, mieux vaut s'en tenir éloigné. Après tout, un berger arabe qui recherche sa chèvre égarée dans les rochers n'a rien d'incongru dans la Palestine du milieu du xx$^{e}$ siècle !

Intrigués par leur trouvaille et ne sachant qu'en faire sinon peut-être recycler le cuir en semelles de sandales, les bédouins vidèrent la grotte et emportèrent trois rouleaux, un grand et deux plus petits, dans leurs pérégrinations de pasteurs à travers le désert de Judée jusqu'au campement. À Bethléem, aux portes du désert, ils pensèrent tirer profit de leur butin. La ville était une place marchande et ne manquait pas d'antiquaires. Les Ta$^{c}$âmireh se présentèrent chez Khalîl Iskandar Sahîn dit « Kando », cordonnier amateur d'antiquités, qui acheta les rouleaux, pour cinq dollars, dit-on. Pensant que ces textes anciens n'étaient pas sans valeur, il chercha à en percer le mystère. Hélas, personne à Bethléem ne put déchiffrer l'écriture. Chrétien de l'église syrienne, l'antiquaire-cordonnier pensa que ce pouvait être du syriaque et alla trouver son curé, songeant que, si tel était le cas, le métropolite Athanase Josué Samuel du couvent Saint-Marc de Jérusalem (Vieille Ville) saurait déchiffrer. Pendant ce temps, la grotte était revisitée et inspectée minutieusement par les bédouins qui en retirèrent quatre autres rouleaux en piètre condition et quelques poignées de fragments.

Il semble que le Bethléémite ne se soit point contenté de consulter l'archevêque Mar Samuel, mais ait également pris contact avec des antiquaires de la Vieille Ville. En effet, Eléazar L. Sukenik, professeur d'archéologie à l'université hébraïque de Jérusalem, reçut, le 23 novembre 1947, un appel téléphonique d'un ami arménien, marchand d'antiquités dans la Vieille Ville, au sujet d'une affaire délicate et nécessitant une entrevue urgente. La rencontre eut lieu le 25 novembre à la porte de Jaffa, par-dessus les barbelés qui compartimentaient la ville peuplée de Juifs et d'Arabes : l'obtention du laissez-passer nécessaire pour traverser le barrage militaire permettant l'accès d'une zone à l'autre aurait pris trop de temps. L'Arménien raconta ainsi la visite d'un marchand de Bethléem venu lui apporter des fragments de cuir dont il souhaitait estimer la valeur. Ils provenaient, avait-il dit, de rouleaux trouvés dans une grotte près de la mer Morte non loin de Jéricho. L'antiquaire arménien avait aussitôt voulu soumettre les documents à l'expertise de son ami juif qui pourrait éventuellement s'en porter acquéreur au nom du musée des Antiquités juives de l'université hébraïque. Il avait apporté avec lui un de ces morceaux de parchemin qu'il montra au travers des fils barbelés au professeur Sukenik. Ce dernier leur trouva beaucoup de familiarité avec les inscriptions hébraïques funéraires gravées sur pierre du Ier siècle ap. J.-C. Cependant le risque de contrefaçon existait selon lui bel et bien puisqu'il n'avait à ce jour encore jamais vu de l'hébreu écrit à l'encre sur du cuir. C'est pourquoi il demanda à voir et examiner d'autres pièces.

Le 27 novembre, l'Arménien lui retéléphona pour l'informer qu'il avait pu obtenir d'autres fragments qui l'attendaient pour étude dans sa boutique. Le professeur s'étant, dans l'intervalle, procuré un laissez-passer, se hâta le jour même chez son ami, se convainquit de l'authenticité des fragments et se déclara disposé à rencontrer le marchand arabe à Bethléem afin d'acheter le rouleau complet dont ils étaient issus. Il aurait souhaité se rendre dès le lendemain à Bethléem, malgré les risques encourus : la tension était extrême chez les populations arabes sur le pied de guerre et craignant à tout moment l'annonce du partage du pays par les Nations unies. Or, il fallait prendre un bus arabe pour rejoindre Bethléem… Sukenik hésita et finit par oser l'aventure le 29 novembre au petit matin en compagnie de son ami arménien. L'antiquaire arabe Kando leur montra trois rouleaux, des tas de fragments et deux jarres. Ce nouvel examen conforta l'universitaire dans sa certitude qu'il ne s'agissait pas d'imitations. Il sollicita toutefois d'emporter les manuscrits pour une étude complète et approfondie avant d'en faire l'acquisition. Avec l'accord du marchand, il repartit vers Jérusalem, serrant trois rouleaux et des fragments dans du papier journal et se mit sans attendre au travail, une fois de retour chez lui. Le même jour, la radio annonçait l'adoption de la résolution de partition de la Palestine pour la création d'un État juif.

Le lendemain, Sukenik informa l'ami arménien par téléphone qu'il achetait le tout. Les trois manuscrits acquis se composaient d'un rouleau fragmentaire d'Isaïe, d'une *Règle de la Guerre* (nommée *Guerre des Fils de Lumière contre les Fils de Ténèbres* par l'acquéreur) et d'un recueil d'*Hymnes* (dont était issu le morceau qui lui avait été montré par-delà les barbelés par l'antiquaire arménien).

Pour qui tente de collationner les divers récits de cette première « dispersion » des manuscrits, il est quasiment impossible de faire coïncider les événements relatés : des auteurs chrétiens mettent l'accent sur le métropolite Samuel, passant presque sous silence le nom d'Eléazar Sukenik ; quant aux écrits signés par des auteurs juifs, ils mettent en gloire la figure de ce dernier en reléguant le reste à l'arrière-plan. Ces partis pris relèvent du même esprit : tirer l'histoire à son avantage, une tendance qui s'explique par les enjeux politiques. Il est certain qu'Eléazar Sukenik fut le premier à reconnaître l'ancienneté des rouleaux. Il est certain aussi que bédouins et antiquaires ont pris contact avec plus d'une institution scientifique ou religieuse de Jérusalem, à des fins simplement mercantiles.

Mar Samuel fit ainsi l'acquisition de quatre manuscrits : un grand rouleau complet donnant le texte biblique d'Isaïe (1QIs[a], *photo 6*), un commentaire (celui d'Habaquq, 1QpHab),

**6.** Rouleau d'Isaïe[a] (colonnes XXXII-XXXIII).

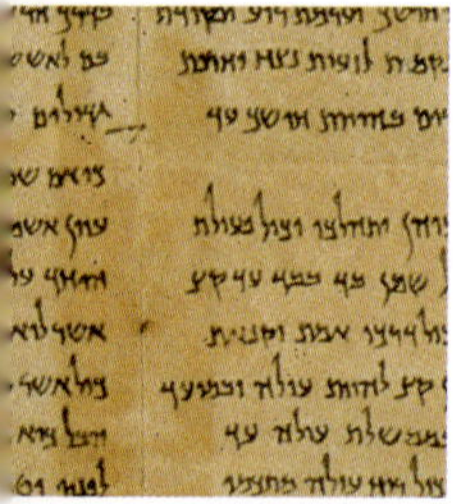

**7.** *Règle de la Communauté* (1QS IV-V, *détail*).

un manuel de discipline (la *Règle de la Communauté*, 1QS, *photo 7*) et un *Apocryphe de la Genèse* (1QApGn). Deux amis du professeur Sukenik virent les manuscrits chez Samuel Athanase en décembre 1947. À la fin de janvier 1948, Mar Samuel envoyait un émissaire syrien auprès de l'universitaire avec trois rouleaux, dont 1QS et 1QIs[a], pour en estimer l'authenticité et la valeur. La rencontre eut lieu au YMCA (*Young Men's Christian Association*) de Jérusalem, centre sportif et culturel américain. Sukenik les eut à sa disposition pour étude jusqu'au 6 février et présenta une offre d'achat qui fut déclinée avec excuses et une courbette, le Syrien remportant les documents prêtés. Ces derniers, ainsi que le quatrième rouleau non prêté à Sukenik, furent confiés le 18 février à l'ASOR (*American School of Oriental Research*, école américaine d'études orientales) à Jérusalem et soumis à l'expertise de John C. Trever et William H. Brownlee qui furent autorisés à les photographier. C'est ainsi qu'ils partirent aux États-Unis.

Le 14 mai 1948, David Ben Gourion proclama la création de l'État d'Israël. Le lendemain, les armées d'Égypte, de Syrie et de (Trans)Jordanie, soutenues par des contingents libanais et irakiens, se lancèrent à l'assaut d'Israël. Le 16, Mar Samuel perdit son intermédiaire avec les receleurs de manuscrits, tué au monastère Saint-Marc. Il n'attendit pas un mois de plus pour fuir la guerre en direction des États-Unis où l'accompagnèrent ses rouleaux. Il espérait, par ailleurs, y faire fortune en rencontrant les meilleurs acheteurs, mais il se trompa. Ce n'est que six ans plus tard qu'il parvint à se défaire des documents, non point contre les millions escomptés, mais contre 250 000 dollars pour le tout. Il avait anonymement passé une annonce à New York dans le *Wall Street Journal* du 1er juin 1954 *(photo 8)*, à laquelle le fils d'Eléazar Sukenik (décédé un an plus tôt), Yigael Yadin, avait répondu via un intermédiaire afin de ne pas laisser soupçonner le lien de l'intéressé avec Israël, ce qui aurait pu nuire à la vente. Yadin avait obtenu la garantie du gouvernement israélien pour l'affaire.

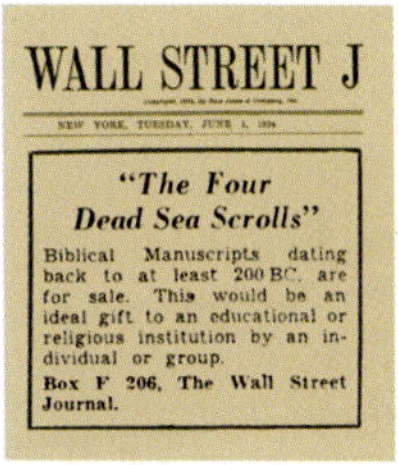
WALL STREET J

"The Four Dead Sea Scrolls"

Biblical Manuscripts dating back to at least 200 B.C. are for sale. This would be an ideal gift to an educational or religious institution by an individual or group.

Box F 206, The Wall Street Journal.

**8.** *Wall street Journal* du 1er juin 1954 : « 4 rouleaux de la mer Morte » à vendre.

La guerre judéo-arabe fut éteinte par une trêve en juillet 1948, ce qui rendit possible une prospection de la région de Qumrân, alors sous le contrôle des forces transjordaniennes qui détenaient Jérusalem Est et un territoire situé à l'ouest du Jourdain (Cisjordanie). À la fin de janvier 1949, la grotte de Mohammad le Loup fut repérée par le capitaine Philippe Lippens de l'ONU, et la légion arabe. Elle fut baptisée plus tard grotte 1 de Qumrân (1Q).

Le département des Antiquités de Jordanie, l'École biblique et archéologique française de Jérusalem – créée en 1890 par le père dominicain Marie-Joseph Lagrange comme École pratique d'études bibliques, puis devenue École archéologique française en 1920 – et le *Palestine Archaeological Museum* (musée archéologique de Palestine, fondé en 1927 à Jérusalem, connu aujourd'hui sous le nom de musée Rockefeller) organisèrent une fouille complète et raisonnée de la caverne entre le 15 février et le 5 mars 1949. Plus tard, épaulés par l'*American School of Oriental Research*, ils y menèrent d'autres prospections. Le directeur du département des Antiquités de Jordanie, Gerald Lankester Harding, et le directeur de l'École biblique, le R. P. Roland de Vaux, dirigeaient la mission. Les nouveaux fragments livrés par la fouille de 1949 furent essentiellement confiés pour étude au dominicain Dominique Barthélemy. Le père de Vaux invita ensuite un savant polonais terminant ses études à Rome, Józef Tadeusz Milik *(photos 9 et 10)*, à venir prêter main-forte à Dominique Barthélemy ; le jeune érudit, déjà l'auteur d'une traduction latine du *Manuel de discipline*, arrive à Jérusalem au début de 1952. Les deux épigraphistes publient en 1955 ces documents, de Vaux les céramiques et Grace M. Crowfoot les étoffes dont les rouleaux étaient enveloppés et que les bédouins avaient arrachées mais abandonnées sur place parce que, moisies, elles empestaient. Ce volume est le premier d'une série vouée

**9.** Jean Starcky et Józef Tadeusz Milik près de l'entrée de la grotte 1.

**10.** Józef Tadeusz Milik (assis) et Jean Starcky devant la grotte 1.

aux découvertes du désert de Judée *(Discoveries in the Judaean Desert)* et publiée par l'éditeur britannique *Oxford University Press*. L'avaient précédé chez d'autres éditeurs deux publications de documents issus de la grotte 1 : en 1950 et 1951, trois des manuscrits alors détenus par Mar Samuel sortaient des presses présentés par les *American Schools of Oriental Research* (le grand rouleau d'Isaïe, le *Commentaire d'Habaquq*, le *Manuel de discipline*) ; Eléazar Sukenik publia en partie les premiers rouleaux acquis par Israël avant de préparer une édition des trois manuscrits achetés par ses soins, qui parut à titre posthume en 1954.

Tandis que se déroule la première campagne de fouilles sur le site du *Khirbet* Qumrân à la fin de 1951 *(photo 11)*, les Ta<sup>c</sup>âmireh approvisionnent de nouveau le marché des antiquités de

**11.** Localisation des ruines, du cimetière et de grottes de la falaise marneuse.

Jérusalem en manuscrits découverts dans des grottes du *wâdî Murabba$^{c}$ât* (au sud de Qumrân, à 25 km de Jérusalem près de la côte de la mer Morte) l'été de la même année. Au début de l'année suivante, les archéologues de l'École biblique, des Antiquités jordaniennes et du *Palestine Archaeological Museum* se hâtent vers les lieux pour sauver ce qui peut l'être pour la science et éviter l'éparpillement via les bédouins et les antiquaires. D'autres textes sont retrouvés, mais, comme ceux des bédouins, ne datent majoritairement que du II$^{e}$ siècle ap. J.-C. à l'exception du plus ancien manuscrit hébreu du pays daté, lui, du VIII$^{e}$ siècle av. J.-C.

En février, tandis que les archéologues ont délaissé Qumrân pour le *wâdî Murabba$^{c}$ât*, les Ta$^{c}$âmireh retournent à Qumrân et repèrent, à peine au sud de la grotte 1, une autre grotte à manuscrits (grotte 2, dite 2Q, *photo 12*). Les archéologues accourent à leur tour et, du 10 au 29 mars, examinent de près la falaise de Qumrân sur 8 km, n'y laissant aucun trou insondé. Plus de quarante trous sont inspectés, ne livrant que de la poterie (quoique semblable à celle du *Khirbet* Qumrân). Une nouvelle grotte à manuscrits est découverte (grotte 3 ou 3Q). Elle abritait des parchemins et deux feuilles de cuivre roulées gravées de caractères hébraïques carrés. Or, en juillet, les Ta$^{c}$âmireh inondent encore le marché de Jérusalem de plusieurs documents – papyri nabatéens, fragments du texte des *Douze Petits Prophètes* en grec, fragments bibliques, textes araméens. Ils proviennent de grottes dont la localisation reste floue. Les institutions scientifiques de Jérusalem gardent l'œil sur les souqs, toujours prêtes à acheter les

**12.** Grotte 2.

documents qui y apparaissent afin de les sauver de la dispersion, de les étudier et de faire progresser le savoir sur les époques anciennes concernées.

En juillet, au *Khirbet* Mird, à une quinzaine de kilomètres au sud-est de Jérusalem, les bédouins mettent au jour les vestiges d'une bibliothèque monastique : des manuscrits rédigés en grec, en christo-palestinien (dialecte araméen de l'époque byzantine) et en arabe, rassemblés dans une chambre souterraine d'un monastère que les écrits byzantins nomment *Castellion* ou *Marda* (« forteresse »). Le professeur Robert de Langhe fut envoyé sur place par l'université de Louvain (Belgique) pour fouiller le site de février à avril 1953.

Au début de septembre 1952, les Ta$^{c}$âmireh pillent une grotte inédite (grotte 4 ou 4Q, *photo 13*). L'histoire est aussi savoureuse que celle de la grotte 1. Un vieillard de la tribu raconte un souvenir de jeunesse : chassant dans la région de Qumrân, il était sur les traces d'une perdrix blessée qui s'escamota soudain à sa vue et tomba dans une cavité. Il s'engagea à son tour dans le trou où gisaient une lampe à huile de terre cuite et des tessons de poterie. Les jeunes bédouins s'empressèrent vers l'endroit après avoir questionné le vieil homme pour en déterminer le site. Ils retrouvent la grotte, en creusent le sol et voient soudain apparaître des milliers de fragments. Quelques jours plus tard, les bédouins font la tournée des institutions scientifiques de Jérusalem en proposant leur butin. Les archéologues tentent de leur soutirer la localisation de la caverne prolifique,

**13.** Grotte 4 A et B.

mais les bédouins, désireux de préserver leur gagne-pain, donnent de fausses pistes. Cependant, des Ta$^{c}$âmireh jaloux de la bonne fortune des pillards, finissent par confier au père de Vaux l'endroit exact. L'École biblique alerte la police montée de Jéricho qui arrive en plein pillage, mettant en fuite les bédouins. Roland de Vaux et Józef Milik se rendent sur-le-champ à Qumrân (le 22 septembre).

La grotte, accessible par un boyau, est saturée de poussière et de boue séchée qui enrobe... des rouleaux. D'une de ces mottes de terre, Józef Milik tire des fragments d'un manuscrit qu'il reconnaît immédiatement : c'est le *Livre d'Hénoch* ! Des centaines de fragments sont recueillis en une semaine par les gens de l'École, du musée et des Antiquités de Jordanie. Quant aux documents extraits par les bédouins, ils sont acquis, de façon dispersée, après des négociations qui s'étirent jusqu'à l'été 1956, par le gouvernement jordanien, les universités McGill de Montréal (Canada), de Manchester (Grande-Bretagne), de Heidelberg (Allemagne), le *McCormick Theological Seminary* de Chicago (États-Unis), la bibliothèque Vaticane, l'École biblique et archéologique française (Jérusalem), puis sont reversés au musée archéologique de Palestine à Jérusalem. Quelques pièces, achetées par des particuliers, échappèrent au rassemblement de la collection à Jérusalem.

Les archéologues passent au peigne fin les alentours de la grotte 4 et sont récompensés, en décembre 1952, par une nouvelle grotte à manuscrits (grotte 5 ou 5Q, *photo 1*). Du dépôt accumulé sur le sol sortent les restes, gâtés par l'humidité, d'une douzaine de rouleaux. Ces fragments de peau se dessèchent vite à l'air libre. Milik essaie de les protéger en les enroulant dans du papier toilette et en les plaçant dans des boîtes plates normalement destinées à protéger des films photographiques.

Ces deux grottes, plus proches des ruines de Qumrân que les précédentes, avaient été creusées de main d'homme dans la terrasse marneuse.

Pendant le mois de septembre 1952, les Taᶜâmireh proposent encore aux savants des morceaux de cuir ramenés d'une autre grotte naturelle (grotte 6 ou 6Q) située au pied de la falaise calcaire. Le musée archéologique de Palestine les acquiert le 13 septembre.

Les archéologues consacrent par la suite leurs travaux de terrain à la fouille des ruines de Qumrân uniquement, jusqu'au printemps 1955 lorsqu'ils mènent leur quatrième campagne et qu'ils identifient quatre grottes encore inconnues très éboulées (grottes 7, 8, 9 et 10 : 7Q, 8Q, 9Q, 10Q) dans la terrasse de marnes. Elles recelaient peu de fragments manuscrits, des lanières de cuir et quelques tessons inscrits *(ostraca)*.

Au début de 1956, les infatigables et avides bédouins tirent d'une onzième grotte (grotte 11 ou 11Q) un nombre important de manuscrits. La grotte est fouillée par de Vaux qui en retire des fragments de rouleaux *(photo 14)*.

**14.** Fouilles.

Dès la découverte de la très riche grotte 4, une équipe internationale et interconfessionnelle de savants fut rassemblée afin d'étudier les trésors soutirés à l'ombre sans âge des cavernes : Jean Starcky (Centre National de la Recherche Scientifique, Paris), Józef Tadeusz Milik (CNRS, Paris), Frank M. Cross (*McCormick Theological Seminary*, Chicago), Patrick W. Skehan (université catholique de Washington), John M. Allegro (université de Manchester), John Strugnell (*Jesus College*, Oxford), Claus H. Hunzinger (université de Göttingen). Les épigraphistes français sont détachés pour leurs travaux à l'École biblique et archéologique française de Jérusalem. Les manuscrits achetés par le Vatican sont confiés à l'École biblique, ce qui ancre plus encore l'institution dominicaine dans la recherche qumranienne. Maurice Baillet, boursier de l'Académie des Inscriptions et Belles-Lettres arrivé à l'École en 1952, rejoint l'équipe des Français pour l'étude des fragments des « petites grottes » de Qumrân avec Józef Milik, puis pour un lot de fragments de la grotte 4 que lui confiera Starcky.

En 1960, Yigael Yadin achète à un Américain souhaitant l'anonymat un fragment de manuscrit de Qumrân qui s'avère appartenir au rouleau biblique des Psaumes. En juin 1967, il tire avantage de la guerre des Six Jours à l'issue de laquelle Israël prend l'ascendant sur les forces jordaniennes de Jérusalem Est (partant, du *Palestine Archaeological Museum*) et de la Cisjordanie, les repoussant à l'est du Jourdain : il obtient du gouvernement la permission de rechercher le receleur arabe qui avait fourni à l'Américain le morceau acquis six ans plus tôt, ce dernier lui ayant fait miroiter à l'époque la disponibilité d'un grand rouleau dont le marchand rechignait à se défaire. Le lieutenant-colonel Goren, des services secrets israéliens, fut mis à la disposition de Yadin. Le 8 juin, le marchand était retrouvé et remettait à l'officier une boîte de chaussures Bata et une boîte à cigares. La première contenait le rouleau dit « du Temple » *(photos 15 et 16)* et la deuxième des fragments détachés. À la suite de la nouvelle situation territoriale, certains savants qui étudiaient les rouleaux de la mer Morte, mais travaillaient

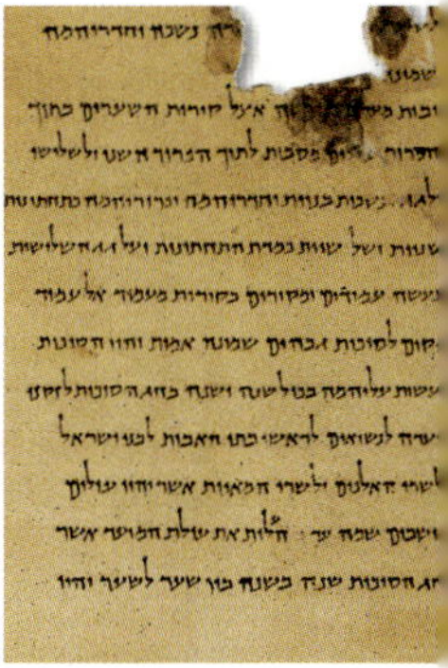

**15.** *Rouleau du Temple (détail).*

**16.** Jarre de la grotte 11 ayant contenu le *Rouleau du Temple.*

aussi en Jordanie, se trouvaient désormais empêchés de poursuivre leur étude car séparés de Jérusalem par une « frontière » *de facto* ou trop engagés en terre arabe à Beyrouth, Palmyre ou Pétra.

En 1971, Émile Puech arrive à l'École biblique comme boursier de l'Académie des Inscriptions et Belles-Lettres. Il est remarqué par Maurice Baillet qui le recommande auprès de Jean Starcky, lequel recherchait un assistant pour publier le reste des manuscrits de son lot. Il se met à la tâche dès 1973.

En 1979, un bibliste américain de l'université de Notre-Dame (Indiana), Eugene Ulrich, prenait la relève de Patrick W. Skehan. En 1990, Émile Puech est élu éditeur en chef des manuscrits de Qumrân par ses collègues. Il s'adjoint alors son ami Eugene Ulrich. Le directeur des Antiquités d'Israël et ses assistants nommaient, de leur côté, Emanuel Tov (université hébraïque de Jérusalem). Ces savants sont les héritiers de la première équipe internationale *(photo 17)* mise en place dans les années cinquante.

**17.** L'équipe internationale au travail devant quelques sous-verres de la salle des manuscrits du musée archéologique de Palestine Rockefeller : *(de gauche à droite)* John Strugnell, Frank Cross, Józef Tadeusz Milik, John Allegro *(penché)*, Jean Starcky et Patrick Skehan.

**1.** Le Haram al-Sharîf (« Noble Sanctuaire » de l'islam à Jérusalem) ceint de ses murs la mosquée al-Aqsa au dôme gris *(à gauche)*, le dôme du Rocher *(au centre)* et des jardins. Il occupe l'emplacement du Temple juif d'Hérode (le troisième après celui de Salomon et une reconstruction du VIe siècle av. J.-C.) détruit par les Romains en 70 ap. J.-C.

# CHAPITRE II

# Au temps des Esséniens de Qumrân

Une majorité de savants estiment que la première installation essénienne à Sokoka (nom ancien de l'actuel Qumrân) s'organisa vers 152 av. J.-C., au moment où le grand prêtre du Temple de Jérusalem, en exercice depuis 159 av. J.-C., fut dépouillé de sa charge lorsque Alexandre Balas offrit le « grand pontificat » à Jonathan Maccabée. Ce dernier appartenait à une classe sacerdotale de la lignée d'Aaron, alors que la tradition religieuse dictait l'investiture d'un prêtre issu de la lignée de Sadoq. C'était un pouvoir civil – l'occupant séleucide – qui remettait l'étole et la pourpre à Jonathan, le plaçant ainsi hors la loi religieuse et faisant de lui un usurpateur aux yeux des juifs pieux. L'évincé, au contraire, descendait de la branche légitime de Sadoq. Bien que Flavius

Josèphe écrivît que la charge de grand prêtre resta vacante de la mort d'Alcime, en 159 av. J.-C. – ou après celle du grand prêtre Judas Maccabée ayant « régné » trois ans après Alcime, le texte de l'historien s'avérant contradictoire –, jusqu'en 152 av. J.-C., on peut mettre en doute une si longue vacance, dont le premier livre des Maccabées ne dit d'ailleurs rien. L'hypothèse la plus solide avancée par les spécialistes refuse la vacance du pontificat qui aurait alors été assuré par un prêtre déposé en 152 av. J.-C., le Maître de Justice, fondateur de la communauté de Qumrân, dont parlent les manuscrits.

Le *terminus a quo* (« limite à partir de laquelle », en latin) de cette première période essénienne, déterminé par les historiens et épigraphistes à partir des données historiques connues et des allusions offertes par les manuscrits, correspond avec la borne suggérée par l'archéologie des ruines grâce, en particulier, aux monnaies (séleucides et asmonéennes, *circa* 130 av. J.-C.). Le départ du Maître en exil à Sokoka transparaît, entre autres, dans une colonne du *Rouleau des Hymnes* (1QH XII 9-10) : « ils n'ont pas estimé que j'étais l'instrument de ta puissance et ils m'ont chassé de ma patrie comme un oiseau de son nid ; tous mes amis et connaissances ont été chassés d'auprès de moi » (trad. Józef Milik). Des fidèles accompagnèrent à Sokoka le Maître qui y mourut peut-être vers 110 av. J.-C. Au cours de cette période initiale, lors d'une fête de kippour (jour d'« expiation »), le Prêtre Impie (l'usurpateur Maccabée – asmonéen – du pontificat) et ses alliés persécutèrent et assiégèrent le Maître de Justice et les

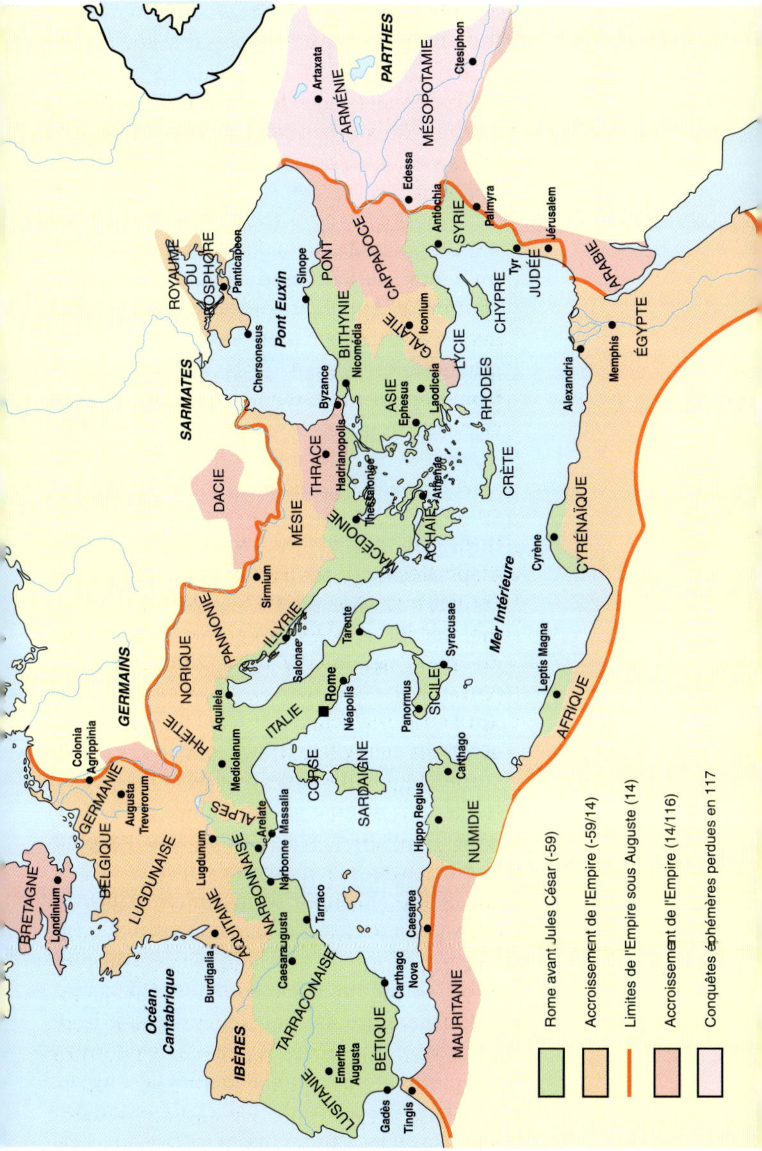


**2.** Carte de l'expansion de l'Empire romain.

siens sans toutefois les atteindre. Un passage du *Commentaire d'Habaquq* renvoie à cette autre persécution. Le *terminus ad quem* (« limite vers laquelle ») de cette première période du *Khirbeh* se situe, d'après les données archéologiques, en 31 av. J.-C. (tremblement de terre).

Peu après, à une date difficile à préciser, des membres de la communauté fondée par le Maître réoccupèrent Sokoka. Cette deuxième et dernière occupation essénienne du site s'acheva en 68 ap. J.-C., lorsque l'armée romaine commandée par Titus Flavius Vespasien, sous le règne de l'empereur Néron, venant rétablir l'ordre en Palestine, agressa l'établissement.

L'histoire essénienne de Sokoka-Qumrân couvre ainsi environ deux siècles, de 152 av. J.-C. à 68 ap. J.-C. Dans cet intervalle, qui étaient leurs contemporains dans le bassin méditerranéen et les régions proches ?

En 149 av. J.-C. éclate, entre la République de Rome et celle de Carthage (près de l'actuelle Tunis) un conflit passé à la postérité sous le nom de troisième guerre punique. Les deux villes puissantes sont rivales, leur hégémonie ne cessant de s'étendre en Méditerranée. La Sicile, en partie sous l'ombre carthaginoise, tente les Romains. Asdrubal, prévoyant, a fortifié Carthage qui a déjà dû guerroyer contre Rome par deux fois. Une guerre s'engage entre Carthage et Masinissa, le roi de Numidie allié des Romains. Ces derniers en profitent pour expédier leurs légions vers Carthage. Ils demandent aux habitants d'évacuer la ville. Leur refus entraîne son siège puis sa totale destruction. La célèbre formule de Caton l'Ancien : *Delenda est Carthago* (« Il faut détruire Carthage. »), est appliquée à la lettre en 146 av. J.-C. par Scipion Émilien. Le royaume de Macédoine, qui était l'allié de Carthage, avait dû se soumettre aux Romains en 148 av. J.-C. Cette guerre punique suscita la conquête de l'Espagne par Scipion Émilien et détermina la création d'un véritable Empire romain en Orient. Avant l'organisation du premier triumvirat romain (magistrature romaine à trois têtes) en 60 av. J.-C., avec Pompée, Crassus et César, Rome régnait déjà sur un espace méditerranéen d'envergure *(carte 2)* : l'Italie, les Gaules cisalpine et narbonnaise, l'Espagne (sauf le pays des Ibères au nord-ouest), la côte illyrienne, la Macédoine, l'Asie Mineure, la Bithynie (sud de la mer Noire ou Pont-Euxin), la Syrie, la côte de Cyrénaïque, la côte africaine autour de Leptis Magna, la Carthagène, la Numidie – arrachée au roi indigène Jugurtha vers 104 av. J.-C., ce que raconte fort bien l'écrivain latin Salluste –, et la plupart des îles (Corse, Sardaigne, Sicile, Crète, Rhodes et les îles grecques, Chypre).

En 59 av. J.-C., César est consul. Il entreprend de conquérir la Gaule transalpine, vaste contrée boisée, limitée par les Alpes, les Pyrénées, l'océan Cantabrique (Atlantique) et le Rhin, où vivent des peuples souvent en guerre : Gaulois – Éduens, Arvernes, etc. –, Ligures, etc. En 52 av. J.-C., une coalition des peuples gaulois contre Rome place Vercingétorix l'Arverne à sa tête. Mais il est vaincu par César qui le fait exécuter après six ans de captivité. En 51 av. J.-C., toute la Gaule est devenue romaine. César, jaloux d'un pouvoir qu'il n'entend guère partager avec ses collègues du consulat, impose sa dictature à la République en 49, 47, 45 et 44 av. J.-C., année où il se fait dictateur à vie. En 48 av. J.-C., à la bataille de Pharsale (en Thessalie, Grèce), il avait vaincu Pompée qui, réfugié en Égypte, y fut tué sur ordre de Ptolémée XIV et disparut de l'échiquier politique romain. Afin de sauver la République, une conspiration s'organise contre César en 44 av. J.-C., à laquelle participent Cassius et Brutus, le propre protégé du dictateur. César est assassiné aux ides de mars (le 15 du mois). La course au pouvoir mine la République que Brutus et Cassius échouent à sauver. En 43 av. J.-C., Antoine, un lieutenant et ami de César, s'allie à Lépide puis à Octave pour instaurer un triumvirat de cinq ans. Antoine et Octave soumettent Brutus et Cassius en 42 av. J.-C. lors de la bataille de Philippes, en Macédoine, aux confins de la Thrace. « Ô vertu ! tu n'es qu'un mot » sont les dernières paroles de Brutus alors qu'il se donne la mort. Les *triumviri* se partagent les territoires romains ; l'Occident échoit à Octave, l'Afrique à Lépide et l'Orient à Antoine. La République romaine a vécu.

En Égypte, la dynastie grecque des Lagides, née avec Ptolémée Sôtêr à la mort d'Alexandre, en 333 av. J.-C., est marquée par des luttes acharnées et sanglantes pour la couronne. Rome, à qui les Ptolémées demandent de les aider à préserver leur souveraineté, accroît son ingérence dans les affaires égyptiennes. La reine Cléopâtre VII, qui règne de 51 à 30, rêve de redonner à l'Égypte un vaste empire. Sa liaison avec César n'a pu l'y conduire. Son aventure sentimentale avec

Antoine n'est pas plus fructueuse pour l'Égypte, même si Antoine lui remet la Phénicie et quelques contrées de Palestine et d'Arabie Pétrée. À la bataille navale d'Actium, au promontoire grec gardant l'entrée sud du golfe d'Arta, le 2 septembre 31 av. J.-C., la victoire revient à Octave et au général Agrippa (le bâtisseur du Panthéon de Rome), à la défaveur d'Antoine et de son alliée. Ces derniers meurent l'année suivante. L'hégémonie romaine n'est plus menacée, l'Égypte est intégrée à l'Empire de Rome. Si le système administratif des Ptolémées est conservé, c'est un gouverneur romain qui dirige la nouvelle province, depuis Alexandrie. Les Égyptiens continuent d'adorer leurs divinités, mais le pays, dont les richesses s'écoulent vers Rome, s'appauvrit et la misère s'y installe. En 19 ap. J.-C., Germanicus, le neveu et fils adoptif de l'empereur romain Tibère (14-37 ap. J.-C.), visite une Égypte en famine et décide de lui ouvrir les greniers à blé réservés à Rome. Sous les empereurs Caligula (37-41 ap. J.-C.) et Claude (41-54), des émeutes bouleversent notamment Alexandrie aux dépens de la communauté juive. Elles sont réprimées par les préfets successifs de la province. À la même période, le christianisme fait son entrée en Égypte avec saint Marc.

Le triumvir Octave, petit-neveu de Jules César, a le champ libre après Actium et s'empare du pouvoir romain. En 27 av. J.-C., il prend le titre d'Auguste et devient le premier empereur de Rome. Il réorganise l'administration provinciale – la Gaule est par exemple divisée en quatre régions, la belgique, la lyonnaise, l'aquitaine et la narbonnaise – et poursuit la politique de conquêtes destinée à accroître et enrichir l'Empire. Des expéditions sont menées en Espagne, Rhétie – une partie de la Suisse actuelle –, Pannonie – limitée au nord par le Danube, au sud par l'Illyrie –, Germanie, Arabie, Arménie, Afrique. Elles s'avèrent généralement heureuses. Ainsi, lorsque Auguste meurt en 14 ap. J.-C., l'Empire s'est étiré largement sur son pourtour, ceignant la presque totalité de la Méditerranée, de l'Espagne à l'Asie Mineure – à l'exception du Pont, de la Cappadoce et de la Lycie –, de la Syrie à la Judée, de l'Égypte à la Numidie, plus une corne littorale à l'ouest de l'actuel Maroc et une enclave autour de la mer de Marmara et du Bosphore.

Sous les successeurs d'Auguste, l'Empire romain s'élargit encore un peu. La Cappadoce est annexée par Rome en 17 ap. J.-C. sous le règne de Tibère, le fils adoptif d'Auguste. La Bretagne – Angleterre et Pays de Galles d'aujourd'hui – est conquise en 43 ap. J.-C. sous l'empereur Claude. L'Arménie, qui a reconnu en 66 av. J.-C. le protectorat romain imposé sur son territoire par Pompée et Lucullus, est convoitée par l'Empire parthe régnant sur la Perse et dont fait partie la Mésopotamie. Elle reste vulnérable et n'acquiert une stabilité relative qu'au travers du compromis romano-parthe de Rhandéia, en 63 ap. J.-C., qui donne la souveraineté sur l'Arménie à un roi parthe toutefois placé sous protectorat romain. Quant au puissant empire des Parthes, les Romains ont toujours espéré le soumettre, mais les efforts d'Antoine et Crassus dans ce sens n'ont pu aboutir – c'est Trajan, plus d'un siècle après, qui soumit les Parthes. En Arabie, le royaume nabatéen, quoique indépendant, accepte la suprématie romaine lorsque Arétas III, dans la première moitié du Ier siècle av. J.-C., commence de payer un impôt (tribut) à Rome.

Ailleurs dans le monde, tandis qu'un groupe d'Esséniens vivait à Qumrân, l'empire dynastique des Han régnait sur la Chine, créait une route de la soie vers le sud (Perse et Moyen-Orient), ses artisans inventaient des vases en céramique au vernis verdâtre imitant le bronze – qui annonçaient les céladons –, des grès cuits à très haute température précurseurs des porcelaines, et des figurines de terre cuite colorée pour accompagner au sépulcre les riches défunts.

En Inde, des ports s'enrichissaient du commerce avec des vaisseaux romains venus de la mer Rouge pour chercher des tissus teints, des perles, des épices. Ce fut le cas, par exemple, du port d'une ville identifiée comme la Poduké des géographes grecs. Le site, Arikamedu, sur la rive droite de la rivière Arankuppam, à quelques kilomètres au sud de Pondichéry (en Inde du Sud, sur la côte orientale dite « de Coromandel », dans l'actuel État du Tamilnâdu), a révélé aux archéologues un quartier industriel aménagé le long de la rivière, avec des ateliers de teinturiers (de grandes cuves à teintures creusées dans le sol) ; il a aussi livré des intailles et de la poterie romaines. L'histoire du site embrasse un siècle et demi, du Ier siècle av. J.-C. (village de pêcheurs relevant de la culture mégalithique du Deccan) jusque vers la moitié du Ier siècle ap. J.-C. (aménagement d'un port sur la rivière au début du Ier siècle ap. J.-C., qui tira sa fortune du commerce avec Rome). L'est de l'Inde ayant toujours été réputé, et jusqu'à nos jours, pour sa production d'indigo (du latin *indicus*, « indien ») tiré des feuilles d'un arbrisseau, le rapprochement d'un site de teinturiers comme celui d'Erikamedu, du site de ᶜAïn Feshkha près de Sokoka-Qumrân où l'on a mis en évidence la première et unique fabrique d'indigo connue à ce jour à l'ouest de l'Inde, est intéressant. En effet, seule source importante sur le rivage nord-ouest de la mer Morte (l'industrie tinctoriale nécessite beaucoup d'eau), ᶜAïn Feshkha se trouvait sur la voie des caravanes venues de l'Inde par la Perse en Arabie Pétrée, qui cheminaient vers Gaza, sur la Méditerranée, pour y décharger leurs marchandises.

L'occupation de ᶜAïn Feshkha est parallèle à celle de Sokoka-Qumrân aux époques asmonéenne et hérodienne, de 130 av. J.-C. à 68 ap. J.-C. (époques I et II établies par le fouilleur du site, le père dominicain Roland de Vaux, *photo 3*). Ce site agricole et industriel devait ainsi pourvoir à des besoins de la communauté de Sokoka-Qumrân. En effet, les tissus à base végétale de la communauté devaient être traités avec une teinture elle aussi à base végétale – et l'indigo s'y prêtait – afin que soit respectée la stricte observance de la loi mosaïque de ces pieux qui ne pouvaient mélanger des teintures d'origine animale comme la pourpre à des étoffes d'origine végétale comme le lin ou le chanvre. La pourpre devait être réservée aux tissus de laine, d'origine animale. Par ailleurs, les Romains, à l'instar de leurs prédécesseurs les Grecs, ayant établi des comptoirs commerciaux (*emporia*) dans l'océan Indien, les échanges entre Rome et les civilisations de l'Asie étaient florissants au temps des Esséniens de Sokoka.

3. Ruines de ᶜAïn Feshkha *(détail)*.

En Asie centrale et au sud de la Sibérie, des peuples de pasteurs nomades, les Huns, parcouraient les steppes. Des liens commerciaux existaient entre les peuples de Scandinavie et Rome, les premiers fournissant aux Romains essentiellement des peaux et de l'ambre.

Au plus près des gens de Qumrân, sur la terre même qu'ils foulaient, la vie de leurs contemporains était une alternance de périodes houleuses et d'accalmies. De 167 à 130 av. J.-C., les Juifs de Palestine se soulèvent contre la dynastie syrienne des Séleucides à laquelle le pays est soumis. L'histoire des rois de Syrie à cette époque est complexe, les souverains trônant et se faisant détrôner par des rivaux. En 143-142 av. J.-C., Simon Maccabée devient à la fois grand prêtre et chef d'un territoire juif indépendant en Judée, Démétrius II Nicator ayant cédé toutes les forteresses de la région et accordé une exemption d'impôt. Cette indépendance sous la dynastie des Asmonéens (la dignité de grand prêtre et de prince est conférée à Simon et ses descendants en 140 av. J.-C.) se poursuit jusqu'en 63 av. J.-C. quand Pompée s'empare de Jérusalem et verse la Judée à Rome. Vers 139 av. J.-C., Simon est sommé de rendre aux Séleucides Gézer, Joppée (Jaffa) et la citadelle de Jérusalem, à moins de verser une compensation monétaire qui lui permette de conserver

4. Mur sud de l'esplanade du temple hérodien : porte double.

ces villes, solution qu'il choisit. Jusqu'à l'assassinat de Simon par son gendre, le gouverneur du district de Jéricho, en 135 av. J.-C., la principauté de Judée connaît une période de paix. Le gendre de Simon complotait avec les Séleucides qui espéraient replacer la Judée sous le joug syrien, convoitant la distinction de son beau-père. L'armée syrienne envahit la Judée, assiège Jérusalem et finit par capituler avec le fils de Simon, Jean Hyrcan, qui avait souhaité une trêve pour la fête automnale des Tabernacles. Le siège est levé et les Syriens évacuent la Judée, en échange de quoi Jean Hyrcan doit accepter de démolir les créneaux des murs de Jérusalem et de payer un tribut pour la cité.

À la mort, en 130 av. J.-C., du roi séleucide Antiochus avec qui a traité la Judée, les Juifs retrouvent leur indépendance. L'année suivante, Jean Hyrcan prend la Sichem des Samaritains et détruit leur temple bâti deux siècles auparavant sur le mont Garizîm. Il vainc le peuple d'Idumée, au sud de la Judée, et l'oblige à se convertir au judaïsme. Il profite des guerres civiles qui déchirent la Syrie pour agrandir son royaume. Il arrache ainsi aux Grecs syriens la ville de Samarie qu'il fait raser après sa reddition en 109 av. J.-C. Sa principauté comprend désormais la Judée, une grande partie de la Samarie et la Galilée à l'exception de la côte. Jean Hyrcan frappe monnaie à l'instar des souverains de son temps. À sa mort, en 104 av. J.-C., son fils Aristobule lui succède brièvement puis Alexandre Jannée prend sa place (103-76 av. J.-C.). Les campagnes militaires de Jannée permettent de restituer aux Juifs les frontières de leur royaume sous David et

Salomon. Mais sa pratique politique des conversions forcées a laissé de lui une image de prince brutal. Lorsqu'il meurt, le royaume asmonéen est bouleversé par les rivalités entre ses fils, Hyrcan II et Aristobule II, pour lui succéder, et par une agitation populaire pour réattribuer la dignité pontificale à un prêtre de la lignée légitime. Aristobule obtient le soutien du Romain Pompée qui vient assiéger Jérusalem, mais qui confirme en définitive le pontificat d'Hyrcan.

Les Juifs passent sous le pouvoir de Rome *(carte 5)*. Jules César nomme procurateur (magistrat administrateur) de Judée l'Iduméen Antipater, dont le fils Hérode devient par la suite gouverneur de Galilée. Hérode obtient

**5.** Carte de l'étendue de l'Empire d'Hérode le Grand.

d'Octave et d'Antoine (via le Sénat romain) la couronne de Judée en 40 av. J.-C., son intronisation ayant lieu à Rome, au Capitole. Jérusalem est assiégée par les Romains et Hérode en 37 av. J.-C., mais la prise de la ville dégénère en massacres et pillages, sans doute non voulus par Hérode. Le dernier prince asmonéen, Antigone, est décapité. Le roi Hérode I$^{er}$ le Grand, mal aimé des Juifs car imposé par Rome, règne en tyran jusqu'en 4 av. J.-C *(carte 5)*. La peste et la famine sévissent en Palestine en 25 av. J.-C. La reconstruction du Temple de Jérusalem – détruit en 587-586 av. J.-C. par le roi de Babylone Nabuchodonosor, reconstruit entre 520 et 515 av. J.-C., il est remplacé par Hérode par un ouvrage neuf et plus somptueux que l'ancien – est mise en chantier vers 20-19 av. J.-C. et terminée vers 15 ap. J.-C *(photo 4, schéma 6)*.

Une majorité de biblistes situent la naissance de Jésus vers 6 ou 5 av. J.-C., au moment où la tradition veut que Hérode, informé par un mage de la venue d'un messie, ait ordonné de tuer tous les garçonnets de moins de deux ans à Bethléem. Hérode meurt en 4 av. J.-C., laissant en partage son royaume à ses trois fils vivants, Archélaus, Hérode Antipas et Philippe. L'empereur Auguste accepte les conditions du legs, mais refuse aux fils d'Hérode le titre de roi, pour mieux assurer leur soumission à Rome. Les héritiers reçoivent respectivement la Judée, la Galilée plus la Pérée (contrée à l'est du Jourdain), les terres au nord et à l'est du lac de Génésareth (aujourd'hui connu comme lac de Tibériade). Mal accepté par la population à majorité juive de Judée, puisque issu d'une lignée idu-

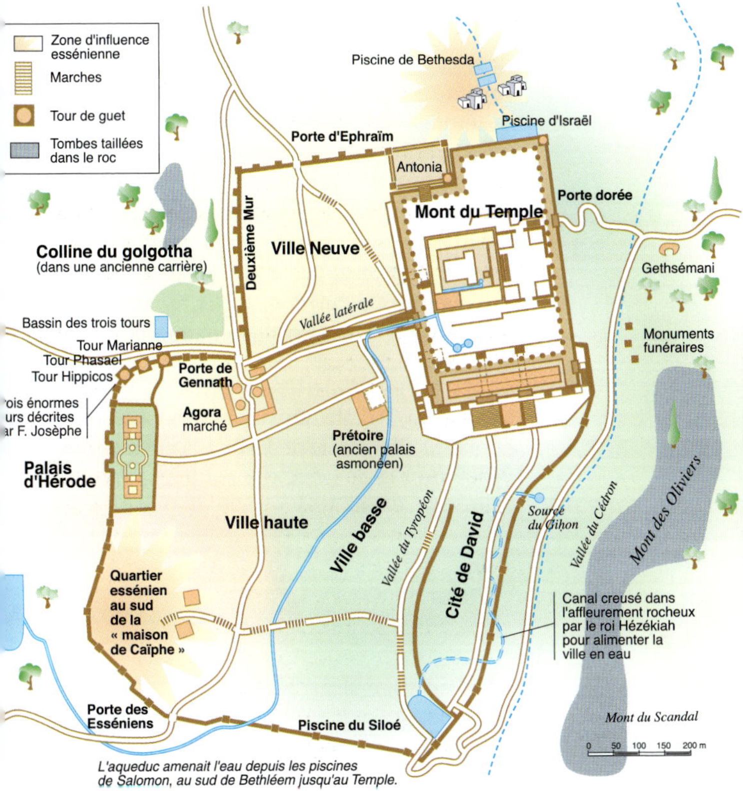


**6.** Plan de la Jérusalem hérodienne.

méenne de Juifs convertis, Archélaus est destitué par Auguste en 6 ap. J.-C. ; ses frères, qui régnaient sur des populations « mixtes », eurent plus de chance. La Judée est placée sous le contrôle d'un préfet/procurateur fixé à Césarée, elle est désormais province romaine et le reste jusqu'en 66 ap. J.-C. Il faut cependant signaler un intermède de royauté de 37 à 44 ap. J.-C., avec le petit-fils d'Hérode, Hérode Agrippa Ier, né d'Aristobule et couronné par l'empereur Caligula, à la tête de la Judée et de la Samarie. Parmi les procurateurs nommés par Rome (et l'empereur Tibère) pour gouverner la Judée, le plus célèbre est Ponce Pilate, du fait de l'histoire chrétienne. On lui doit, en effet, une part dans le procès et la condamnation de Jésus en 30 de notre ère.

Vers 37 ap. J.-C., le Romain juif Saul (Paul) se convertit à la parole de Jésus à la suite d'une vision du Christ ressuscité sur le chemin de Damas et, de 45 à 58 ap. J.-C., effectue trois voyages missionnaires (Chypre et l'actuelle Turquie ; actuelles Grèce et Turquie ; actuels Liban, Grèce et Turquie). Ayant fait « appel à César » – c'est-à-dire à l'empereur, en l'occurrence Néron –, Paul arrive à Rome en 60 et plaide sa cause. Il suscite la colère de Néron qui fait arrêter et brûler les chrétiens de Rome, puis condamne l'apôtre à la décapitation. L'apôtre Jacques (le Majeur), fils de Zébédée, avait subi le même sort sous le règne de Claude, le prédécesseur de Néron : prêchant d'abord en Judée et en Samarie, puis en Espagne, il revient en Judée où il subit son martyre vers 43 ap. J.-C. sur l'ordre d'Hérode Agrippa Ier.

En 66 ap. J.-C., les Juifs zélotes se révoltent contre la Rome de Néron (règne : 54-68 ap. J.-C.). La rébellion est définitivement réprimée par les Romains en 73 ap. J.-C. avec la prise de Massada qui succède à celle de Jérusalem en 70 (soldée par la destruction du Temple).

1. Vue de la synagogue et de l'oasis d'En Gedi. Selon Pline l'Ancien, les Esséniens résidaient sur la rive occidentale de la mer Morte, en amont de la ville d'En Gedi, oasis où les archéologues du XX^e siècle ont mis au jour des vestiges allant du chalcolithique jusqu'à l'époque byzantine.

# CHAPITRE III

# Des *ḥasîdîm* aux Esséniens, la fidélité à la Loi de Moïse

À sa naissance, une religion est uniforme. De même un art, une politique, une philosophie. Un maître, une matière. Mais au fil des années et au gré des nuances d'opinion des fidèles – et de leur créativité, de leurs rivalités, de leur origine sociale ou géographique –, des courants se dessinent dans la pâte d'origine. Ainsi se créent des « écoles », des branches sur le tronc premier.

Lorsque, dans l'Ancien Testament, le texte du premier livre des Maccabées (1 Maccabées 2,42), mentionne pour la première fois les *ḥasîdîm* ou Hassidéens, il présente l'une des ramilles du judaïsme. L'époque à laquelle il est fait référence, le IIe siècle avant notre ère, en pleine période hellénistique, connaissait un judaïsme à deux sillons. À Jérusalem, bien des juifs s'étaient hellénisés sous le règne d'Alexandre le Grand et, après sa mort, pendant leur soumission aux Lagides d'Égypte. Le modèle grec avait séduit jusqu'à faire oublier les usages ancestraux, jusqu'au sacrilège puisque des juifs avaient construit dans la capitale un gymnase où les sports se pratiquaient bel et bien nu, et qu'ils se faisaient opérer pour gommer toute trace de circoncision : « Ils se refirent le prépuce, firent défection à l'alliance sainte, pour s'associer aux païens » (1 Maccabées 1,15). Loin de Jérusalem, la population juive « provinciale » était, elle, restée plus près de ses racines, partant plus conservatrice. Mais chaque sillon, hiérosolymitain ou provincial, était lui-même travaillé de mouvements divers. Ainsi, à Jérusalem, demeurait-il aussi des juifs intègres.

Vers 200 av. J.-C., les Séleucides, dynastie régnante sur la Syrie et la Babylonie depuis le partage de l'empire alexandrin, dépouillèrent les Lagides de la Palestine. Les juifs les plus hellénisés se rallièrent sans heurt au nouveau pouvoir tandis que les autres virent leur existence basculer dans l'horreur. Le roi de Syrie Antiochus IV Épiphane saccagea Jérusalem, pilla le Temple, interdit la religion juive. Ses émissaires prônaient le culte des idoles, vantaient la qualité des mets dits impurs, brûlaient les livres de la Loi mosaïque, tuaient les nouveaux circoncis et leur famille.

Dans ce climat, en 167 av. J.-C., Mattathias, prêtre de la tribu de Lévi, descendant du chef de la première classe sacerdotale, se réfugie à Modîn, à une dizaine de kilomètres à l'est de l'actuelle Tel Aviv, en « province » donc. C'est de là qu'il appelle à la résistance des fidèles à la Loi contre l'occupant séleucide: « Que tous ceux qui ont le zèle de la Loi et qui soutiennent l'alliance me suivent » (1 Maccabées 2,27). Il s'enfuit avec ses fils dans les montagnes, à l'est de Modîn. Nombre de fidèles obéissent à l'injonction et, avec femmes, enfants, bétail, partent se cacher dans le désert. Hélas, assaillis le jour du sabbat par les troupes du roi, ils périssent, ayant choisi de ne pas se défendre afin de respecter la Loi: le septième jour de la semaine, pas de travail. Mattathias et les siens décident que, désormais, ils riposteront à toute attaque, quand bien même subie un jour de sabbat. « Alors se joignit à eux le groupe des Hassidéens, hommes vaillants en Israël et tout ce qu'il y avait de dévoué à la Loi » (1 Maccabées 2,42). Ces *ḥasîdîm* illustraient également ce judaïsme traditionnel dont ils constituaient une veine parmi les diverses mouvances. Leur nom, qui signifie « les pieux » en hébreu, leur avait été attribué en raison de leur ferveur, c'est-à-dire de leur attachement à la Loi et aux traditions, et de leur lutte contre les influences païennes, ce qui les faisait paraître sans doute plus austères aux yeux des autres Juifs. Ils restèrent aux côtés de Judas Maccabée, l'un des cinq fils de Mattathias, lorsqu'il prit le commandement de la révolte armée à la mort de son père en 166 av. J.-C. Toutefois, ils n'adhérèrent pas tout à fait à sa politique et gardèrent leur indépendance d'action. Car, bien que les Juifs aient retrouvé leur liberté de culte grâce à Antiochus V (successeur d'Épiphane à sa mort), Judas Maccabée refusa, à la mort de

Ménélas, de reconnaître comme grand prêtre Alcime, l'homme désigné par le Séleucide Démétrius Ier qui s'était emparé de la royauté du jeune Antiochus V qu'il fit périr. Les *ḥasîdîm*, eux, acceptèrent Alcime puisqu'il appartenait à la lignée sacerdotale d'Aaron (frère de Moïse), dont la tradition voulait que le prêtre suprême fût issu ; mais Alcime n'était pas de la famille des grands prêtres (voir Flavius Josèphe, *Antiquités juives* XII § 387).

Si Judas rejette le choix d'Alcime, c'est parce qu'il est celui de l'occupant, peut-être aussi parce qu'Alcime et lui appartiennent à des familles cléricales différentes. La rigoureuse observance de la Loi lui importe, en tous les cas, moins que la restauration de l'identité juive à l'échelle nationale. Pour lui, Alcime est un agent de l'ennemi, car nommé par lui au grand sacerdoce. Et les événements lui donnèrent raison. En effet, Alcime promit la vie sauve et la justice aux *ḥasîdîm* en échange de leur reconnaissance, mais, celle-là obtenue, il fit arrêter et tuer soixante d'entre eux. Le reste du groupe, les yeux dessillés, s'en fut regagner les rangs des Maccabées. Alcime, tout aaronite qu'il fût, intriguait à la solde du roi et s'avérait plus converti à l'hellénisme que fidèle à la Loi !

En 152 av. J.-C., Jonathan Apphous, frère de Judas Maccabée, se fit nommer grand prêtre par le Syrien Alexandre Balas. Le paysage religieux a pris, en quelques années, de nouveaux traits. Des pieux *ḥasîdîm* sont nés deux courants, à la suite de divergences dans la pratique religieuse (calendriers, grand sacerdoce, rites). L'un perpétue la tradition hassidique de la pure observance de la Loi, ce sont les Esséniens, du grec *essênoi*. Leur nom – les « pieux » – expose d'ailleurs leur spécificité ; ils ont reçu ce sobriquet, tiré de l'araméen *ḥasîn* traduisant l'hébreu *ḥasîdîm*, de ceux qui n'appartenaient pas à leur groupe. Les Esséniens vivent la Loi telle quelle, et comme elle est astreignante, leur existence est une ascèse. Ils n'iraient pas, par exemple, tendre une échelle à un malchanceux tombé dans une citerne un jour de sabbat ! Ils vivent la Loi à la lettre et dans l'esprit de la lettre. Quant au second courant jailli du hassidisme, les Pharisiens ou les « séparés » – autre sobriquet araméen –, ils rassemblent des juifs dont le rapport à la Loi est plus lâche. Dans leur étude de la Loi, ils recherchent le sens pratique de la lettre, ce qui les amène parfois à édulcorer les rigoureux préceptes de cette Loi, afin qu'elle soit plus facile à vivre au quotidien. Ils s'éloignent ainsi du chemin de fidélité des *ḥasîdîm*, leurs devanciers. D'où leur nom, un surnom attribué par les autres juifs : *parîšîn*, de l'araméen *paraš*, « les séparés », traduisant l'hébreu *perûšîm*.

Ce dernier courant soutient d'abord la dynastie asmonéenne (fils et petit-fils de Mattathias) à la tête du petit territoire juif indépendant né de la révolte des Maccabées. Mais ils perdent leurs illusions peu à peu, devant les écarts du roi vis-à-vis de la Loi, puis subissent les persécutions de Jean Hyrcan (134-104) et d'Alexandre Jannée (103-76, *photo 2*). Ils délaissent alors les affaires d'État pour s'investir dans les synagogues, les tribunaux locaux et le conseil de Jérusalem (Sanhédrin). Là, ils veillent au respect de la Loi telle qu'ils la conçoivent. Quoique la postérité n'ait guère retenu d'eux que les condamnations du Nouveau Testament à leur égard (l'Évangile de Matthieu réprouve leur piété de façade, leur goût du prestige, d'où le sens figuré du mot « pharisien » aujourd'hui, entendu comme adepte de l'ostentation contre la vertu), il est important de souligner combien ils étaient aussi de zélés docteurs de la Loi, autant que les Esséniens ou presque. La genèse de ces tendances du judaïsme recèle encore des zones d'ombre,

**2.** Monnaies *(de gauche à droite)* : Alexandre Jannée, 1ère et 2nde révolte.

du fait de la rareté des sources directes qui les évoquent ; c'est pourquoi le relais des *ḥasîdîm* par les Esséniens et les Pharisiens demeure un peu flou. Peut-être faut-il chercher l'origine de la séparation dans les rivalités entre les familles de prêtres et leurs partisans. Une fraction des *ḥasîdîm*, plus tiède que les autres dans son soutien aux Maccabées, a pu considérer ces derniers comme des usurpateurs lorsqu'ils s'installèrent dans la fonction de grand prêtre et a voulu rester fidèle à la maison de Sadoq – prêtre du roi David et descendant d'Aaron. L'autre fraction a pu soutenir, ou du moins tolérer, l'accession des Maccabées au titre de grand prêtre, reconnaissante envers les libérateurs de la Judée. Les *ḥasîdîm* de la première fraction auraient été appelés Esséniens, ceux de la seconde, Pharisiens.

Avant la découverte des manuscrits de la mer Morte et leur lecture, les textes anciens dépeignant le monde essénien se limitaient aux œuvres de trois auteurs du Ier siècle ap. J.-C. contemporains, quoique tardifs, de ce mouvement de pieux organisé vers 152 av. J.-C. : un essai de jeunesse du philosophe grec d'origine juive Philon d'Alexandrie, rédigé pour apporter la preuve que « tout homme vertueux est également libre » ; l'*Histoire naturelle*, sorte d'encyclopédie des sciences de l'Antiquité, dont la rédaction revient au romain Pline l'Ancien qui ne s'est probablement jamais rendu en Palestine ; *De la Guerre juive et des Antiquités judaïques*, de l'historien juif Flavius Josèphe né à Jérusalem. Il serait possible d'ajouter à la courte liste un quatrième contemporain, Dion Chrysostome, comme Pline auteur païen de la fin du Ier siècle. Nous tenons en effet de l'évêque (philosophe et poète) de Ptolémaïs, Synésius, son compilateur et biographe grec de l'époque byzantine, qu'il avait décrit les Esséniens – dans un discours perdu plutôt que dans un livre, semble-t-il. Toutefois, la référence transmise par Synésius est rapide : « ils forment une ville entière et prospère située près de la mer Morte, au centre de la Palestine, non loin de Sodome. »

Philon présente les Esséniens en deux chapitres (XII-XIII) destinés à nourrir le paradoxe des stoïques, à savoir que sagesse et liberté vont de pair. En « Syrie palestinienne », les *essaîoi*, « Esséens », au compte de plus de quatre mille, vivent dans la dévotion, qu'ils expriment non point par le sacrifice d'animaux – un trait de Philon contre les juifs fidèles au Temple de Jérusalem – mais par leur esprit voulu saint. Ils évitent les villes comme la peste, leur préférant l'existence villageoise (à ce propos, notons qu'un fragment d'une autre œuvre de Philon, l'*Apologie*, contredit en partie cela : les Esséniens résident dans plusieurs villes et villages de Judée). Ils ne désirent ni or ni argent, se contentant du strict nécessaire acquis par le travail de la terre et l'artisanat. Même mépris pour tout l'attirail de la guerre, les gains du commerce, l'esclavage. Épris de justice, ils se considèrent mutuellement comme frères et, à ce titre, mettent tout en commun, dépenses et profits, vêtements et nourriture. Dans ce système communautaire, malades et vieillards ne sont jamais laissés dans le désarroi. Le septième jour de la semaine, à la faveur des lectures faites à la synagogue, les pieux Esséniens apprennent où se trouve le bien afin de mieux se détourner du mal. Par leur détachement de l'argent, de la gloire et des plaisirs, par leur vie toute simple, leur frugalité, leur bienveillance, etc., ils gagnent cette liberté chère à Philon. Ainsi, leur vie est-elle « parfaite et la plus heureuse qui soit », conclut-il.

Si Philon brosse des Esséniens un portrait « philosophique » (les Esséniens, pieux, saints et justes, modèles d'humble vertu), Pline porte sur eux le regard du naturaliste et géographe, d'où une description plus « scientifique ». Il consacre plusieurs chapitres à la description de la Judée. À cette occasion, il s'intéresse notamment de plus près à la nature de la mer Morte en quelques lignes que suit un développement consacré aux *esseni*, « Esséniens » (*Histoire naturelle*, V, 73, 54-61). On y apprend, sans qu'une ville précise soit citée, leur lieu de résidence, la rive occidentale de la mer Morte, en amont de la ville d'En Gedi (*photo 1* p. 54). Cette dernière précision géographique a donné lieu à des désaccords entre les traducteurs du texte latin : « *infra hos Engada oppidum fuit* », littéralement : « La ville (fortifiée) d'Engedi était au-dessous d'eux. » La dispute portait sur l'interprétation de cet « au-dessous » : plus bas ? en aval ? La seconde traduction : « en aval, plus au sud » paraît plus cohérente, par rapport au courant du Jourdain, à considérer l'emploi habituel de *infra* dans l'œuvre de Pline et, sur une carte, les positions de Qumrân (bel et bien centre essénien, épigraphie et archéologie à l'appui) et d'En Gedi. Pline rapporte les mêmes caractéristiques que Philon : ascétisme (vie « sans argent »), organisation communautaire (« la tribu solitaire des Esséniens »). Il insiste cependant sur la spécificité essénienne d'une vie hors de la compagnie des femmes, dans l'abstinence des plaisirs de la chair, d'une vie au désert avec les palmiers pour seuls compagnons. Il précise que le groupe recrute avec succès de nouveaux membres parmi les hommes las de la vie, ce qui lui permet de se régénérer puisque sa descendance ne peut être assurée par les femmes.

Les références multiples aux Esséniens (*essenoi*) des textes – grecs – de Flavius Josèphe dessinent, elles, un profil humain plus détaillé. Des trois auteurs anciens, Josèphe est le portraitiste ethnographe, celui qui consigne surtout les us et coutumes. Comme

Philon et Pline, il apporte des informations sur l'austérité et la sainteté essénienne, la disponibilité des biens du groupe à tous ses membres, le renoncement aux richesses, au mariage – avec des nuances dans ce cas, puisqu'il parle aussi d'un « autre ordre d'Esséniens » qui, dans le souci de perpétuer « la race », se marient sous condition, l'épouse devant apporter la preuve de sa fécondité et le mari respecter l'abstinence lors d'une grossesse (*Guerre juive,* II § 160-161). Josèphe souligne que les Esséniens habitent en grand nombre un peu partout en Judée (*op. cit.*, II § 124) et qu'ils forment une véritable « école de philosophie » juive au même titre que les Pharisiens et les Sadducéens (*op. cit.*, II § 119). Le compte rendu donné de leurs pratiques religieuses (*op. cit.*, II § 128-133) amène le lecteur moderne à visualiser les choses au travers de ce qu'il connaît de semblable aujourd'hui : l'univers monastique. En effet, les Esséniens présentent des offrandes de prières en direction du soleil avant son lever. À la cinquième heure vers onze heures, les reins ceints de tissu de lin, ils se purifient le corps dans l'eau froide, puis se réunissent dans une pièce ouverte aux seuls initiés, et rejoignent ensuite le réfectoire où du pain et un plat unique leur sont servis. Le repas s'ouvre et se clôt en prière. Ils laissent alors leurs vêtements de cérémonie pour d'autres et reprennent leurs travaux jusqu'au soir. Qui veut se faire Essénien doit d'abord apprendre les règles de vie du groupe pendant un an hors de la fraternité ; il doit apporter la preuve de sa tempérance à l'issue de cette période probatoire, auquel cas son initiation sera approfondie, mais sans qu'il soit encore admis dans les réunions ; deux années passent encore avant qu'il puisse partager la nourriture commune, après avoir prêté serment de piété envers Dieu, de justice envers les hommes, de respect envers la règle d'humilité, d'honnêteté, etc.

Josèphe explique l'organisation hiérarchique essénienne : quatre rangs en fonction de l'ancienneté dans la discipline. Il raconte les persécutions romaines à leur encontre, leur croyance en l'immortalité de l'âme, leur don de prophétie. Il a le verbe satirique parfois, par exemple quand il dévoile que les Esséniens usaient leurs vêtements jusqu'à la corde et l'état de guenilles avant d'en changer ! Certaines des coutumes détaillées peuvent surprendre un lecteur moderne versé dans le judaïsme, comme cette remarque au sujet de l'huile, tenue pour malpropre, qui amène l'Essénien qui s'en est accidentellement souillé à se laver à grande eau. Y a-t-il exagération de l'auteur, méconnaissance d'une habitude observée ? De ces aspects insolites, le texte tire parfois sa saveur, d'autres fois quelque obscurité. Ce récit, Josèphe l'a reçu d'une source écrite antérieure et il l'a parfois arrangé.

Si l'on compare, par exemple, le texte de Josèphe sur les croyances des Esséniens à la même notice de la « Réfutation de toutes les hérésies » d'Hippolyte de Rome (IX 26, 36 à 29), on lit que ce dernier attribue aux Esséniens la croyance à la résurrection de la chair et non pas à l'immortalité de l'âme.

Il ressort de ces sources que les Esséniens étaient effectivement des pieux menant une vie d'humilité, des sages inoffensifs, des gens de bien. S'ils se sont établis dans le désert de Judée, à Sokoka-Qumrân par exemple, ce fut pour entrer dans une nouvelle alliance divine, à l'instar de Moïse et des siens jadis. Ce qui n'empêcha pas nombre d'entre eux de s'installer en milieu urbain, à Jéricho sans doute comme à ᶜAïn Ghuweir (*ᶜIr hameláḥ*, « la Ville du sel », citée par Josué 15,62) et dans d'autres villes et villages de Judée. Bien sûr, Jérusalem avait sa propre communauté essénienne, puisque Flavius Josèphe mentionne la « Porte des Esséniens » (*Guerre juive*, V § 145) dans sa description de la ville avant sa prise par Titus en 70 ap. J.-C., sur le mont Sion, à un endroit qui a pu être identifié dans le secteur sud-ouest de la Vieille Ville actuelle (le cimetière protestant près de l'abbaye bénédictine de la Dormition). Probablement existait-il des communautés ailleurs qu'en Judée, mais les preuves font défaut. En Palestine, le mouvement a dû prendre fin avec la guerre de Judée contre les Romains, en 70-73 ap. J.-C. Après cette date, l'on peut imaginer que les groupes choisirent des voies nouvelles pour exprimer et vivre ce en quoi ils se distinguaient des autres juifs : leur système de valeurs et de croyances.

1. Attache fermant un rouleau (Psaume 154 et *Prière pour Jonathan*).

# CHAPITRE IV

# Les épigraphistes au travail, ou comment déchiffrer les textes ?

Si les tout premiers lecteurs des manuscrits, au temps de leur découverte, avaient pu travailler pièce en main, dans l'officine d'un antiquaire, dans la pénombre d'une grotte ou sous une tente de chantier, il avait très vite fallu organiser la conservation des documents dans l'optique d'une lecture raisonnée que précipitait la hâte de publier. En 1955 déjà, étaient disponibles les manuscrits de la grotte 1, publiés dans le premier volume de la collection des *Discoveries in the Judaean Desert* créée à cette occasion, et se préparait une édition des fragments des autres grottes, mue par l'attente toujours impatiente du monde scientifique et du public de connaître leur teneur et par la propre impatience à divulguer des savants chargés de l'affaire. C'était très tôt, peut-être trop. Les grottes n'avaient pas même encore épuisé les surprises qu'elles celaient aux chercheurs des années cinquante.

Chaque pièce de cuir ou de papyrus avait été photographiée à l'infrarouge, procédé permettant de révéler des contrastes – écriture par rapport au support, par exemple – sur des documents illisibles *(photo 2)*, et, donc, rendant possible la lecture. Puis les fragments ont été triés et lus.

**2.** Comparaison d'un fragment *(bas)* et de sa photographie à l'infrarouge *(haut)*.

L'accomplissement de ces tâches n'avait pas même pris dix ans. C'est parfois avec du ruban adhésif qu'on avait fait tenir les morceaux ensemble, qu'on les avait parfois renforcés, les emprisonnant dans des bandes encollées – une méthode qui, comparée aux techniques de conservation de nos jours, pourrait paraître barbare mais qui, à l'époque et avec les moyens disponibles, a certainement contribué à la sauvegarde des manuscrits. On avait placé ces derniers entre deux plaques de verre maintenues fixes ensemble par du scotch et posées à plat. Pendant la crise de Suez, en 1956, les manuscrits étaient partis vers les coffres de la banque Ottomane à ᶜAmmân où certains avaient souffert, comme à Jérusalem d'ailleurs, de l'humidité. Toutefois les planches de manuscrits sous verre, de retour à Jérusalem, avaient été assez vite conservées par deux ou trois dans des tiroirs, à l'obscurité, dans une pièce à hygrométrie surveillée. Plus tard, certains manuscrits furent ôtés des plaques de verre et rangés entre des cartons fermés par des trombones.

Avec la mise en place, en 1991, d'un laboratoire de conservation dédié aux rouleaux, un lent travail de restauration fut mis en œuvre : ôter l'adhésif au scalpel, éliminer les taches dues à la colle, traiter les cuirs, ceci en procédant souvent par tâtonnements car le sauvetage était d'un genre nouveau. On fit disparaître tous les résidus d'adhésif, y compris la colle ayant pénétré les peaux à l'aide de méthodes expérimentales (colle à base eau, papier japonais, solvants spéciaux, terre de Fuller), et l'on rangea les fragments entre des cartons non acides. Les papyri, plus délicats que les peaux, bénéficièrent d'un traitement particulier. On monta les fragments sur du papier japonais découpé à l'identique de leurs formes, qu'on colla sur un carton non acide, le tout glissé entre deux feuilles de polypropylène.

L'épigraphiste d'aujourd'hui a gagné en confort de lecture dans un sens, mais il a également perdu une qualité de lecture que le verre ou les cartons mobiles offraient : contrôler le verso d'une pièce de cuir pour en déterminer la couleur, y détecter, par exemple, d'éventuelles traces de la lanière maintenant à l'origine le rouleau fermé, des débords d'encre, un complément textuel, etc., était possible avec les verres, mais ne l'est plus puisque les fragments sont désormais collés sur du papier.

Les éditeurs des manuscrits peuvent consulter les documents originaux et disposent également de leurs photographies infrarouges. Des microfiches en couleurs sont disponibles. Cependant tous les spécialistes sont d'avis que rien ne remplace le contact direct avec les manuscrits. Depuis le recensement des documents tirés des grottes, établi par Józef Milik et l'équipe internationale de savants dans les années soixante, leur nombre s'est accru au fur et à mesure de l'étude des fragments, à la suite d'une répartition réorganisée, tels éléments ayant d'abord été enregistrés comme appartenant au même rouleau, alors qu'en fait, cela ne semblait pas être le cas. La petitesse de certaines bribes rend d'ailleurs difficile, sinon impossible, leur attribution à un rouleau. Il appartient au chercheur honnête de reconnaître qu'il ne sait pas à quel rouleau rattacher tel ou tel fragment.

À ce jour, la plus grande part des manuscrits a été lue, lentement certes, mais il faut garder à l'esprit l'extrême morcellement de la majorité des rouleaux *(photos 3 et 4)*. La publication a suivi le déchiffrement et l'étude des textes dans leur fond et leur forme. À la date où nous écrivons, il reste encore quelques manuscrits fragmentaires à publier. Ce devrait être fait d'ici deux ou trois ans.

Que découvre donc le regard qui se pose sur les rouleaux de Qumrân ? Une écriture manuscrite à l'encre noire. Cette encre était composée de suie (carbone), d'huile et d'éléments végétaux (galle du chêne, par exemple), à l'instar des encres employées par les scribes juifs non qumraniens de l'Antiquité. Plus rarement, de l'encre rouge à base de cinabre (sulfure de mercure) servait à écrire les en-têtes ou à ouvrir les paragraphes, comme l'attestent par exemple respectivement une copie du Deutéronome et un exemplaire du livre des Nombres de la grotte 4. Mais ce n'était pas une règle, loin de là.

Se lancer dans la lecture des manuscrits de la mer Morte – comme, d'ailleurs, dans celle de toute inscription, sur céramique, monnaies ou peaux – requiert une connaissance vaste et approfondie des écritures anciennes. Cet art particulier du déchiffrement porte le nom de paléographie. Les manuscrits ont en effet été copiés dans plusieurs écritures exprimant des langues différentes ou d'époques diverses. L'écriture dite paléo-hébraïque de l'hébreu ancien (*photos 8* p. 99 *et 5* p. 141) se manifeste dans certains livres du Pentateuque, le livre de Job, des manuscrits non identifiés, ainsi que sur des monnaies.

3. Vue générale de la salle à manuscrits du musée Rockefeller.

4. Jean Starcky au travail de déchiffrement.

5. Fragment d'un manuscrit de la *Règle de la Communauté* en hébreu (4QS[e], mélange d'écriture araméenne et cryptique A).

La belle écriture juive formelle à caractères carrés, dite araméenne ou, faussement, hébreu carré, est utilisée à la fois pour l'hébreu (langue dans laquelle ont été composés les textes bibliques, des textes apocryphes et les œuvres proprement esséniennes) et pour l'araméen, langue sémitique parente de l'hébreu, devenue plus populaire que l'hébreu dès l'époque perse pour l'usage courant. Ont été copiés en araméen des textes originellement araméens, tels que les parties araméennes du livre de Daniel, des textes bibliques traduits de l'hébreu et de nombreux textes apocryphes. Certains manuscrits, principalement bibliques, ont été rédigés en grec (écriture et langue) ; le grec se rencontre aussi sur des monnaies. À ces trois écritures majoritairement représentées dans les manuscrits, s'ajoutent du latin sur des monnaies et un sceau, et enfin trois écritures insolites, aux caractères inconnus, que Józef Milik qualifia de « cryptiques » après en avoir déchiffré une et découvert qu'elle codait de l'hébreu. Des fragments nabatéens furent découverts dans des grottes entre Massada et En Gedi.

Józef Tadeusz Milik différencia chacune de ces écritures par une lettre de l'alphabet latin : cryptique A *(photo 5)*, cryptique B *(photo 6)* et cryptique C. Il perça le secret de la première (dans laquelle quelque quarante manuscrits sur papyrus livrés par la grotte 4 ont été écrits) et de la dernière (représentée par des fragments sur peau de la grotte 4). Nul à ce jour n'est encore venu à bout de l'écriture cryptique B qu'illustrent trop peu de fragments de deux manuscrits sur peau. Pour résoudre un texte codé, on inventorie d'abord les lettres ou signes utilisés afin de vérifier si le code est alphabétique (quand le nombre de caractères différents avoisine celui des écritures connues) et, dans l'affirmative, de disposer de son « alphabet ». C'est ce que firent, en 1954, Józef Milik et ses deux collègues, John Allegro et Frank Cross, chacun de leur côté pour le cryptique A.

Tandis que ces derniers tentaient de trouver des similitudes entre ces lettres et des alphabets connus, grec, hébraïque, Józef Milik agit

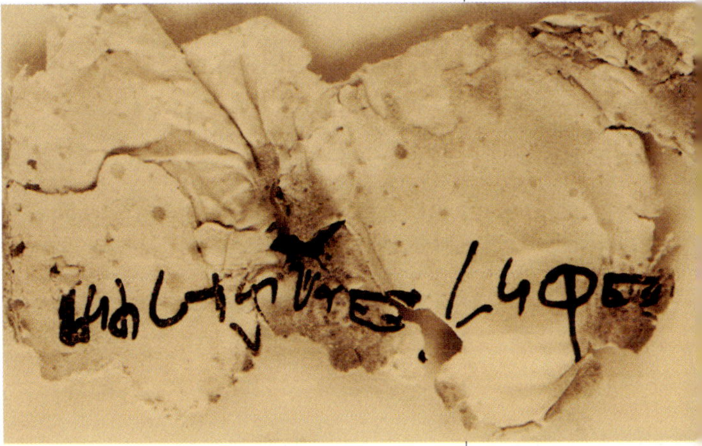

par intuition. Il avait sous les yeux un texte dont la première ligne était écrite en « hébreu carré » : « Paroles qu'un sage a adressées à tous les fils de l'aurore. » Le reste du texte était crypté. L'épigraphiste, familier des tournures textuelles anciennes, pensa que la seconde ligne devait commencer par un « Écoutez » ou une expression du même genre. Il tenta sa chance avec plusieurs mots hébreux et l'un s'adapta parfaitement au code, livrant ainsi trois lettres de l'alphabet

**6.** Fragment de manuscrit en alphabet cryptique B de la grotte 4.

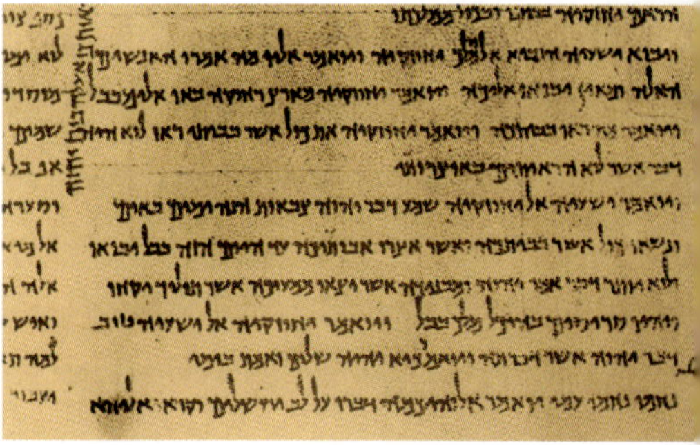

**7.** Le rouleau d'Isaïe[a] de la grotte 1 (écriture asmonéenne, *circa* 100 av. J.-C.).

**8.** Exemple d'écriture archaïque paléo-araméenne (4QSam[b], *circa* 225-200 av. J.-C.).

**9.** Starcky joignant deux fragments de la grotte 4.

cryptique. Il recensa ensuite les mots longs à lettres répétées. Des essais de lettres et des recoupements lui permirent de traduire le texte.

Les textes cryptés en A sont proprement esséniens ou qumraniens (prophétiques, cultuels, etc.). Les fragments en cryptique B sont trop menus pour qu'on puisse en dire quoi que ce soit avec certitude. Le cryptique C était de loin le plus facile à lire puisqu'il utilisait un mélange de trois alphabets (paléo-hébreu, araméen et grec) et qu'il se lisait de gauche à droite et non de droite à gauche, le sens usuel de lecture des écritures sémitiques. Józef Milik a suggéré que ces codes ont été utilisés à des fins ésotériques, afin de réserver certains textes aux seuls « initiés ».

Grâce à l'observation attentive de chaque écriture, paléo-hébraïque, araméenne ou grecque, le savant paléographe est capable de placer le document manuscrit dans une certaine période. Car l'écriture asmonéenne (de la deuxième moitié du IIe siècle av. J.-C. jusque vers 40 av. J.-C., *photo* 7), par exemple, ne ressemble pas tout à fait, dans le tracé de ses lettres, à l'écriture hérodienne (à partir de la deuxième moitié du Ier siècle av. J.-C.). Et à l'intérieur d'une même période, la graphie évolue : la cursive, la semi-cursive ou encore l'écriture formelle asmonéenne et hérodienne, entre le début et la fin de l'époque, ne sont pas tracées de la même manière. L'analyse paléographique permet ainsi de dater.

Certains fragments ont bénéficié d'une datation au carbone 14 qui a confirmé la datation paléographique, cette dernière demeurant finalement la plus accessible et la plus fiable quand elle est finement menée par un spécialiste ou un connaisseur *(photo 8)*. Par ailleurs, l'étude graphique d'un texte renseigne sur le ou les copiste(s) ayant écrit le manuscrit, car les changements de main n'échappent pas au spécialiste.

Lors de la lecture du manuscrit, le paléographe reste également attentif à l'orthographe des mots et à la qualité de la langue employées. Il peut relever des erreurs du scribe, que ce dernier, d'ailleurs, a souvent corrigées. Il peut dater une écriture par la présence de *keraia*, sortes de fioritures au début ou à la fin d'un tracé de lettre qui n'apparaît dans les écritures que de façon tardive, à la période hérodienne, et se rencontre le plus couramment au Ier siècle ap. J.-C.

La qualité de lecture d'un texte dépend du degré de conservation du manuscrit. Des rouleaux ont eu la chance de nous parvenir dans un état relativement intègre ou relativement peu délabré, tel le manuscrit d'Isaïe de la grotte 1 ou le *Rouleau du Temple* de la grotte 11. L'essentiel des colonnes ayant survécu, on a pu lire avec un relatif confort. Il en va autrement avec des manuscrits très fragmentaires, souvent réduits en charpie, comme ceux de la grotte 4 *(photo 9)*. Dans ce cas, un premier travail consiste à trouver des « joints » entre les morceaux épars, c'est-à-dire à rapprocher des bribes disjointes, ce en étudiant à la fois les formes des morceaux et leur texte comme nous ferions avec les formes et les images d'un puzzle. Toutefois, il reste souvent maintes lacunes qui nuisent à la compréhension du texte. C'est pourquoi les épigraphistes ont mis au point une méthode de reconstruction consistant à compléter les lacunes dans la mesure du possible *(photos 10 à 12)* : soit par recoupement avec un autre exemplaire du même ouvrage relevé à Qumrân qui ne présente pas les mêmes détériorations, soit par comparaison avec un texte déjà connu par des manuscrits ultérieurs mieux préservés – c'est le cas pour les récits bibliques –, soit par simple déduction – à partir de la portion conservée d'un mot avant ou après la lacune, de la signification de la phrase avant et après la cassure, de la taille de l'espace manquant entre deux membres d'une phrase, etc. Il faut pourtant souligner l'extrême difficulté à lire quelque chose là où il n'y a presque rien pour travailler : deux, une, une demi-lettre ou bribe de lettre de texte, ce qui n'est pas un cas rare !

Un autre versant de la reconstruction matérielle des textes inconnus concerne les fragments appartenant à un même manuscrit mais non jointifs, c'est-à-dire provenant de divers endroits dans le manuscrit *(planches*

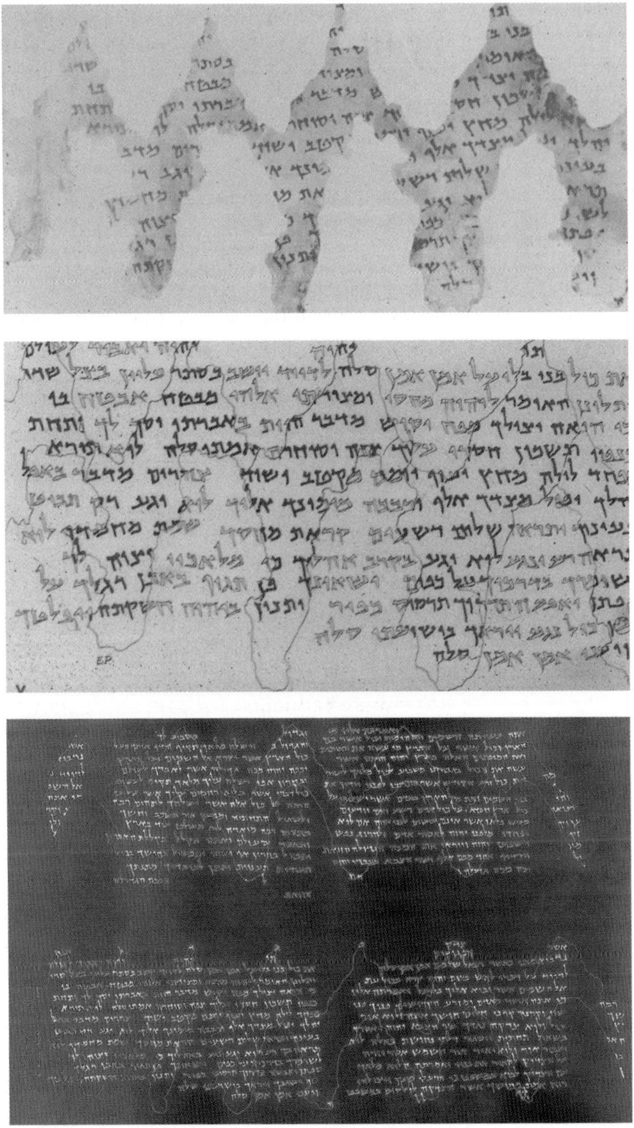

**10-11-12.** Exemple de reconstruction par Émile Puech.

**13.** Józef Tadeusz Milik déroule un manuscrit.

*15 à 17)*. Il est toujours important qu'ils puissent être resitués les uns par rapport aux autres, classés ou répartis selon leur ordre originel d'apparition dans le manuscrit. Ce travail permet une lecture du texte qui respecte la structure originale et un déchiffrement qui serait autrement désordonné. Il se fonde sur des principes de géométrie : les manuscrits, rectangulaires à plat, étaient conservés roulés en spirale sur eux-mêmes *(photo 13)*. Or, dans une spirale, en trois dimensions dans ce cas, lorsqu'un rongeur grignote dans le périmètre le plus extérieur et vers l'intérieur, il dentelle d'une façon analogue tous les enroulements de peau superposés à l'endroit où il ronge. La taille de la dentelure ira simplement décroissant depuis l'enroulement le plus extérieur vers le plus intérieur. On a tous, enfant, fait l'expérience de la crêpe Suzette roulée qu'on mord avec fantaisie puis qu'on déplie ! Des rongeurs, des insectes, l'humidité, des cassures, etc., ont ainsi détérioré les rouleaux de Qumrân en leur cœur même, ou échancré leurs marges supérieures ou inférieures. Ces destructions en spires ont néanmoins parfois laissé aux spécialistes du XX^e^ siècle des ensembles de fragments de formes parentes et de tailles différentes qu'il est alors possible de replacer, à plat, dans un ordre correspondant précisément à la façon dont ils se trouvaient dans les enroulements des rouleaux. Repérer ces fragments parmi des milliers puis les réorganiser est une tâche longue et minutieuse, mais qui donne ses fruits. Józef Milik est le premier à avoir recomposé matériellement, en 1955, deux des manuscrits confiés à son étude, un

*Recueil de bénédictions* et les *Paroles de Moïse*, tous les deux issus de la grotte 1 *(photo 14)*.

Hartmut Stegemann, aujourd'hui professeur émérite de théologie à l'université Georg-August de Göttingen, a développé la méthode et en a fait une spécialité pour ses assistants et ses étudiants de l'université. C'est pourquoi, dans les milieux de la recherche sur Qumrân, elle est connue sous le nom de « méthode Stegemann » *(photo 18)*. Son inventeur et, indépendamment – Hartmut Stegemann n'ayant à l'époque rien publié sur le sujet –, Émile Puech *(photo 19)* ont utilisé cette méthode pour reconstruire le *Rouleau des Hymnes* de la grotte 1, par exemple.

On comprend la nécessité, pour les épigraphistes chargés du déchiffrement, de consulter les originaux des fragments, car tout, en eux, peut s'avérer un indice qui permette de les rallier à un manuscrit ou de les remettre en bonne place dans un rouleau. L'épaisseur et la teinte du cuir aident dans l'affiliation des morceaux. L'encre d'un texte, au moment de la copie – peau roulée avant que l'encre ne soit parfaitement sèche – ou durant le séjour prolongé dans les grottes (réhumidification de l'encre), a parfois laissé au dos de l'enroulement voisin un débord ; ces empreintes sont utiles pour déterminer l'éloignement de fragments dans une rotation.

Dans les cas, majoritaires, de manuscrits très abîmés, l'attention portée sur les éléments physiques des fragments procure des informations sur le travail des scribes. On parvient ainsi à connaître la hauteur d'origine

**14.** Józef Tadeusz Milik travaille sur des fragments.

## Reconstruction des colonnes de *1 Hénoch* 103,3-4

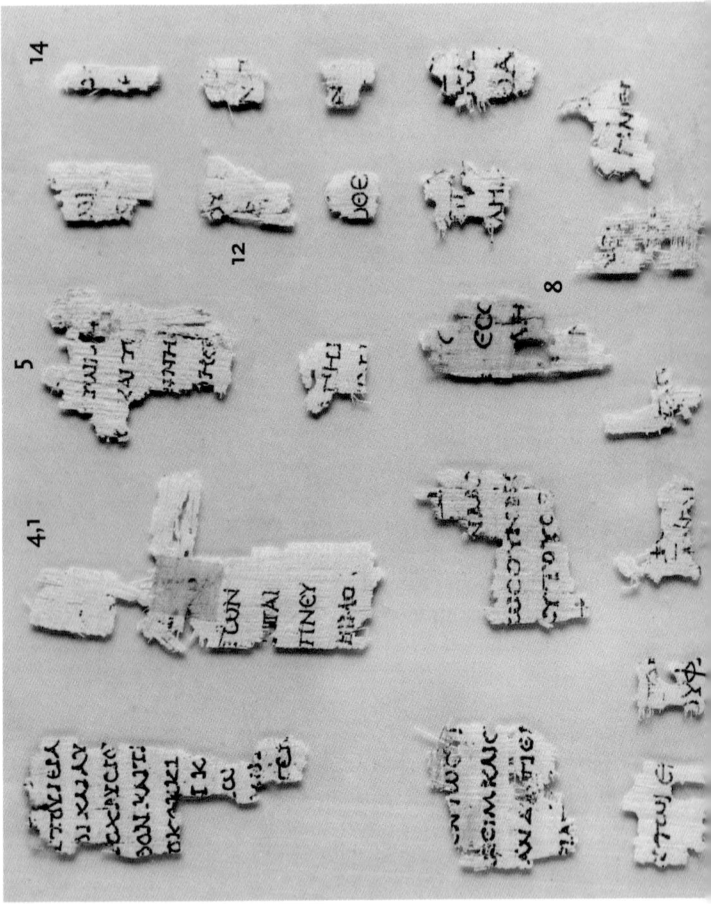


15. Fragments de papyrus grecs de la grotte 7.

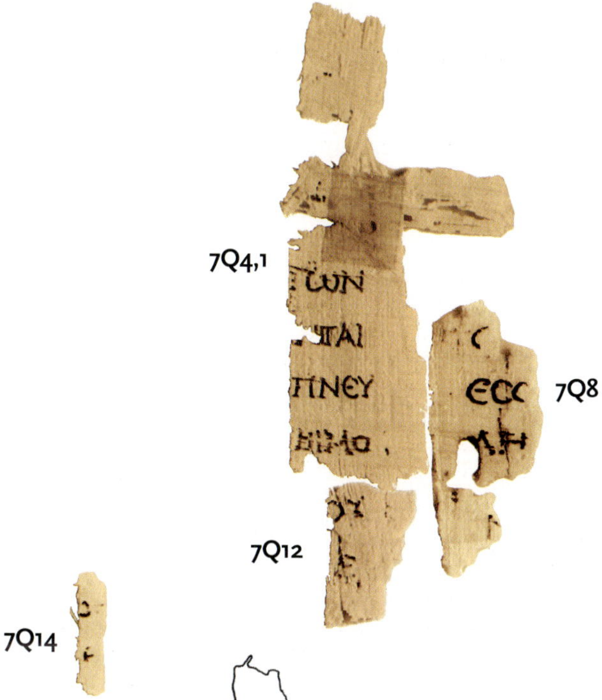


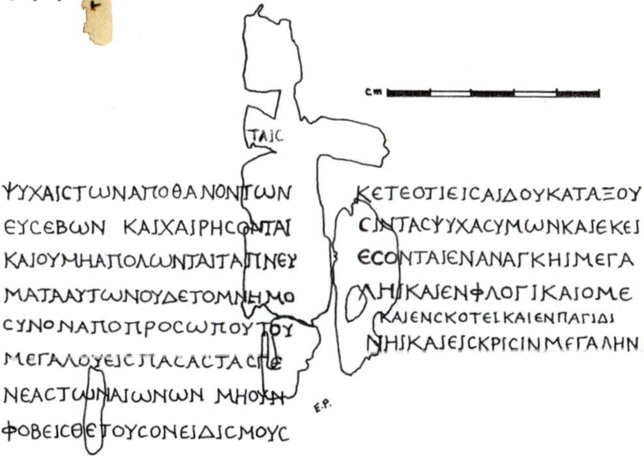


16-17. 7Q4,1 + 7Q12 + 7Q14 = 1 Hén 103,3-4.
7Q8 = 1 Hén 103,7-8.

des rouleaux, leur longueur, la mesure des colonnes de texte, leur nombre initial, etc., données dont la reconstruction matérielle favorise la collecte. C'est pourquoi les reconstructeurs usant de la méthode décrite ci-avant l'appliquent en priorité aux textes éclatés et aux écrits inconnus qu'on ne peut comparer à des exemplaires parallèles dans la mesure où une quantité assez grande des fragments le permet. Elle est malgré tout employée aussi pour des textes dont on dispose d'autres copies, parce qu'elle permet de déceler des variantes textuelles dans les exemplaires d'un même ouvrage. C'est, par exemple, le cas pour la copie de la *Règle de la Communauté* de la grotte 1 et des dix autres exhumées de la grotte 4. Le *Rouleau des Hymnes* de la grotte 1 présente lui aussi une composition qui n'est pas la réplique exacte des rouleaux de la même œuvre sortis de la grotte 4. L'épigraphiste s'arme de patience – et d'une loupe, voire d'un microscope – pour déchiffrer, mais n'aboutit pas forcément car certains documents trop malmenés demeurent illisibles. Quand une bribe de cuir fendu ne porte qu'un trait oblique, une fraction de jambage ou de hampe, il est souvent impossible de lever l'énigme de la lettre. Un *reš* ou un *dalet*? un *he* ou un *ḥet*? etc.

**18.** Alexander Maurer reconstruit matériellement un manuscrit de Qumrân selon la « méthode Stegemann ».

**19.** Émile Puech au travail.

1. Tendres, les marnes de la terrasse occupée par le site ont pu être creusées de main d'homme pour y aménager des grottes (ici, intérieur de la grotte 4).

# CHAPITRE V

# Les « bibliothèques » de Qumrân

La première grotte où s'introduisirent les bédouins Ta<sup>c</sup>âmireh abritait des jarres, les unes debout, intactes, coiffées d'un couvercle, les autres, les plus nombreuses, à l'état de tessons jonchant le sol car brisées comme leur couvercle en d'innombrables morceaux. En céramique à pâte fine bien cuite sur l'extérieur de laquelle avait été appliquée une couverte blanche, rose ou crème, ces jarres cylindriques étaient de deux types *(photo 2)*. Certaines, les moins hautes, parfois arrondies à la base, portaient trois ou quatre petites anses à l'épaule. Les autres, un peu moins larges, plus oblongues, avaient une parfaite cylindricité. Les deux jarres que l'antiquaire Kando avait montrées à Eléazar Sukenik, qui les avait achetées avec trois manuscrits, illustraient ces types.

**2.** Jarres à manuscrits.

Elles sont aujourd'hui exposées au Sanctuaire du Livre à Jérusalem : la plus petite, de diamètre maximal 26,5 cm, est haute de 47,5 cm ; la plus grande, de diamètre 25 cm, a une hauteur de 65,7 cm.

Les couvercles, munis d'un large bouton de préhension en forme de disque (à léger piédouche), ressemblaient à de petits moules à manquer : diamètre de 17,5 cm pour le couvercle de la petite jarre de Sukenik, de 18,6 cm pour celui de la grande. Ils épousaient parfaitement les cols larges des jarres. Ils y étaient jadis maintenus grâce à des liens passés dans l'ouverture des anses puis croisés sur eux.

Une des jarres complètes contenait trois rouleaux de peau enveloppés dans des linges moisis, malodorants, que les bédouins déchirèrent et abandonnèrent là, n'emportant avec eux que les manuscrits et deux jarres – remises plus tard à l'antiquaire Kando de Bethléem. Les poteries et les pièces d'étoffe furent récupérées par les archéologues lorsqu'ils fouillèrent la grotte à leur tour et publiées par le dominicain Roland de Vaux et Grace M. Crowfoot en 1955 dans le premier volume de la série des *Discoveries in the Judaean Desert*. Les tessons appartenaient à des jarres des mêmes catégories que celles décrites par le professeur Sukenik et Roland de Vaux. Certains provenaient de jarres récemment cassées par les pilleurs de la grotte. Jamais jusqu'alors des jarres de cette sorte n'avaient été mises au jour en Palestine, ce qui suggérait qu'elles pouvaient avoir été fabriquées expressément pour la protection des manuscrits. Les jarres datent en gros du Ier siècle av. J.-C. et de la première moitié du Ier siècle ap. J.-C.

Des jarres similaires furent également retrouvées dans les grottes 2, 3, 6, 9 et 11, et une autre grotte livra du tissu, matériau périssable dont la préservation sur une longue période de temps ne peut être qu'exceptionnelle (grotte 11, *photo 16* p. 33). Le professeur Sukenik *(photo 3)* interpréta la collection de manuscrits de la grotte 1 comme une *genizah*, un « dépôt » de livres saints du judaïsme trop usagés pour continuer d'être utilisés, mais interdits de profanation (pas question de les jeter tout bonnement ni de les laisser en proie aux animaux), et qu'il fallait donc laisser dépérir naturellement quelque part. Il s'appuyait sur l'usure ancienne de certains documents et sur des sources juives renseignant sur le sort à réserver aux livres de la Loi défraîchis, tel Maimonide selon lequel « une Torah qui s'est usée ou a été déclarée impropre, doit être placée dans un vase en terre cuite et enterrée chez un érudit » (*Hilkot Sefer Torah*, X, 3). Ces réceptacles de terre constituaient en effet le meilleur moyen de préservation contre les agressions animales et climatiques. La théorie de Sukenik se heurta cependant à des arguments pertinents avancés par d'autres savants : les manuscrits dissimulés dans la grotte n'étaient peut-être pas tous en jarre, ils n'étaient peut-être pas tous usagés. On pouvait alors suggérer une interprétation différente : des manuscrits cachés, oui, mais devant une menace, afin de les protéger jusqu'à ce qu'il soit possible de les ressortir de l'ombre en des temps plus sereins. Il n'est pas exclu non plus que les

**3.** Eléazar Sukenik.

dépositaires des manuscrits aient choisi pour cachette le lieu de leur *genizah*. Archéologues et historiens donnèrent un visage à la menace suggérée : les Romains.

Les fouilles des ruines de Qumrân ont mis en évidence la fin brutale et définitive de l'occupation du site en 68 ap. J.-C. : murs écroulés, traces d'incendie, pointes de flèches, nombreuses monnaies juives (68) de la deuxième année de la guerre des Juifs (67) contre quatre monnaies seulement de la troisième année de la guerre (68). La couche de débris était surmontée d'un niveau archéologique dont furent tirées, entre autres, des monnaies romaines frappées à Césarée et Dor en 67-68. Flavius Josèphe raconte dans sa *Guerre juive* que pendant l'été 68 Vespasien, commandant des troupes de répression de la révolte juive, emmena la X$^{e}$ Légion « *Fretensis* » de Césarée Maritime à Scythopolis puis par la vallée du Jourdain et s'empara de Jéricho. La légion romaine s'en prit aussi vraisemblablement aux sites tout proches du désert de Juda dont Sokoka-Qumrân.

Quoi qu'il en fût, ces jarres associées à des écrits ont, depuis leur découverte, été baptisées « jarres à manuscrits » par les archéologues. Il est intéressant de remarquer que le patriarche nestorien Timothée I$^{er}$, vers 800 ap. J.-C., était déjà averti de cette pratique ancienne de conservation, puisqu'il raconte, dans une lettre au métropolite Serge d'Elam, que quelque temps auparavant, un chasseur de Jéricho ayant vu son chien disparaître dans une grotte près de la mer Morte, l'y suivit et fut surpris de trouver là des jarres pleines de manuscrits. Par ailleurs, Eusèbe de Césarée relate qu'Origène a recopié dans ses *Hexaples* (ouvrage disposé en six colonnes où il confronte les versions grecques de l'Ancien Testament au texte hébreu) des versions provenant de Jéricho, trouvées du temps de Caracalla (211-217) dans des jarres. Mais l'Ancien Testament (Jérémie 32,14), déjà, est familier de cette coutume bien attestée en Égypte, par la voix de Jérémie qui vient de racheter le champ de son oncle et ordonne au scribe Baruch : « Prends ces documents, le contrat de vente scellé que voici et le document ouvert que voilà, et place-les dans un récipient de terre cuite pour qu'ils se conservent longtemps. » À Sokoka-Qumrân, se procurer ces jarres-étuis ne posait pas de difficulté puisque l'endroit disposait des installations nécessaires à la production de poteries mises au jour par l'équipe du P. de Vaux.

Des 75 pièces textiles de la grotte 1, toutes de lin, peu représentaient des étoffes entières ; la plupart n'étaient que des bribes. Peut-être y avait-il eu, au départ, une quarantaine ou une cinquantaine de toiles. Les tissus les mieux conservés, des rectangles proches du carré, jamais plus longs que 60 cm, parfois ourlés, ont le coloris naturel de la fibre, écru avec des nuances d'intensité. Il s'agit de tissus à chaîne et trame dont le mode d'entrecroisement des fils (la contexture ou armure) est le plus simple qui soit, connu dans toutes les civilisations antiques : le fil de trame passe sur le premier fil de chaîne puis sous le deuxième, etc., et, au deuxième rang, il inverse le mouvement, passe sous la chaîne sur laquelle il est passé au rang précédent, puis sur celle sous laquelle il est passé au rang d'avant, et ainsi de suite. Cette armure est dite « de toile ». Les tissus sont des « toiles proprement dites » car tissés avec la même fibre, du lin. Elles respectent le commandement de Deutéronome 22,11 : « Tu ne t'habilleras pas avec une étoffe hybride de laine et de lin. » Quelques toiles étaient sobrement ornées de lignes bleues – des fils de lin teint à l'indigo, autre végétal et donc en mesure d'être utilisé en teinture sans violer les règles de pureté –, certaines formant des rectangles concentriques. L'indigo était fabriqué sur place à ᶜAïn Feshkha, à 3 km au sud (*photo 3* p.47). Certaines pièces portaient des marques dues à la façon dont elles avaient été repliées sur ce qu'elles protégeaient. Ces « empreintes » renseignent sur la position du manuscrit dans son enveloppe, en diagonale. Le Talmud mentionne la tradition d'emballer les manuscrits dans des étoffes (*Mishnah, Megillah* III, 1). Certains tissus plus grossiers car réalisés avec du fil de lin plus épais peuvent avoir été utilisés pour bloquer l'embouchure des jarres et mieux isoler encore les manuscrits contenus.

Quelques grottes de la falaise uniquement ont pu servir d'habitation, comme la numéro 11, et certainement les grottes de la terrasse marneuse (4, 5, 7 à 10) où on a retrouvé peu de céramique, principalement des marmites et des lampes à huile, ainsi que des nattes (grotte 4) et des noyaux d'olives. Les autres grottes 1, 2, 3, 6, 11 et de même la grotte 4 où les documents proliféraient constituent, quant à elles, de véritables caches à manuscrits. Toute une bibliothèque y a été transportée, d'une ampleur telle qu'il ne peut s'agir simplement d'une bibliothèque individuelle.

Toutes « bibliothèques » confondues, on a retrouvé des restes d'au moins 800 écrits dans les onze grottes à manuscrits de Qumrân. Il est difficile de donner un chiffre exact car parmi les dizaines de milliers de fragments, certains étaient si petits, inscrits de deux mots, un mot, voire une lettre, qu'il est impossible de dire s'ils appartenaient ou non au même manuscrit. Par ailleurs, la collection qui a survécu ne représente certainement pas la collection d'origine ; des grottes se sont éboulées, des ouvrages ont pu et dû disparaître complètement en deux mille ans à force de dommages – climat, moisissures, insectes, rongeurs, etc. À considérer l'émiettement poussé de certains textes, on s'imagine aisément que d'autres ont dû subir le même sort et avec une rapidité plus grande. De plus, en deux mille ans, les grottes ont pu être visitées (et pillées) à plusieurs reprises, outre les deux fois déjà mentionnées, et des centaines de manuscrits bibliques et non bibliques être emportés.

Ces 800 manuscrits comptent des copies d'une même œuvre (recopiée à Qumrân en plusieurs exemplaires) et des extraits d'ouvrages. Le nombre d'œuvres différentes représentées est d'environ 230. Ces écrits sur peau, parfois sur papyrus, exceptionnellement sur cuivre (un cas), n'étaient pas les seuls documents épigraphiques retrouvés dans les grottes. Quelques jarres portaient, en effet, des inscriptions ; des *ostraca* (tessons inscrits) ont aussi été recueillis.

Formellement, les manuscrits se présentaient, lors de leur découverte, en rouleaux de tailles différentes, dans un état de conservation très inégal – certains volumes, complètement décomposés, avaient l'allure de cigares ou de mégots –, ou bien en parcelles de rouleaux, de plus ou moins grande taille, certaines à peine plus larges que des confetti. Ces objets étaient la plupart du temps enveloppés de poussière, maculés ou totalement enrobés de boue. Parmi ces divers documents, on distingue d'abord de véritables livres destinés à la lecture et à l'étude ; ensuite, des *tefilîn* ou phylactères *(photos 4 et 5)*, petits morceaux de parchemin portant des passages de la Loi, que les Juifs, aujourd'hui encore, s'attachent au bras et sur le front lors des prières matinales, dans le respect d'Exode 13,9. Ces textes, d'une écriture minuscule aux lettres d'un demi-millimètre environ, étaient enfermés par un ou quatre dans des étuis de cuir en forme de boîte à œufs miniature, pliés en deux et maintenus fermés par une couture : ils avaient valeur d'amulette. Quelques dizaines d'étuis ont été retrouvés. Troisième catégorie de rouleaux : des *mezuzot* (*mezuzah* au singulier), morceaux de parchemin inscrits de versets bibliques, que les Juifs enfermaient – et enferment encore – dans une boîte cylindrique fixée au montant ou au chambranle des portes.

4. *Tefilîn* ou phylactères de la grotte 4.

Le cadre chronologique de l'ensemble de cette documentation manuscrite est donné par la plus ancienne écriture textuelle retrouvée, de l'hébreu de la fin du IIIe siècle av. J.-C. (4QSam$^b$), et par la date de la destruction définitive du site, 68 ap. J.-C. Ce cadre est bien sûr plus large que celui de l'occupation des grottes et du *Khirbeh* qu'il englobe, puisque certains livres ont été copiés ailleurs, à Jérusalem vraisemblablement, avant l'installation à Qumrân. Le plus récent document semble être le *Rouleau de cuivre*, texte gravé d'après un manuscrit original non métallique.

5. *Tefilîn* déroulé (4 x 2,6 cm) : feuille de la troisième capsule.

L'essentiel des livres était écrit sur peau d'animal. Seuls trois des 127 documents bibliques issus de la grotte 4 avaient par exemple été copiés sur du papyrus. Car la peau, matière première locale, était meilleur marché que le papyrus *(photo 6)* et plus abondante, et traditionnellement réservée aux textes sacrés. De mouton, de chèvre, de gazelle ou de bovidé (un cas relevé), elle était nettoyée de ses poils et de sa graisse par trempage dans une solution saline, puis étendue pour séchage et lissage à la pierre, parfois tannée, et enfin découpée en feuilles de divers formats. Les phylactères requéraient de très petites feuilles, très minces (0,04 mm contre 0,2 mm

6. Fragment de papyrus (4Q*Chronologie biblique* = 4Q559 : texte apocryphe).

en moyenne pour les livres), peut-être taillées dans la peau de fétus.

Comme les livres nécessitaient souvent l'emploi de plusieurs feuilles de cuir, elles étaient cousues ensemble (collées dans un seul cas à Qumrân) à l'aide de lin surtout ou de fins tendons souvent encore visibles aux coutures. Ainsi, le *Rouleau du Temple* rassemble 19 feuilles (sept d'une longueur moyenne de 40 cm, dix d'une longueur moyenne de 52 cm, la première de près de 60 cm et la dernière tout étroite) qui, cousues ensemble, lui donnaient à l'origine une longueur de 8,75 m! C'est sur le côté fleur (poil) de la peau que les copistes écrivaient, sur une surface où, le plus souvent, des lignes horizontales avaient été tracées à la pointe sèche pour assurer la régularité de l'écriture (les lettres s'écrivaient sous la ligne); d'autres verticales délimitaient les largeurs de colonnes et ménageaient des marges. Parfois, le copiste parvenu au bas d'une page continuait d'écrire au dos, du côté chair de la peau, au lieu d'ajouter une nouvelle feuille. Les rouleaux étaient fermés par des attaches et des lanières (*photo 1* p. 68).

Les livres du « fonds » qumranien qui nous est parvenu comprennent: des textes bibliques, écrits qui furent retenus vers la fin du Ier siècle ap. J.-C. dans le canon par les juifs de Palestine ou d'Alexandrie, et formèrent la Bible hébraïque, c'est-à-dire l'Ancien Testament; des apocryphes, textes dont l'authenticité a été mise en question par les juifs ou plus tard l'Église chrétienne, qui ne les ont pas retenus dans leur canon; une littérature de création proprement essénienne – qumranienne du moins. Chacune de ces catégories représente environ un tiers du fonds.

## Les manuscrits « bibliques »

Les manuscrits « bibliques » de Qumrân sont de grande valeur car ils fonctionnent comme des miroirs rétrospectifs, du présent et du futur, qui reflètent les textes sacrés des judaïsmes anciens dont témoignent quatre bibles. D'abord, la version alexandrine, en grec, de l'Ancien Testament hébreu, encore appelée Septante, réalisée par 72 juifs d'Égypte d'abord sur commande de Ptolémée Philadelphe, entre la première moitié du IIIe siècle av. J.-C. et la fin du IIe siècle av. J.-C. Elle a pour base les textes hébraïques religieux qui faisaient autorité chez les juifs d'alors, écrits nombreux qui ne furent pas tous retenus dans le canon hébraïque établi plus tard. Dans cette bible, Daniel compte parmi les Prophètes, Jérémie y est plus court et ses chapitres figurent dans un ordre différent. Cette Bible qui compte aussi Ben Sira fut adoptée par les chrétiens de l'Église primitive.

Autre texte : la Bible hébraïque de Jamnia (Yavneh au sud de Jaffa). Sa composition fut fixée – c'est-à-dire qu'on décida d'admettre un certain nombre d'œuvres qui feraient officiellement autorité – par des rabbins au « concile » éponyme (vers la fin du Ier siècle ap. J.-C.) à l'issue d'une élaboration par étapes étalée sur plusieurs siècles, sans doute depuis l'époque d'Esdras (seconde moitié du Ve siècle av. J.-C.), quand fut reconnue une liste de cinq livres qui s'enrichit des récits des Prophètes et des Psaumes. Cette règle ou

« canon » née d'une codification sélective fait de cette Bible un ensemble moins vaste que la Septante : elle s'ouvre avec la Torah (« Loi » de Moïse) constituée de cinq livres ou Pentateuque ; viennent ensuite les écrits de prophètes (prophètes antérieurs et postérieurs, et douze autres prophètes), puis les Hagiographes ou Saintes Écritures : Ruth, Chroniques, Esdras, Néhémie, Esther, Job, Psaumes, Proverbes, Ecclésiaste, Cantique des cantiques, Lamentations, Daniel.

La Bible samaritaine est, elle, singulière par rapport aux autres, ses livres se résumant au seul Pentateuque. Elle constitue l'unique texte saint des Samaritains de Sichem (aujourd'hui Naplouse, en Samarie). Ce Pentateuque diffère du Pentateuque canonique hébraïque car il contient des passages différents et des additions. Il est écrit en caractères paléo-hébraïques, contrairement au canon de Jamnia qui imposa, pour les rouleaux bibliques, l'écriture araméenne de l'époque, appelée faussement « hébreu carré ».

Quant à la Massore ou Massorah, c'est une Bible hébraïque « critique » née de l'examen des textes bibliques par des érudits juifs en ayant fixé les leçons et la distribution (canon), ainsi que la langue (par l'invention des signes vocaliques) après le VIe siècle ap. J.-C.

Tous les livres de la Bible juive canonique à l'exception d'Esther sont représentés dans la documentation de Qumrân. Des œuvres le sont en plusieurs exemplaires, tels Genèse, Lévitique, Deutéronome, Isaïe, les petits prophètes, les Psaumes. Certaines copies d'un livre n'existent qu'à l'état de fragment(s) où ne subsistent que quelques versets, quelques mots. Faits plutôt exceptionnels en épigraphie, certains textes s'avèrent assez proches des ouvrages originaux. Par exemple, on sait que la composition finale du livre de Daniel eut lieu autour de 164 av. J.-C. Or, un exemplaire de Daniel livré par la grotte 4, copié dans une écriture caractéristique de la fin du IIe siècle av. J.-C., suit d'un demi-siècle seulement le Daniel autographe.

**7.** Fragments d'Exode (Murabbaᶜât 1 4).

## *Le Pentateuque*

En ce qui concerne le Pentateuque, la majorité des manuscrits se rapprochent du texte massorétique, avec des exceptions en faveur du texte de la Septante ou du texte samaritain.

La Genèse, qui détaille les origines du monde, de l'humanité et des ancêtres du peuple d'Israël (Abraham, Isaac, Jacob, Joseph), est représentée à Qumrân par 19 manuscrits.

**8.** Fragments du Lévitique (1QLév, écriture paléo-hébraïque).

L'Exode, qui traite de la sortie d'Égypte des Israélites dirigés par Moïse, est illustré par 17 manuscrits *(photo 7)*. L'un d'eux, 4QEx$^{a}$, est remarquable parce que proche de l'archétype hébreu de la Septante, avec la mention de 75 personnes dans la famille de Jacob en Égypte (comme dans la Bible alexandrine et Actes 7,14), et non 70, chiffre donné par le texte massorétique. Un autre (4QEx$^{m}$) donne la recension protosamaritaine de l'Exode.

Le Lévitique, qui liste en détail les lois religieuses et sociales confiées à la garde des prêtres descendants de Lévi compte 13 copies *(photo 8)*. De la grotte 4 provien-

**9.** Fragment du Deutéronome (4QDt 32).

nent à la fois un exemplaire sur peau et des fragments de papyrus, dont les textes appartiennent à la tradition de la Septante ; leur paléographie indique qu'ils ont été copiés au Ier siècle av. J.-C. au plus tôt, au Ier siècle ap. J.-C. au plus tard. Un exemplaire de la grotte 11 est en paléo-hébreu (*photo 5* p. 141). Notons à ce propos que le paléo-hébreu ne concerne que le Pentateuque (3 manuscrits de Genèse, 2 d'Exode, 4 du Lévitique, 1 de Nombres, 2 de Deutéronome), Job, une paraphrase de Josué et des fragments non identifiés. Il faut encore ajouter une traduction araméenne du livre.

Huit manuscrits donnent le livre des Nombres, qui évoque entre autres deux recensements des douze tribus d'Israël au Sinaï, d'où son titre. Tout un groupe de fragments de la grotte 4, notamment, appartenaient à un manuscrit (4QNb[b]) daté de l'époque hérodienne (Ier siècle av. J.-C.), donc tardif, mais d'un intérêt textuel – sinon visuel par l'usage décoratif de l'encre rouge – insigne dans la mesure où il occupe une position médiane entre les versions alexandrine et samaritaine du même livre.

Trente-trois manuscrits du Deutéronome, deuxième loi rappelant au peuple d'Israël le sens de ses expériences au désert et la Loi divine à respecter, ont été retrouvés. Ils sont parents du texte des Massorètes à l'exception d'un petit rouleau de la grotte 4 sur lequel seul le Cantique de Moïse (Dt 32,43) avait été copié *(photo 9)*. Ce chapitre est court dans la Massore, mais d'une version plus longue à Qumrân et dans la Septante. Ce manuscrit est ainsi plus proche de la Septante.

## *Les livres prophétiques*

Les prophètes antérieurs relatent la conquête de la Palestine menée par Josué, le successeur de Moïse à la tête du peuple hébreu, les avanies des tribus d'Israël et leur chance d'être à chaque fois libérés par des envoyés de Dieu (Juges), les débuts de la royauté d'Israël avec Saül et David (les deux livres de Samuel), le règne de Salomon et, après sa mort, celui des rois du nord – Israël – et du sud – Juda – (les deux livres des Rois). Ils sont documentés par les grottes 1, 4, 5 et 6, avec des manuscrits dérivés du modèle hébreu de la Septante. Parmi les manuscrits bibliques de Qumrân les mieux préservés figure un rouleau du prophète Samuel de la grotte 4, 4QSam$^{a}$. 47 colonnes ont été conservées sur 57 à l'origine. Les deux parties de l'œuvre ont été copiées sur le même rouleau, la seconde ayant subi moins de dommages. Le manuscrit doit sa belle survie à une bande de papyrus collée au dos du cuir pour le renforcer. Un second exemplaire de Samuel (4QSam$^{b}$), compagnon de grotte du premier, a bénéficié d'une étude poussée de son écriture par Frank M. Cross qui l'a datée de la fin du III$^{e}$ siècle av. J.-C. *(photo 10)*.

**10.** Fragment de 1 Samuel (4QSam$^{b}$).

Les livres des quatre grands prophètes postérieurs contiennent les paroles des messagers de Dieu. Il s'agit d'Isaïe, prophète à Jérusalem dans la deuxième moitié du VIII$^{e}$ siècle av. J.-C. ; de Jérémie, également prophète à Jérusalem, à la charnière des VII$^{e}$ et VI$^{e}$ siècles av. J.-C. ; d'Ézéchiel, ex-prêtre du Temple de Jérusalem, prophète des Israélites exilés à Babylone au début du VI$^{e}$ siècle av. J.-C. ; et de Daniel. Ils sont représentés par 21 manuscrits pour Isaïe – dont un rouleau complet, 1QIs[a], acquis par Mar Samuel et emporté aux États-Unis en 1948, et 1QIs[b] acheté par Eléazar Sukenik en 1947 –, six pour Jérémie, six pour Ézéchiel et huit pour Daniel. Le texte du premier rouleau d'Isaïe de la grotte 1 a été retouché, peut-être par des exégètes esséniens, par rapport au texte du second qui, lui, épouse la tradition perpétuée par les Massorètes. Deux manuscrits de Jérémie s'avèrent proches de l'original hébreu de la Septante, avec un texte plus court et un ordre des chapitres différent. Les manuscrits du livre de Daniel, somme de récits paraboliques et de visions symboliques, sont dans l'ensemble fidèles au texte massorétique, les variantes enregistrées renvoyant au modèle de la Septante. L'hébreu des versets glisse vers l'araméen et *vice versa*. Le passage de l'hébreu à l'araméen correspond au texte canonique.

Les douze « petits » prophètes (Amos, Osée, Joël, Abdias, Jonas, Michée, Nahum, Habaquq, Sophonie, Aggée, Zacharie, Malachie) sont représentés par huit manuscrits. Ces exemplaires reflètent la tradition massorétique.

### *Les Hagiographes*

Les Écrits sont représentés par douze œuvres à Qumrân : les Chroniques (un manuscrit), Esdras-Néhémie (1), les Psaumes (34), Job (4), les Proverbes (3), Ruth (4), le Cantique des cantiques (4), Qohelet (2), les Lamentations (4), Ben Sira (1), Tobit (5), l'Épître de Jérémie (1). Le livre d'Esther, jeune Juive devenue reine de Perse au ve siècle av. J.-C., est le seul absent des manuscrits recueillis. Nul ne saurait dire si le rejet de l'ouvrage par les Qumraniens ou tout simplement le hasard (manuscrit disparu au cours du bimillénaire) explique ce manque.

Les Psaumes, poèmes cultuels chantés, ont été identifiés par bribes sur 34 copies *(photo 11)*. Les poèmes y apparaissent dans l'ordre donné par la Massore, sauf dans un cas. Dans deux cas, le texte est disposé stichométriquement (par vers) et alphabétiquement, chaque verset commençant par une consonne différente, *'alef, bet, gimel*, etc.

**11.** *Rouleau des Psaumes* : 11QPs[a] IX-XI : Psaume 119, 59-120 (alphabétique).

Le livre de Job, homme droit et intègre, pose la question de la gratuité de la fidélité à Dieu. Il a été lu dans les vestiges de quatre manuscrits à Qumrân. Le premier document est écrit en hébreu carré, l'autre avec des caractères paléo-hébraïques dérivés de la vieille écriture hébraïque d'avant l'exil à Babylone, revenue à la mode sous les Maccabées et dont l'archaïsme servait le nationalisme juif.

On a retrouvé aussi deux traductions araméennes du livre dans les grottes 4 et 11.

Les Proverbes, conseils de sagesse, figurent dans les restes de trois manuscrits. Le livre de Ruth, Moabite dont David fut l'arrière-petit-fils, subsiste sur des morceaux de quatre manuscrits. Le Cantique des cantiques, recueil de poèmes d'amour, a été reconnu par les épigraphistes sur des fragments de quatre manuscrits.

Deux exemplaires du livre de Qohéleth, collection de conseils et de réflexions sur la vie humaine, ont été mis au jour dans la grotte 4. L'un d'eux peut avoir été copié entre 175 et 150 av. J.-C., c'est-à-dire environ un demi-siècle à un siècle après la rédaction du texte autographe. Son orthographe est plus développée que l'original du IIIe siècle av. J.-C.

Les Lamentations, qui déplorent la destruction de Jérusalem par les Babyloniens en 587 av. J.-C., comptent parmi les fragments de quatre manuscrits.

Les Chroniques, fresque historique embrassant tout depuis la création du monde jusqu'à l'exil babylonien, sont représentées par un seul manuscrit. De même les livres d'Esdras et de Néhémie, consacrés au retour à Jérusalem des Juifs exilés à Babylone, suites logiques des Chroniques. La grotte 7 a livré un exemplaire de l'Épître de Jérémie en grec, la grotte 2 une copie de l'Ecclésiastique encore appelé Ben Sira d'après le titre du recueil en grec (« Sagesse de Jésus, fils de Sira »), qui se résume à quelques parcelles manuscrites en hébreu, au texte similaire à celui de la *genizah* du Caire. Avec cinq manuscrits, dont quatre araméens et un hébreu, la moisson de livres de Tobit reste la plus copieuse après les Psaumes.

## *Les textes deutérocanoniques*

Ces écrits sont des textes qui n'ont pas été retenus par les docteurs de la Loi juive à la fin du Ier siècle de notre ère lors de la composition de la liste officielle des livres saints du judaïsme. La Bible juive ne les possède pas. En revanche, ces textes avaient été conservés en grec à Alexandrie par les traducteurs de la Bible hébraïque, puisque leur travail se situa avant l'établissement du canon de Jamnia. Et ils sont passés aussi dans l'Ancien Testament de l'Église, héritière des premiers chrétiens dont le canon, fixé au IVe siècle puis confirmé en 1546 par le concile de Trente, s'appuya sur la Septante. C'est pourquoi ils sont également nommés livres deutérocanoniques (« canonique en second » en grec) dans la Bible catholique. Ces livres sont absents des Bibles protestantes ayant adopté au XVIe siècle le canon hébraïque de Jamnia. Ils y ont été conservés néanmoins sous l'appellation d'apocryphes jusqu'au XIXe siècle, et furent ensuite abandonnés. De ces deutérocanoniques (livres de l'Ecclésiastique, de Baruch, de l'Épître de Jérémie, d'Esther grec, de Judith, de Tobit, des Maccabées, de la Sagesse), seuls les livres de Tobit, du Siracide et l'Épître de Jérémie ont été retrouvés à Qumrân.

## Les apocryphes

Par ailleurs, ont été retrouvés à Qumrân des apocryphes vétéro-testamentaires. Ces textes témoignent de la riche littérature religieuse dont disposaient les Juifs aux derniers siècles du millénaire avant notre ère. Pour certains, leur existence était connue car des copies ou des versions araméennes, grecques, éthiopiennes, latines ou autres existaient encore ou avaient été découvertes avant Qumrân. Pour d'autres, inconnus jusqu'à leur découverte dans les grottes de Qumrân, l'information transmise est toute neuve.

Ces « écrits perdus » du judaïsme ont pour nom : le *Livre des Jubilés*, le *Livre d'Hénoch*, les *Testaments des douze patriarches* (dont des témoignages des *Testaments de Lévi, de Nephtali, de Juda, de Joseph,* ont été retrouvés à Qumrân), le *Testament de Jacob*, le *Testament de Qahat*, un *Apocryphe de la Genèse*, un *Pseudo-Jérémie*, les P*saumes de Josué*, les *Visions de ᶜAmram,* la *Prière de Nabonide*, les *Paroles de Michel*, le *Livre des Géants*, la *Naissance de Noé*, le *Pseudo-Ézéchiel*, le *Pseudo-Daniel*, le *Pseudo-Moïse*, la *Prophétie de Josué*, un *Apocryphe de Daniel*, *Jérusalem nouvelle*, *Les Quatre Royaumes*, etc.

Le *Livre des Jubilés* est représenté par environ 17 manuscrits écrits dans un hébreu fluide. Probablement composé vers le milieu du IIᵉ siècle av. J.-C. par des prêtres, il raconte l'histoire sainte, depuis la Création jusqu'à la théophanie au Sinaï. Une version de ce livre existe en éthiopien ancien, une autre en latin, incomplète par rapport à la précédente. Les documents qumraniens répondent au modèle qui inspira ces versions. Une précision sur le nom du livre, relation des origines découpée en quarante-neuf séquences de quarante-neuf ans chacune. Quarante-neuf années composaient, pour les juifs, un « jubilé » qui s'ouvrait sur une année sainte, de repos, vouée à la commémoration de la remise des commandements à Moïse : « Tu compteras sept semaines d'années, c'est-à-dire sept fois sept ans ; cette période de sept semaines d'années représentera donc quarante-neuf ans. (...) Vous déclarerez sainte la cinquantième année et vous proclamerez dans le pays la libération pour tous les habitants ; ce sera pour vous un jubilé » (Lévitique 25,8 et 10). On affranchissait alors les esclaves, on retournait les terres aliénées à leurs propriétaires ou à leurs représentants. Le récit du livre se déroule ainsi en un jubilé de jubilés. *Le Livre des Jubilés* est cité par le *Document de Damas* (XVI 3) comme livre d'autorité : « Livre des divisions du temps selon leurs jubilés et leurs semaines. »

Le *Livre d'Hénoch* ou *1 Hénoch* apparaît sur une douzaine de manuscrits en pièces, en araméen, issus de la grotte 4. Il s'agit d'une apocalypse juive qui remonterait en partie au IIe siècle av. J.-C. – certains passages sont plus anciens. Elle était déjà connue grâce à une version éthiopienne traduite du grec, à une apocalypse en slavon (*Les Secrets d'Hénoch*), à des papyri égyptiens découverts à Akhmîm en 1886-1887 et écrits en grec, à un papyrus en grec titré *Lettre d'Hénoch* (Chester Beatty-Michigan), à une version latine traduite du grec. Elle s'organise en cinq parties : le voyage d'Hénoch dans l'au-delà (chapitres 1 à 36 formant le *Livre des Veilleurs*) ; trois paraboles sur le Fils de l'Homme (chapitres 37 à 71) absentes à Qumrân car plus tardives ; le *Livre astronomique*, un calcul des mouvements solaires et lunaires (chapitres 72 à 82) ; le *Livre des Songes*, visions d'Hénoch sur l'histoire du monde, dans lesquelles des animaux ont pris symboliquement la place des peuples et des gens (chapitres 83 à 90) ; la *Lettre d'Hénoch*, une apocalypse des semaines que suivent des exhortations vertueuses sur pauvres et riches et un récit de la naissance de Noé (chapitres 91 à 108). Cinq copies de Qumrân consistent en les première et quatrième parties en fragments. Quatre copies traitent de la troisième partie. Une copie rend le seul début de la cinquième partie. Le personnage d'Hénoch est évoqué brièvement dans Genèse 5,18-24, dans la liste des patriarches d'Adam à Noé. Il est le fils de Yéred, le père de Matushélaḥ et d'autres enfants, et vécut 365 ans (autant d'années que de jours dans l'année solaire) « ayant suivi les voies de Dieu ». Selon une hypothèse de Józef Milik, des fragments du *Livre des Géants* inconnu de *1 Hénoch* ont pu occuper la place des « Paraboles » dans le livre de 1 *Hénoch* de Qumrân.

Les *Testaments des douze patriarches* rapportent les ultimes paroles des douze fils de Jacob à l'instar de Genèse 49 où ce dernier bénit sa progéniture et lui annonce son avenir. Œuvres du IIe siècle av. J.-C., ils ont été copiés de siècle en siècle. Le corpus dont notre époque moderne a hérité (avant que ne surviennent les documents de Qumrân) réunit des textes grecs (un codex du Xe siècle conservé au monastère de Koutloumous au mont Athos, un manuscrit contemporain à la bibliothèque universitaire de Cambridge, un codex du XIIIe à la bibliothèque Vaticane, un manuscrit du XIVe à la bibliothèque Bodléienne d'Oxford, du XVIIe au monastère Sainte-Catherine du mont Sinaï), arméniens traduits du grec (plusieurs manuscrits au Patriarchat arménien de Jérusalem), slavons (tardifs et tirés des sources grecques), et s'inspire d'un texte araméen dont une copie a été retrouvée dans la *genizah* du Caire.

Le *Testament* ou *Apocryphe de Lévi*, attesté par des fragments en araméen des grottes 1 et 4 (*photo 5* p. 191), restes d'au moins sept manuscrits, était auparavant parvenu jusqu'à nous en résumé par le biais des plus tardifs *Testaments des douze patriarches* en grec et par un document plus développé dont un manuscrit grec du Xe siècle ap. J.-C. conservé en Grèce au mont Athos – et des fragments araméens sortis de la *genizah* du Caire. La version qumranienne est bien plus longue que la grecque des *Douze Patriarches*, cependant elle est presque identique à la version du mont Athos qui inclut, elle aussi, une prière de Jacob et des prescriptions sacrificielles, et aux textes de la *genizah* qui comprennent également ces dernières.

Le *Testament de Nephtali*, connu lui aussi par son correspondant dans les *Testaments des douze patriarches*, a été retrouvé dans la grotte 4. Il est donné en hébreu et de manière plus longue. Il rapporte les paroles de Nephtali, fils de Jacob, chef d'une des tribus d'Israël.

Le *Testament de Juda*, présent dans les *Testaments des douze patriarches* sous une forme très abrégée, ne réunit à Qumrân (grotte 4) que quatre fragments araméens. La belle écriture asmonéenne sur peau situe la copie au deuxième tiers du Ier siècle av. J.-C. Le nom de celui qui relate le deuxième voyage en Égypte des frères de Joseph et comment ce dernier se fait reconnaître de l'auteur et des autres frères, n'a pas été conservé dans les morceaux dont on dispose. L'auteur est un des onze frères, vraisemblablement Juda qui sauva jadis Joseph de la mort en persuadant ses frères de le tirer de la fosse où ils l'y avaient mis pour le vendre à des Ismaélites en route pour l'Égypte et qui voulut se substituer à son cadet, Benjamin, que Joseph, ministre de Pharaon, voulait garder comme esclave afin que leur père ne meure pas de chagrin. Il serait logique que ce soit lui que Joseph « embrasse en pleurant », comme il est dit par une ligne du texte qumranien. La grotte 3 a, elle, livré les fragments d'une traduction résumée en hébreu du même testament.

De l'exemplaire sur peau du *Testament de Joseph* à Qumrân (grotte 4), il ne reste que cinq menus morceaux en araméen. Trois d'entre eux recoupent le *Testament* correspondant de l'ouvrage grec dévolu aux douze patriarches, mais les deux autres n'y ont pas d'équivalent. Cette œuvre donne la parole à Joseph qui rappelle à ses fils les événements de sa vie et leur fait des recommandations. Du récit, il n'est transmis par les fragments que l'épisode de la vente de Joseph comme esclave en Égypte par les Ismaélites. Le texte du manuscrit semble, d'après son écriture, avoir été copié dans la première moitié du Ier siècle av. J.-C.

Le *Testament de Jacob* est représenté par une seule copie dont n'ont subsisté que 25 bribes en araméen. Un ange descendu du ciel remet à Jacob des tablettes où il peut lire ses détresses passées et son avenir : le texte est donc de nature apocalyptique aussi bien que testamentaire. La mention du nom de Béthel (à environ 15 km au nord de Jérusalem) fait penser à Genèse 35 où Dieu demande à Jacob d'aller lui élever un autel en cette même localité. Une allusion à Bir-Zeit, au nord-ouest de Ramallah, pourrait indiquer l'évocation des guerres maccabéennes, puisque c'est là que mourut Judas Maccabée selon 1 Maccabées 9.

Du *Testament de Qahat*, la grotte 4 seule a livré des fragments, un beau morceau de peau à deux colonnes de 13 lignes de texte et deux miettes en araméen. Il s'agit des paroles d'adieu de Qahat, fils de Lévi, à son fils ᶜAmram et à sa descendance. À ce manuscrit fait écho un texte intitulé « Des trois patriarches » dans un ouvrage grec d'époque chrétienne, les *Constitutions apostoliques*. Les « trois patriarches » en question sont Lévi, Qahat et ᶜAmram, le premier ayant fondé la lignée des grands prêtres du judaïsme. Voilà qui montre que le texte du modèle auquel se rattache le texte de Qumrân, copié dans le dernier quart du IIe siècle av. J.-C., était encore en circulation à l'ère chrétienne en version grecque. Ce modèle devait être araméen comme les deux autres testaments, de Lévi et de ᶜAmram.

Les *Visions de ᶜAmram (photo 12)* est le titre d'un livre de nature testamentaire dans la lignée des *Testaments de Lévi* ou *de Qahat*. Cette œuvre rapporte les dernières instructions de ᶜAmram, fils de Qahat et petit-fils de Lévi, à ses fils Aaron et Moïse avant sa mort le même jour. Elle a été retrouvée dans la grotte 4 en au moins cinq exemplaires (peut-être sept) en araméen. L'exemplaire qui a le mieux survécu dispose de 45 ou 46 fragments dont, par chance, un morceau du début du rouleau qui en donne le titre : « Copie de l'écrit des paroles des visions de ᶜAmram (...). » Un autre manuscrit a également conservé le titre. D'où l'appellation par Émile Puech, qui en a étudié et publié les copies, de « Visions » plutôt que de « Testament ». Néanmoins, cette œuvre pourrait ne faire qu'une avec le troisième *Testament* patriarcal dont parlent les *Constitutions apostoliques* grecques. Autre empreinte de cette œuvre

**12.** *Visions de ᶜAmram* (4Q545, araméen).

dans la littérature postérieure, les XXXV^e^ *Homélies* d'Origène sur Luc 12,58-59 intègrent un résumé de ces *Visions*. L'original de ces dernières provient d'un milieu sacerdotal identique à celui qui produisit les *Testaments de Lévi* et *de Qahat* au IIIe ou dans la première partie du IIe siècle av. J.-C. Parmi les copies des *Visions*, certaines ne possèdent plus que de rares fragments (deux ou trois), d'autres un peu ou largement plus (9, 12 ou 25 fragments).

**13.** *Apocryphe de la Genèse* (1QApGn, araméen).

Un *Apocryphe de la Genèse (photo 13)* provient de la grotte 1. C'est l'un des manuscrits dont disposait le métropolite Samuel de Jérusalem. Cet exemplaire, en araméen et donc populaire (les Juifs de l'époque parlaient araméen au quotidien et non hébreu) date de la fin du Ier siècle av. J.-C. L'original du livre, qu'on qualifie de pseudépigraphe car c'est un « faux livre » de la Genèse, remonterait à une date autour de 100 av. J.-C. Il s'agit d'une version habilement romancée du récit de la Genèse dotée d'ajouts tel le récit de la naissance de Noé. L'un des passages assez bien conservés raconte le voyage d'Abraham et de Sara en Égypte ; l'auteur de l'ouvrage a embelli la remarque de Genèse 12 sur la beauté de Sara en décrivant les manifestations physiques de cette beauté, rendant ainsi l'histoire plus visuelle, savoureuse, au goût des lecteurs populaires. Le rouleau, dont le début et la fin sont perdus, n'englobe que les quinze premiers chapitres de la Genèse.

Plusieurs manuscrits de la grotte 4 illustrent d'autres pseudépigraphes : *Pseudo-Jérémie* qui n'a aucun lien avec le livre du grand pro-

**14.** 4Q*Pseudo-Jérémie* (= 4Q385a, hébreu).

phète dernier Jérémie *(photo 14)*, *Pseudo-Daniel, Pseudo-Ézéchiel* et *Pseudo-Moïse.*

Les *Psaumes de Josué* de la grotte 4, dont le titre est connu par un autre manuscrit (4Q*Testimonia*, *photo 18* p. 124), rassemblent des hymnes qui étaient parfaitement inconnues avant les découvertes des rouleaux de la mer Morte. Attribués au successeur de Moïse, ils citent parfois des moments connus du livre biblique du premier prophète Josué, telle la malédiction lancée sur Jéricho (Josué 6,26).

La *Prière de Nabonide*, portée pour la première fois à la connaissance des savants par un petit rouleau de la grotte 4, commence ainsi : « Paroles de la prière qu'a priée Nabonide », ce qui donne l'identité du livre. Nabonide fut un roi historique, non de légende, qui régna sur l'Assyrie et la Babylonie. Il fut le dernier monarque néobabylonien vers 555-539 av. J.-C. et séjourna plusieurs années à Teima, une oasis du désert d'Arabie du Nord. Son fils Belshassar lui succéda en tant que régent. Ces éléments connus de l'histoire de la fin de l'empire néo-babylonien sont contenus dans la *Prière*. L'on y apprend que le roi est atteint d'une inflammation maligne pendant sept ans qui l'oblige à s'isoler à Teima et à prier les dieux « faits d'argent, d'or, [de bronze, de fer,] de bois, de pierre, d'argile ». Le roi est guéri lorsqu'un devin juif l'engage à prier le vrai dieu. Un récit parallèle existe dans le livre de Daniel (Daniel 4), mais avec pour héros Nabuchodonosor à Babylone, « chassé d'entre les hommes », mangeant de l'herbe et devenu tel un animal sauvage, cheveux et ongles longs, cela durant « sept périodes », jusqu'à ce qu'il se mette à glorifier le Dieu de Daniel. La *Prière* a pu ainsi être la source de l'auteur de Daniel. D'ailleurs, le chapitre suivant de Daniel contient une autre réminiscence, avec le festin de Belshassar dont les convives louent « les dieux d'or et d'argent, de bronze, de fer, de bois et de pierre ».

Les *Paroles de Michel* sont le récit d'une vision d'anges mentionnant l'archange Gabriel, neuf montagnes, une ville au nom du Seigneur, intervenue au cours d'une assomption. Voilà ce qu'en divulguent les petits restes de deux manuscrits : un grand fragment et une bribe en araméen, de la grotte 4 et quelques fragments de papyrus de la grotte 6. La copie de 4Q débute avec ce qui semble le titre de l'œuvre : « Les paroles du livre que Michel dit aux anges. » Le récitant se prénomme Michel, le visionnaire n'est pas identifié dans les fragments mais le nom d'Hénoch a été avancé par les spécialistes qui trouvent des similitudes entre ce document et le *Livre d'Hénoch* qui appartient à la littérature apocalyptique juive connue.

Le *Livre des Géants* est une œuvre dont les grottes 1, 4 et 6 ont livré de nombreux fragments représentatifs au total de neuf, voire onze exemplaires araméens. Le plus souvent en très mauvais état, le texte déchiffré sur ces fragments développe l'histoire des anges déchus à laquelle Genèse 6,1-4 fait référence : des êtres supérieurs viennent s'unir aux filles des hommes qui enfantent « les géants sur la terre », récit que l'on retrouve aussi dans le *Livre des Veilleurs* contenu dans la première partie du livre apocryphe d'*Hénoch* (*1 Hénoch* 6-16). C'est Józef Milik qui identifia le *Livre des Géants* à Qumrân, un livre dont Mani fit une autre rédaction en syriaque traduite en diverses langues, moyen-persan, sogdien (parlé jadis en Asie, entre les fleuves Iaxarte et Oxus), parthe, ouigour (langue du Turkestan oriental), copte, surtout connue grâce à la découverte des manuscrits de Turfan (Turkestan oriental) et Chotsko (Chine). Le texte qumranien recoupe de très loin la composition manichéenne. En outre, des allusions au livre sont présentes dans l'œuvre du chronographe byzantin Georges le Syncelle et dans une interprétation rabbinique de l'Écriture, le *Midrash de Šemḥazaï* et Aza'el. Les copies découvertes à Qumrân sont certainement fidèles à l'original. Les noms de géants sont donnés, parmi lesquels un Gilgamis, détail intéressant puisque ce nom est aussi celui du héros éponyme de l'épopée héritée de Sumer : Gilgamesh.

La *Naissance de Noé*, titre donné par les épigraphistes à un livre en araméen retrouvé dans la grotte 4 en trois exemplaires très lacunaires, raconte la venue d'un enfant qui sera reconnu comme « élu de Dieu » par des signes corporels distinctifs (une tache rouge sur sa chevelure, des grains de beauté sur sa peau). Il sera sage, intelligent mais devra apprendre les mystères des êtres vivants dans trois livres. Il aura à faire face à des dévastations en lien avec « les eaux ». Son nom n'apparaît pas dans les lignes arrachées aux dommages du temps. Toutefois, les spécialistes ont voulu reconnaître Noé dans ce personnage pour de nombreuses raisons : l'expression « élu de Dieu » se rapproche des « aimés de Dieu » désignant les patriarches (Flavius Josèphe, *Antiquités juives* 1 § 106), et Noé en fut un ; deux livres de la littérature juive contemporaine de ce texte, celui d'*Hénoch* (*1 Hénoch* 106-107) et l'*Apocryphe de la Genèse* de la grotte 1, portent une attention particulière à la naissance presque miraculeuse de Noé ; « les eaux » peuvent être celles du Déluge ayant entraîné des destructions.

Bien d'autres livres apocryphes ont été reconnus parmi les fragments des grottes, que nous nous contenterons de citer, mais dont la liste incomplète permet de souligner encore la richesse de la bibliothèque de Qumrân. Il s'agit de : *Apocryphe de David* (?), *Apocryphe de Moïse, Apocryphe de Jérémie, Apocryphe de Daniel, Apocryphe d'Élisée, Prophéties apocryphes, Prophétie de Josué, Visions de Samuel, Visions* (en araméen), *Pseudo-Jubilés, Paraphrase des Rois, Psaumes* non canoniques et *Prières, Chronologies bibliques, Lamentations* apocryphes, *Béatitudes, Les Quatre Royaumes, Composition* sapientielle *(Instructions)*, etc. S'y ajoutent des textes particuliers tels que *Phases de la lune* (livre crypté), *Brontologion* (sur le tonnerre), *Horoscopes* (traitant de physiognomonie), plus des *Proverbes* araméens. Et une grande quantité de documents non identifiés, dont un texte crypté.

## La littérature essénienne

Une série de documents qui dormaient dans les grottes, peut-être un tiers, sont à considérer à part, car de composition essénienne ou même « qumranienne ». Ce sont donc, cette fois, des ouvrages ou copies d'ouvrages originaux qui ne connaissent pas, jusqu'à ce jour et à l'exception d'un seul, de parents ailleurs. Ils rassemblent des textes de natures diverses, commentaires ou florilèges d'écrits bibliques, compilations ou paraphrases de passages bibliques, prières, codes de discipline, règles, etc.

Le *Document de Damas (photo 15)*, l'exception susmentionnée, est un texte identifié sur des fragments de peau et de papyrus en

15. *Document de Damas* (4Q271).

**16.** *Règle de la Communauté* (1QS, colonnes IV-V).

hébreu des grottes 4, 5 et 6. Deux recensions manuscrites des X^e^-XII^e^ siècles étaient connues depuis la découverte, en 1896, de la *genizah* d'une synagogue du Vieux Caire (Égypte). À l'époque, personne n'avait pu dater avec certitude l'œuvre-mère dont ces copies découlaient. Le *Document* de Qumrân traite de la persécution des membres d'un groupe chassé de Jérusalem « au pays de Damas ». La première recension de la *genizah* procure les meilleurs recoupements, mais la version qumranienne demeure la plus longue avec, notamment des développements sur la pureté rituelle. Cette dernière composition présente deux volets : un commentaire du plan salvifique divin dans l'histoire, une règle détaillée des membres de la Nouvelle Alliance.

La *Règle de la Communauté (photo 16)*, dont le manuscrit de la grotte 1 est quasi-complet et les neuf autres de la grotte 4 fragmentaires, a probablement pour auteur le Maître de Justice. Les écrits retrouvés ne sont pas des autographes, seulement des copies de l'ouvrage magistral. La *Règle* débute par son titre, une introduction, puis donne le rituel de la fête de la Rénovation de l'Alliance ; la partie suivante est un exposé doctrinal des esprits de perversion et de vérité dont est doté l'homme ; la troisième comporte des prescriptions, avec entre autres le code pénal de la Communauté (quel châtiment donner à telle entorse à la règle) ; enfin, une section hétéroclite comprend le noyau le plus ancien de la *Règle* et un hymne. Les deux titres ci-après étaient donnés en annexe du rouleau de la grotte 1.

La *Règle de la Congrégation*, qui commence par ces mots mêmes s'adresse à la Congrégation d'Israël à la fin des temps et rend le lecteur témoin de repas auxquels participera le Messie-roi, mais où il devra céder la préséance au(x) prêtre(s).

Le *Recueil des Bénédictions*, aux cinq colonnes mal conservées, est un ensemble de bénédictions destinées à diverses figures de la communauté (les fidèles, le Grand Prêtre, les prêtres et le Prince). Elles ne semblent pas correspondre à un rituel particulier.

La *Règle de la Guerre*, plus connue sous le nom de *Rouleau de la Guerre des Fils de Lumière contre les Fils des Ténèbres*, est l'un des rouleaux de la grotte 1 acquis par Eléazar Sukenik. C'est un beau document de 2,9 m de long, fait de cinq feuilles de peau inscrites de 20 colonnes au moins, mais dont la partie inférieure a irrémédiablement été endommagée par le pourrissement du cuir et dont la finale est perdue. D'autres copies du même livre ont été mises au jour dans les grottes 4 et 11. Il y est question d'une guerre eschatologique – à la fin de l'ère terrestre de l'humanité – qui se déroulera sur quarante années et au terme de laquelle les justes ou Fils de Lumière vaincront leurs « ténébreux » ennemis : les juifs de Jérusalem et leurs prêtres, les nations païennes voisines telles Edom, Moab, la Philistie, et les Romains. Bien sûr, ce sont les guerres bien réelles dont Israël a fait l'expérience qui ont servi de source d'inspiration pour tout le détail militaire mis en scène dans le texte : stratégie, armement (types et dimensions : frondes, lances, javelots, harpons, épées, boucliers), unités d'armée (infanterie légère, lourde, cavalerie), montures requises (pour la cavalerie), âge requis des soldats, etc. Le texte n'en reste pas moins proprement religieux, avec une liste des prières adéquates à prononcer à chaque situation : veille de bataille, bas moral des troupes, victoire... Il a été composé vers la fin du IIe siècle av. J.-C.

La copie du *Rouleau du Temple*, manuscrit hébreu de la grotte 11, le plus long de tous les livres recueillis à Qumrân (8,75 m), date de la fin du Ier siècle av. J.-C., mais la composition de l'autographe, au IIe siècle av. J.-C., a suivi de près l'installation du groupe essénien à Qumrân comme le prouve un manuscrit de la grotte 4. En tout, trois copies ont été retirées des grottes, deux de la grotte 11, une de la grotte 4. L'auteur y a consigné les interprétations particulières que la communauté de Qumrân donnait aux Lois de Moïse, dans une fidélité extrême qui s'écartait de l'interprétation plus libre du judaïsme extérieur. Les prêtres de Jérusalem leur semblaient, en effet, plus laxistes et moins respectueux des prescriptions de pureté. Le rouleau traite de la construction d'un temple idéal (afin de « remédier » au Temple souillé de Jérusalem), des rites à y accomplir, des fêtes religieuses à célébrer, des sacrifices, de la pureté légale, de la façon dont faire face à une menace ennemie, l'idéal roi d'Israël recevant là une série de directives sur l'organisation et la mobilisation des forces armées en fonction de la vigueur de ladite menace.

Le *Rouleau des Hymnes*, un des grands manuscrits de la grotte 1, doit son nom à la collection de chants de louanges en hébreu qu'il contient. La répétition anaphorique de « Je te rends grâce, Seigneur, de ce que… » au début de chaque cantique en fait des hymnes d'actions de grâces (*Hôdot* en hébreu). On retrouve dans ces textes l'hostilité des gens de Qumrân vis-à-vis de Jérusalem exprimée dans le *Rouleau du*

**17.** *Paroles des Luminaires* (4Q504, hébreu).

*Temple*. Le manuscrit (1QH[a]) était en assez piteux état lors de sa découverte, en morceaux chiffonnés et collés entre eux, ce qui rendit ardu son déroulement. Le cuir avait souffert à cause de la putréfaction des feuilles. L'écriture atteste une copie au début du Ier siècle de notre ère. Les hymnes, écrits à la première personne, rendent la reconnaissance de l'auteur au Seigneur qui le protège et l'encourage contre ses ennemis, les impies, les flatteurs du peuple israélite, l'homme qui hait personnellement l'auteur de la Nouvelle Alliance, etc. D'autres copies du même recueil, souvent plus anciennes, ont été rapportées de la grotte 4.

Les *Paroles des Luminaires (photo 17)*, représentées par trois manuscrits de la grotte 4, constituent un hebdomadier, c'est-à-dire un recueil d'hymnes (sept en tout), un pour chaque jour de la semaine, le premier jour correspondant au dimanche. Le plus long des exemplaires (4Q504) est très abîmé, mais conserve des parties de chacune des prières et, une chance, son titre.

Nombre de prières et de chants ont été exhumés des grottes, qui montrent combien ces genres étaient importants dans l'existence essénienne : *Prières liturgiques, Prières* et *Prières pour les Fêtes, Prières du matin et du soir* (prières quotidiennes), *Actions de grâces après le repas, Incantations, Cantiques du sacrifice du sabbat.*

Les textes de sagesse et les Règles forment un autre ensemble dont les enseignements structuraient aussi la vie à Qumrân : *Instruction, Voie de Justice (Deux Voies)*,

*Pièges de la femme* (Dame Folie), *Halakhot* (règles de conduite), *Règles* (ou *Rituel*) *de Purification*, « Paroles de l'instructeur aux fils de l'aube » (écrites en alphabet cryptique), *Admonitions, Ordonnances*.

Les *Cantiques du Sage* sont un texte d'exorcisme. Deux copies ont été inventoriées parmi les manuscrits de la grotte 4. En outre, des *Psaumes d'exorcisme* (*photos 10-12* p. 79), des *Malédictions* et des *Bénédictions* ont été relevés à Qumrân.

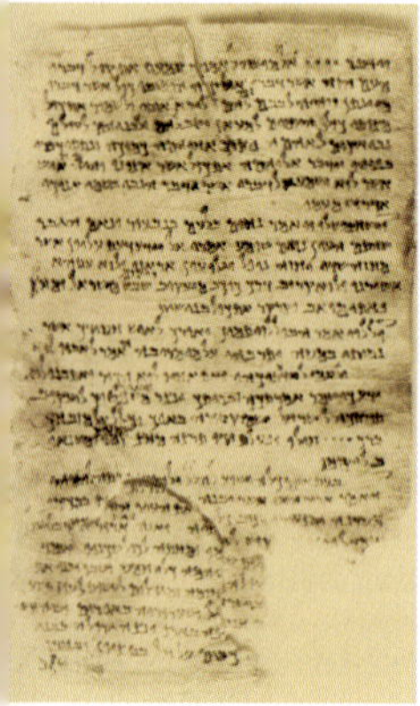

**18.** *Testimonia* (*Témoignages*, 4Q175).

Les *Témoignages* (ou *Testimonia, photo 18*), manuscrit anthologique de la grotte 4 formé d'une feuille de cuir et copié vers 100 av. J.-C., comprennent trois extraits du Pentateuque (selon la version samaritaine d'Ex 20,21, Nb 24,15-17, Dt 33,8-11), plus un emprunt aux *Psaumes de Josué* (la malédiction de *Josué* sur Jéricho, rappel de Jos 6,26). Les citations bibliques et de l'apocryphe sont parfois accompagnées de commentaires. Elles paraissent lister de grandes figures tel le prophète nouveau Moïse, le messie-roi et le messie-prêtre, enfin l'impie, dont les Qumraniens attendaient la venue aux temps de la fin.

L'unique manuscrit de *Melchisédeq*, sorti de la grotte 11, met en scène un personnage céleste qui réalisera l'expiation et jugera au nom de Dieu à la fin du dernier jubilé.

Un certain nombre de « commentaires » des Écritures, Prophètes et Psaumes, de la main des Esséniens, forment un ensemble particulier. Tous sont bâtis selon un schéma identique : transcription du texte biblique, expli-

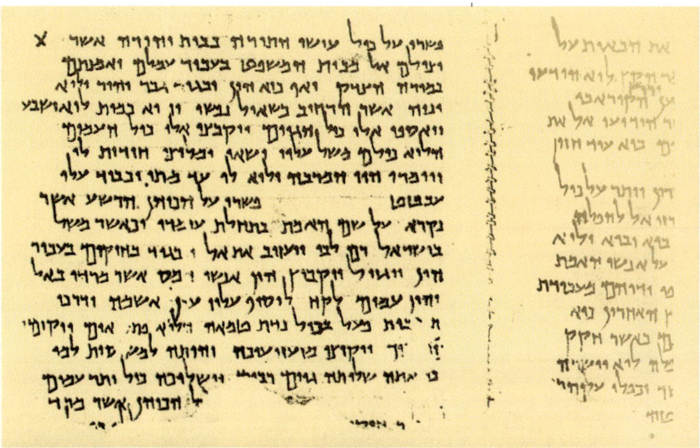

**19.** *Pesher d'Habaquq* (colonne VIII).

cation phrase par phrase avec cette formule introductive : « le sens (*pesher*) de cela/cette parole est... », d'où le nom donné à ces ouvrages, *pesher* ou « explication », « commentaire ». Ce genre de littérature prend trois aspects : ou bien un texte est expliqué en fonction de l'histoire propre des Qumraniens essentiellement – par exemple les *pesharîm* d'Habaquq *(photo 19)*, des Psaumes *(photo 20)*, de Michée –, ou bien il l'est en regard de l'histoire contemporaine d'un certain groupe ethnique de Palestine *(Commentaire de Nahum, photo 21)*, ou encore de façon eschatologique *(commentaires d'Isaïe)*. La collection des *pesharîm* est vaste. Aux textes déjà cités s'ajoutent des *Commentaires sur la Genèse* (de la grotte 4), des commentaires des prophètes Osée et Sophonie et des commentaires thématiques.

**20.** *Commentaire des Psaumes* (1Q16).

Le *Pesher d'Habaquq*, en hébreu, de la grotte 1, cite le livre du prophète Habaquq ; le commentateur interprète la prophétie d'Habaquq contre les impies dont le châtiment viendra des Chaldéens, comme visant aussi les impies de sa propre époque (six siècles après Habaquq) qui seront punis par la main des Kittim, à savoir les Romains *(photo 19)*.

**21.** 4Q *Commentaire de Nahum.*

Le *Pesher de Nahum (photo 21)*, en hébreu, de la grotte 4, reprend Na 2,12 et suivants, qui décrit Ninive à travers la métaphore filée de l'antre des lions ; il livre les clefs de la lecture si on considère le lion, non plus comme le roi de Ninive, mais comme un contemporain du commentateur : un roi grec, Démétrius, qui voulut s'emparer de Jérusalem et s'en prit à un prince de Judée assassin.

Trois ouvrages de type targumique (de *targum*, « traduction ») ont également été recensés à Qumrân. Il s'agit de traductions en araméen de l'Ancien Testament. Le Targum de Job, des grottes 4 et 11, inconnu jusque-là, est peut-être celui que le rabbin pharisien Gamaliel I avait condamné au Ier siècle de notre ère. Quant au Targum du Lévitique, il n'en reste presque rien. Il existe aussi à Qumrân des *Paraphrases de la Genèse* et *de l'Exode*.

Un groupe de manuscrits appelés *Mišmarot* (« gardes » en hébreu) précisent quelles familles sacerdotales auront à servir à tour de rôle au Temple. Une description de la *Jérusalem nouvelle*, donnée en araméen par des fragments de manuscrits issus des grottes 1, 4, 5 et 11, décrit la ville, son temple et son culte.

Le genre de l'*Horoscope-Brontologion*, représenté par des fragments de la grotte 4, détermine les signes du zodiaque en fonction des jours du mois et annonce, à la manière de proverbes, des prédictions comme celle-ci : « S'il tonne dans le signe des Gémeaux, terreur et angoisse causée par l'étranger et par... »

Un certain nombre de livres esséniens non présentés jusqu'ici renvoient directement à la manière de vivre du groupe (*Mystères, Calendriers, Confessions, Liturgies, Rituel de mariage*...) ou à ses centres d'intérêt historique et religieux (*Compositions historiques* de la grotte 4, *Reworked Pentateuch* ou *Pentateuque réécrit*, *Pentateuque apocryphe, Livre des Périodes sur les âges de la Création, Méditations sur la création*, *Exhortations* – à partir du Déluge, *Extraits de la Loi* ou 4QMMT – nommé d'après son titre hébreu *Miqṣat Maᶜaśeh ha-Torah*, florilège eschatologique en hébreu, *Apocalypse messianique*, *Visions, Jonathan*. À cette abondante littérature, qu'il serait trop long de présenter dans le détail, s'ajoutent de nombreux fragments non identifiés sur lesquels nous ne nous arrêterons pas.

Le *Rouleau de cuivre*, sorti des débris de la grotte 3, cassé en deux parties roulées séparément et disposées l'une, la plus grande, sur l'autre contre la paroi rocheuse, est un document insolite dans la « collection » livresque de Qumrân puisque le seul de son espèce *(photo 22)*. En effet, il fut gravé sur du métal, du cuivre à l'origine, mais complètement minéralisé à sa découverte le 20 mars 1952, tant il avait été oxydé. Leur état ne permettant pas le déroulement, il fallut scier les deux volumes en lamelles. L'opération eut lieu en 1956 à l'université de Manchester en Grande-Bretagne. On obtint ainsi 23 bandes incurvées, plus de nombreux éclats qui s'étaient détachés des plaques en cours de découpage. Cela permit d'en connaître un peu plus sur le rouleau : fabriqué avec trois feuilles de cuivre rivées l'une à l'autre, il avait une longueur de 228 cm, une hauteur de 30 cm et une épaisseur inférieure à 1 mm. En 1956, les pièces furent restaurées, par collage de petits fragments, parfois de manière erronée – et pourvues de bandes de renfort. Le rouleau en pièces détachées était devenu le centre d'attraction du musée archéologique de ᶜAmmân en Jordanie.

**22.** Le *Rouleau de cuivre* de la grotte 3 *in situ*.

Deux relevés du texte avaient été réalisés à partir de photographies après la restauration. Józef Milik étudia ce texte réparti en douze colonnes en « hébreu carré » et en donna la première traduction. Le contenu étonna : il s'agissait d'une liste de 64 caches de trésors enfouis en Palestine. Or et argent comptés en milliers de talents, objets cultuels, vêtements sacerdotaux, encens et essences précieuses dans des vases tout aussi riches, avec des indications de location très précises – directions, lieux tels que tombe ou citerne, etc. Le catalogue a fait rêver, mais aucun trésor n'a jamais été retrouvé. Les dernières lignes du texte mentionnent une cachette qui abritait une copie de cette liste, jamais retrouvée sans doute parce que rédigée sur peau ou papyrus, et donc plus périssable que le métal.

Les savants se sont interrogés sur l'attribution à donner à ce document qumranien – les gens de Qumrân ou d'autres, des Juifs insurgés de la seconde révolte contre les Romains au IIe siècle de notre ère? –, sur sa date de composition – avant 68 ap. J.-C. pour des Qumraniens, après pour d'autres auteurs? – et sur la réalité de ces trésors – tangible ou symbolique. L'idée du Trésor du Temple de Jérusalem, par exemple, avait de quoi tenter les esprits. Cependant nul ne put apporter de réponse assurée.

En novembre 1993, les segments du rouleau s'envolent pour la France où, à Paris, les techniciens du laboratoire Valectra d'Électricité de France (EDF), sous la direction de l'ingénieur Noël Lacoudre, doivent enrayer les reprises de corrosion et restaurer l'ensemble *(photo 23)*. Les renforts divers, colles et résines appliqués à Manchester ont vieilli et les objets ont subi de nouvelles altérations dues aux manipulations gauches. Une méthode de restauration et de conservation est mise en œuvre avec l'accord du royaume hachémite. Les segments, baignés dans un solvant, sont dépouillés de leurs renforts et démembrés par dissolution des colles. Certains se présentent alors en quelque cent fractions. Les zones encore terreuses sont nettoyées. Un bain de benzotriazole, solution alcoolique, permet de stabiliser la corrosion active. Les fragments sont ensuite remis en place par collage avec

**23.** Restauration du *Rouleau de cuivre* au laboratoire Valectra d'EDF.

une résine acrylique stable et réversible, selon le schéma de démontage préalablement établi sous contrôle d'expert épigraphiste en la personne d'Émile Puech. Le dos des demi-cylindres est revêtu de résine époxyde, leur surface gravée de résine acrylique, afin de les consolider. Une forte couche de résine époxyde est encore appliquée sur le doublage externe à des fins de protection.

**24.** Radiographie du *Rouleau de cuivre* (colonne VII) réalisée par EDF.

Le *Rouleau de cuivre* a fait l'objet, lors de son séjour chez EDF, d'une restitution par numérisation et traitement d'image (radiographies, *photo 24*) grâce au service Contrôle Non Destructif du Groupe des Laboratoires et au groupe Traitements avancés de l'information de la direction des études et recherches. De multiples images d'un même segment d'après radiographies, mises à plat et juxtaposées à l'écran, ont permis de recomposer chaque objet en trois dimensions. Il était ainsi également possible de déplacer virtuellement de toutes petites parcelles de plaque qui avaient été mal placées en 1956 mais qu'on avait laissées en place à Valectra, de crainte qu'elles ne se désintègrent complètement au décollage. On a aussi réalisé une copie en cuivre par galvanoplastie, copie conforme *(photo 25)*. Ces prouesses technologiques ont démontré leur valeur pour l'épigraphie, même si rien ne surpasse l'examen direct de l'original. Le nouveau déchiffrement effectué par Émile Puech l'amena à réduire de 64 à 60 le nombre de cachettes listées et à s'assurer de l'appartenance du rouleau à la communauté de Qumrân.

Le document a été déposé dans la grotte la plus éloignée de l'établissement qumranien, vraisemblablement quelques jours avant sa destruction en 68 ap. J.-C. Une grande partie des caches paraît être située autour de Qumrân et de Jéricho, autour de Jérusalem aussi (au sud et à l'est de la ville), certaines dans la vallée du Cédron entre ces deux secteurs, et, pour trois cachettes en clôture de liste, en Samarie. Ces toponymes renseignent sur les lieux d'implantations esséniennes : ils sont surtout judéens. Quant aux trésors, le savant estime qu'ils représentent les biens des groupes esséniens, possessions communes qu'ils ont dû dissimuler dans leurs propriétés ou alentour afin de les préserver des pillages. Séparés du Temple depuis 152 av. J.-C., les Esséniens n'y auraient plus versé d'offrandes, ces dernières étant confiées à des trésoriers de leurs communautés en attendant que le temple repurifié leur soit rendu. En outre, lorsqu'ils quittèrent Jérusalem, les prêtres esséniens avaient peut-être prélevé leur part du trésor du Temple et l'avaient emportée avec eux.

**25.** Galvanoplastie du *Rouleau de cuivre* (colonne X) après restauration (EDF).

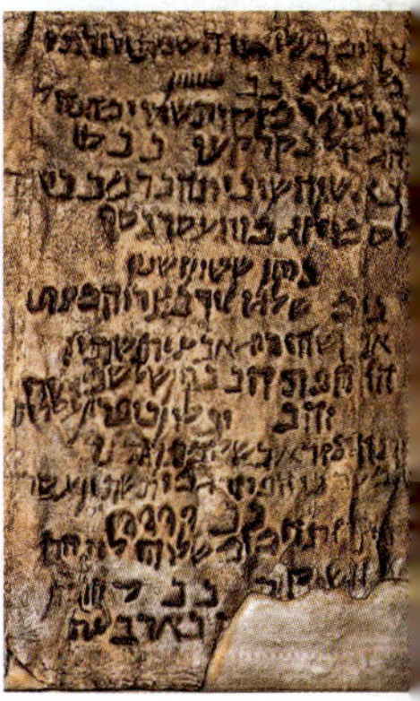

Le travail de lecture et d'édition des manuscrits n'est pas terminé – il reste des bribes difficiles sinon impossibles à situer. Rien n'empêche de penser que des grottes ou des caches inédites réservent de nouvelles surprises. L'avenir dira s'il faut encore allonger la liste des livres et documents auxquels ce chapitre a été consacré.

1. Musée Rockefeller (cour centrale) à Jérusalem, où furent déposés les manuscrits après leur découverte.

# CHAPITRE VI

# Les conservatoires des manuscrits

L'histoire mouvementée de la découverte des rouleaux explique une certaine dispersion de ces documents à travers le monde, au Moyen-Orient, en Europe et en Amérique. Les frontières d'Israël et de sa zone d'occupation ceignant aujourd'hui les lieux mêmes de leur mise au jour, de leur rachat par les autorités scientifiques, de leur étude, cet espace s'avère, sans surprise, le conservatoire le plus riche. L'essentiel de la collection dont Israël se rendit maître en 1967 comme de dépouilles opimes, était, encore récemment, conservé à Jérusalem, au musée Rockefeller *(photo 1)*, rue Soliman, face aux remparts de la Vieille Ville, entre la porte d'Hérode et l'angle nord-est du mur d'enceinte. C'est dans cet édifice construit au début du XX$^{e}$ siècle sur une idée de l'archéologue américain James H. Breasted et avec les fonds d'un compatriote fortuné, John D. Rockefeller, que l'on déposa les documents de Qumrân au fur et à mesure à la fin des années quarante et au début de la décennie suivante. Le musée archéologique de Palestine accueillit ainsi les rouleaux et les garda, sans que les bouleversements politiques de la région ne modifient cette localisation. À la fin du mandat britannique sur la Palestine en 1948, la direction du musée fut assurée par un bureau international que Roland de Vaux *(photo 2)* présida longtemps. En 1966, l'institution devint jordanienne, puis passa en 1967 sous contrôle israélien lorsque le département des Antiquités et des Musées (aujourd'hui devenu l'*Israel Antiquities Authority*) s'y installa après l'occupation-annexion de Jérusalem Est par Israël.

**2.** Roland de Vaux (O.P.).

La documentation de Qumrân au musée Rockefeller n'a jamais été ouverte au grand public. Les seuls autorisés à s'en approcher l'étaient pour des raisons scientifiques légitimes et devaient obtenir de l'autorité compétente un permis. Ainsi, les épigraphistes, archéologues et autres chercheurs agréés ont-ils toujours bénéficié d'un « privilège » sur les simples touristes. Un privilège bien naturel puisque tout « trésor » historique doit d'abord se prêter à l'étude des spécialistes avant d'être présentable, dûment documenté, au public profane. Ces conditions d'accès sont restées les mêmes après le transfert, durant l'été 2001, des manuscrits de Qumrân vers d'autres locaux de l'*Israel Antiquities Authority* situés dans le complexe du musée d'Israël, boulevard Ruppin, près du Parlement, la Knesset. Les documents ont été jusqu'ici conservés dans des tiroirs entre des plaques de carton, sous contrôle hygrométrique et thermique rigoureux. Certes, les chercheurs disposent de photographies de qualité des manuscrits permettant d'excellentes conditions de travail. Néanmoins, certains ont besoin de juger sur pièce, quand il s'agit, par exemple, de définir l'épaisseur d'un cuir.

Comme il était juste d'accorder également au profane l'émotion de voir de ses propres yeux les fameux manuscrits, un écrin tout spécial fut aménagé dans le jardin du musée d'Israël. On l'appela centre Samuel et Jean H. Gottesman pour les manuscrits bibliques, plus connu sous le nom de « Maison » ou « Sanctuaire du Livre » *(photo 3)*. Ouvert en 1965 pour abriter les manuscrits achetés par Israël, il dispose d'une architecture symbo-

**3.** Sanctuaire du Livre, musée d'Israël.

lique impressionnante, signée par les Américains Fredrick Kiesler et Armand Bartos : un large dôme blanc imitant, dans sa forme, un couvercle de jarre qumranienne, affronte un mur noir (du basalte). L'opposition de couleur incarne un thème central de la pensée essénienne à Qumrân : le combat des Fils de Lumière contre les Fils des Ténèbres, dont parle la *Règle de la Guerre*.

Lorsqu'on pénètre dans le « sanctuaire », une salle de présentation générale invite à poursuivre la visite en s'engageant dans un couloir bordé de vitrines contextuelles abritant divers objets du quotidien des gens de Qumrân et des grottes du désert de Juda recueillis sur les sites et aux environs. Le boyau de pénombre, discret rappel des intérieurs caverneux où gisaient les manuscrits, s'achève encadré de jarres illustrant les deux types relevés à Qumrân. On entre alors directement sous la coupole aux rides concentriques, comme tournée par un potier géant, avec l'impression de se glisser dans une jarre. Là, sont exposés la *Règle de la Communauté*, la *Règle de la Guerre*, le *Rouleau du Temple*, le *Commentaire d'Habaquq* ou *d'Osée* ou *de Nahum* (d'exposition temporaire, la vitrine accueillant divers textes en alternance), le *Rouleau des Psaumes*, quelques colonnes d'Isaïe ($1QIs^a$, dont le fac-similé est disposé au centre de la salle dans une vitrine circulaire coiffée d'un manche façon rouleau à pâtisserie, rappelant ceux qui servent encore, de nos jours, à dérouler la Torah dans les synagogues), des phylactères avec leur étui et un double folio (une double page) du codex d'Alep, le plus vieux codex de la Bible hébraïque connu à ce jour.

Ouverte à tous, la « Maison du Livre » est devenue l'un des lieux touristiques les plus fréquentés de Jérusalem.

À ces deux ensembles s'ajoute, à Jérusalem, un lot de deux petits fragments de peau, propriété privée du *Studium Biblicum Franciscanum*. Ils sont exposés au musée du couvent franciscain de la Flagellation qui borde la Via Dolorosa, dans la salle vouée à la Palestine hérodienne. Il s'agit d'un fragment du *Psaume de Josué* et d'une bribe d'un texte de sagesse. Ce musée archéologique a été organisé à l'intention des pèlerins comme des savants.

Quant au matériel archéologique de Qumrân hors manuscrits (monnaies, lampes à huiles, verrerie, poterie, objets de pierre, métaux, bois et matières organiques variées), il appartient aujourd'hui, pour l'essentiel, au *Palestine Archaeological Museum*. L'École biblique et archéologique française de Jérusalem *(photo 4)*, chargée de la publication de la poterie, en possède des échantillons (le catalogue du musée de l'École recense des vases et une lampe depuis 1951) puisque le père de Vaux avait dirigé les fouilles du site du *Khirbeh*. Signalons encore, au *Khirbet* Qumrân même, à l'intérieur du bâtiment moderne affecté à l'accueil des visiteurs, près de la salle de projection, des reproductions et quelques originaux de céramique.

L'autre conservatoire proche-oriental se situe à ᶜAmmân, la capitale de la Jordanie. Le Musée archéologique national, construit au front d'un édifice imposant de la Citadelle, le *Qasr* (palais) ommeyade, et au nord-ouest du temple d'Hercule bâti sous Marc Aurèle, ras-

**4.** École biblique et archéologique française de Jérusalem (tour et basilique).

semble une partie du matériel épigraphique de la grotte 1 et de quelques autres, le *Rouleau de cuivre* de la grotte 3, et des monnaies. Les vingt-trois segments restaurés de ce dernier ont, après leur séjour français pour soins chez Électricité de France, été remis le 11 mars 1997 à la reine Nour de Jordanie lors d'une cérémonie organisée au musée du Louvre à Paris. Au musée de ᶜAmmân, ils côtoient un « fac-similé » en cuivre du rouleau entier, réalisé par le laboratoire Valectra, qui donne au public une idée de l'apparence originelle du document.

Cette remarquable copie est là pour suggérer seulement, car elle constitue en soi une aberration, puisque à mi-chemin entre l'expression métallique du document original d'il y a deux mille ans et son état actuel, détérioré. Cela tient à sa fabrication : les segments du rouleau ont d'abord été moulés individuellement au silicone ; les moules de silicone, « négatifs » du texte, ont été aplanis puis placés bout à bout afin de reconstituer les trois plaques rivetées d'origine. Sur chaque ensemble de silicone, du plâtre fut coulé. Sèches, les trois plaques de plâtre formaient de véritables tirages positifs du document, très fidèles. Une couche de silicone fut alors appliquée sur chaque positif de plâtre pour obtenir un moule de l'intégralité de chaque plaque. Ces négatifs ont été recouverts d'une fine couche de graphite de carbone qui les rendit conducteurs de l'électricité et prêts à être utilisés pour l'obtention d'un positif en cuivre par galvanoplastie, une technique d'orfèvrerie consistant à déposer une couche de métal sur un pôle d'électrolyse baigné en solution aqueuse enrichie en sel de ce métal.

Après environ une semaine de bain électrolytique, un positif de cuivre de 2 mm d'épaisseur put être détaché du pôle-moule en silicone (*photo 25* p. 131). Quatre exemplaires de cuivre du rouleau ont été ainsi réalisés. Outre celui du musée de ᶜAmmân, l'un fut remis au musée du Louvre, l'autre à l'École biblique et Électricité de France conserva une copie, témoin de son travail.

Le fac-similé du musée du Louvre, actuellement en réserve, mais sorti à l'occasion de manifestations publiques (une conférence sur le sujet, par exemple), sera exposé de façon permanente à la fin de 2003 lorsque seront ouvertes les nouvelles salles « des trois antiques » qui présenteront les collections de Syrie romano-byzantine et de *judaïca* du musée. La reproduction du *Rouleau de cuivre* sera présente parmi ces objets du monde juif en lesquels le musée est peu riche – d'où le choix d'exposition d'une copie en dépit de la politique du Louvre de ne montrer que des originaux.

La dispersion européenne reconnue se résume à quelques pièces de la grotte 1 conservées à la Bibliothèque nationale de France à Paris, rue de Richelieu (après la publication des manuscrits de la grotte 1, ils furent partagés entre le *Palestine Archaeological Museum,* ᶜAmmân et Paris, la France ayant aidé financièrement à la fouille et à leur rachat). Dans la même ville, un fragment de psautier acheté par Jean Starcky, dont la provenance qumranienne n'a toutefois pas été authentifiée avec certitude, est présenté au musée Bible et Terre Sainte, aménagé au sein de l'institut catholique, au 21, rue d'Assas.

Quelques jarres, également acquises par Jean Starcky, appartiennent au musée.

Outre-Atlantique, l'université de Chicago possède le manuscrit de la « Femme folle » issu de la grotte 4. Depuis la mi-novembre 2001, la municipalité de New York est détentrice d'un très beau fac-similé d'un fragment du manuscrit des *Hymnes* de la grotte 4 (et non du manuscrit lui-même comme l'ont maladroitement suggéré à l'époque certains médias), offert par l'*Israel Antiquities Authority* des mains d'Emanuel Tov, professeur de Bible à l'université hébraïque de Jérusalem et l'un des éditeurs des manuscrits. Le même jour, l'original (4Q427) de ce document a été dédié aux gens de New York, hommage rendu à la ville endeuillée par le double attentat du 11 septembre de la même année contre les deux tours du *World Trade Center*. Le manuscrit s'appelant, en anglais, *Thanksgiving Scroll* (« Rouleau des actions de grâces »), a été choisi à la fois pour son nom et son contenu (avec l'évocation du bien terrassant le mal à la fin des temps) comme offrande pour *Thanksgiving Day*, fête nationale américaine célébrée le dernier jeudi de novembre et commémorant, depuis 1621, les remerciements adressés à Dieu pour la première récolte effectuée sur le sol du Nouveau Monde par les pionniers de Plymouth (Massachussetts) venus de la ville de Grande-Bretagne du même nom sur le *Mayflower*. Désormais, chaque fois que ce document sera sorti en exposition publique, une plaque dédicatoire l'accompagnera.

Cette répartition officielle des manuscrits recense la presque intégralité du matériel de

Qumrân. Il faut néanmoins signaler la présence, dans des collections privées, d'un fragment du Paléo-Lévitique de la grotte 11 *(photo 5)* et des jarres – norvégiennes – près d'Oslo, les « fragments Schoyen », du nom de leur collectionneur, 1QS[b] et 11QRT[a], fragments d'une règle de bénédiction et d'un *Rouleau du Temple* – et d'ailleurs sans doute, de quelques fragments de manuscrits et de céramique. Lorsque des manuscrits fragmentés échouèrent dans les souqs de Jérusalem, il ne fait pas de doute que quelques personnes, outre les gens de science, s'en portèrent acquéreurs, parfois sans peut-être réaliser la valeur historique du « souvenir » qu'elles avaient acheté dans une échoppe. Par ailleurs, au fil des successions à la mort de ces acheteurs, la piste mal connue de ces fragments n'a fait que se brouiller encore plus. Le « fragment Testuz », par exemple, nommé du patronyme de son acquéreur qui le publia en 1955, n'est plus localisé précisément depuis la disparition de son propriétaire. Il s'agit d'un petit morceau d'un manuscrit de la grotte 4, copié en araméen, interprété comme un *Testament de Jacob*.

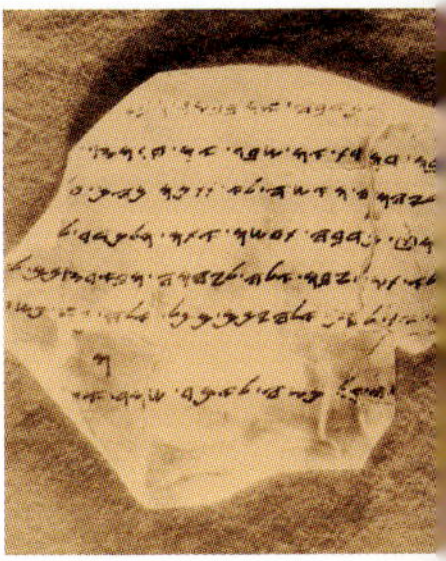

**5.** Fragment de 11Q *Paléo-Lévitique*.

Des rumeurs ont certes couru sur la présence d'autres inédits de Qumrân dissimulés au Moyen-Orient – Koweit, Liban, Jordanie – ou aux États-Unis. Puisque nulle preuve scientifique de l'existence de tels rouleaux n'est, jusqu'à ce jour, venue confirmer ces propos, mieux vaut les ignorer ou les mettre au compte des (fausses) nouvelles à sensation !

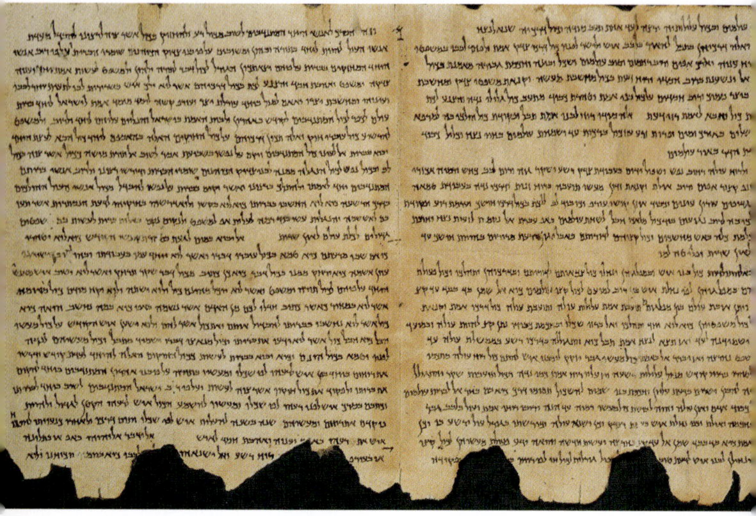

**1.** *Règle de la Communauté* (1QS, colonnes IV-V).

# Chapitre VII

# Les grandes figures de la communauté de Qumrân

Les textes des manuscrits évoquent un certain nombre de personnages, réels ou allégoriques, dont le rôle paraît essentiel à l'histoire vécue comme à l'avenir des Esséniens de Qumrân. Malgré les lacunes de la collection et le caractère souvent trop allusif des références, il reste possible de tracer une ébauche de portrait pour chacun d'eux. Mais certains traits du dessin, obtenus d'après une interprétation de textes parfois peu détaillés, demeurent hypothétiques, et il faut en être conscient.

## Le Maître de Justice

Le *Document de Damas* et des commentaires (du Psaume XXXVII, d'Habaquq et de Michée) mentionnent une forte personnalité présentée sous le titre précis de « Maître authentique » ou « légitime » *(moreh ha-ṣēdēq)*, traduit aussi par « Maître de Justice ». Le premier raconte que Dieu « suscita » pour un groupe de Juifs au « cœur parfait », « un Maître de Justice pour les conduire dans la voie chère à Son cœur ». Ce Maître est donc le guide spirituel, élu divin, de ces parfaits qu'on peut identifier comme la première génération de Qumraniens. Le commentateur du psaume est plus direct : Dieu a établi « le Prêtre, le Maître de [Justice] (...) pour bâtir pour Lui la Congrégation ». Le Maître est bien à l'origine de la communauté de Qumrân et il est d'origine sacerdotale. Le *Pesher* d'Habaquq précise : « le Maître de Justice, à qui Dieu a fait connaître tous les Mystères des paroles de Ses serviteurs les Prophètes. » Il fait, en quelque sorte, du Maître un « gnostique », puisqu'il possède une connaissance exceptionnelle du divin. Le *Document de Damas* (XIX 35) fait allusion à la mort du Maître par la formule « il fut réuni » (sous-entendu « à ses pères »), bien connue des biblistes puisqu'elle est utilisée dans la Genèse, le Deutéronome, les Nombres et le livre des Juges, pour traduire la mort d'Abraham, Isaac, Jacob, etc. Cette mort précéderait de peu la fin du IIe siècle av. J.-C. d'après l'interprétation de passages prophétiques en *Document de Damas* I 1-11.

Les spécialistes estiment que le Maître est l'auteur, en partie au moins, d'ouvrages esséniens précisément retrouvés dans les grottes, notamment les *Règles* et les *Hymnes* desquels son titre de Maître est absent (car seuls les disciples nomment le Maître). En effet, guide, il a dû composer les règlements de son groupe de fidèles. Par ailleurs, les *Hymnes*, écrits pour beaucoup d'entre eux à la première personne du singulier, relatent en filigrane l'histoire d'un élu de Dieu comblé de grâces qui correspondent bien aux qualités du Maître données par les autres textes. « Depuis mon enfance tu t'es manifesté à moi dans la sagesse de tes préceptes, tu m'as donné le soutien d'une foi immuable et tu m'as réjoui par ton esprit saint et jusqu'à ce jour [tu m'as conduit] » (colonne XVII 31-32). « Tu as fait de moi un signe de ralliement pour les élus de justice et l'interprète autorisé des mystères impénétrables (...). Je suis un témoin à charge pour les interprètes de mensonge et un accusateur pour tous les voyants à courte vue » (colonne X 15-17). « Ils n'ont pas estimé que j'étais l'instrument de ta puissance et ils m'ont chassé de ma patrie (...). Ils m'ont considéré comme un vase qui ne vaut rien, eux, les interprètes de mensonge et les voyants de tromperie ils ont tramé un complot contre moi (...). Par moi tu as donné la lumière à un grand nombre et tu as manifesté ta puissance incommensurable, parce que tu m'as instruit de tes mystères impénétrables » (colonne XII 9, 10-11, 28-29). « Tu m'as fait père pour les enfants de piété » (colonne XV 23). Le Maître, orphelin de son père biologique mais riche du meilleur père spirituel dont on puisse rêver, Dieu, est promu chef de file des vrais pieux. Il a été évincé de sa charge (de grand prêtre vraisemblablement) au profit d'un usurpateur. Qui était-il donc ?

Le titre de « Maître de Justice » est absent des textes anciens, en dehors des manuscrits de

Qumrân. Et même ces derniers taisent le nom de ce Maître. L'historien Flavius Josèphe, dont on attendrait qu'il rende compte d'un prêtre déposé et « renégat » à son jugement de Pharisien, comme de toute autre figure historique, n'en parle pas. Un tel mutisme au sujet d'un personnage fondateur de la première communauté essénienne de Sokoka-Qumrân, un prêtre brillant respecté pour sa fidélité exemplaire à la Loi par les pieux, a de quoi surprendre chez Josèphe, qui évoque par ailleurs longuement le monde essénien. Mais il est vrai qu'en *Guerre juive* II, Josèphe ne fait que recopier une source. Si l'on retient de la *Règle de la Communauté* (*photo 1* p. 142) que les Qumraniens se trouvent « sous l'autorité des fils de Sadoq, les prêtres qui gardent l'Alliance » et du *Livre des Bénédictions* que « les prêtres que Dieu a élus pour affermir son Alliance » sont « fils de Sadoq », on peut avancer que le Maître et les prêtres l'ayant suivi appartiennent à la « lignée de Sadoq », prêtre fidèle à David et Salomon, dont la descendance doit fournir au Temple de Jérusalem les grands prêtres légitimes.

Si le Maître a bien régné jadis un temps sur le Temple comme grand prêtre, on s'étonne de son absence de la liste des grands prêtres des sources de Josèphe. L'omission tient-elle au fait que les spécialistes se fourvoient (le Maître n'aurait pas été grand prêtre ?) ou que le récit de Josèphe n'est pas rigoureux ? La deuxième solution tente plus que la première, car on s'explique mal qu'un prêtre héroïque puisse être à ce point ignoré des sources anciennes. Si le nom du Maître n'apparaît pas sur la liste, c'est peut-être qu'il en a été effacé à la suite de son exil – il aurait fait l'objet d'une *damnatio memoriae*, « damnation de la mémoire », un oubli volontaire pour le rayer des listes. Ou bien alors peut-être a-t-il exercé au Temple sans confirmation de l'autorité : à la vacance du pontificat après la mort d'un grand prêtre « officiel », et avant une nouvelle nomination officielle, la charge doit être assumée par le prêtre légitime en tête de la succession. L'identité de ce grand prêtre oublié constitue l'une des énigmes de Qumrân. Comme toute énigme, elle a aimanté la réflexion des savants qui ont traqué tout indice ayant pu permettre de sortir le Maître de l'anonymat.

Émile Puech a proposé, à l'occasion des « Mélanges Stegemann » offerts pour le soixante-cinquième anniversaire du qumranologue allemand en 1999, une identification en accord avec les rares indications chronologiques et biographiques des manuscrits et avec les faits de l'histoire. Le *Document de Damas* (colonne I) date la venue du Maître de Justice, envoyé divin pour conduire les pieux sur la voie juste, d'après l'exil des Juifs en Babylonie : « trois cent quatre-vingt-dix ans » après que Dieu « les eut livrés dans la main de Nabuchodonosor », les pieux furent laissés « comme des aveugles et comme des gens qui cherchent le chemin en tâtonnant durant vingt ans », c'est alors qu'ils reçurent le Maître. Jongler avec ces chiffres est d'autant moins aisé que le 390 paraît relever du symbole (on le retrouve dans le livre d'Ézéchiel 4,5) et que les computs divergent sur la date des deux déportations de populations juives à Babylone et de la prise de Jérusalem. La première déportation de population juive à l'issue du siège de

Jérusalem par Nabuchodonosor, sous le règne de Joiakin sur Juda, eut lieu, d'après le comput officiel, vers 597 av. J.-C., ou vers 572 av. J.-C., d'après le comput retenu en 2 Baruch 1 ; la prise de Jérusalem dix ans plus tard, en 587 ou 562 av. J.-C. On peut oser les calculs, les dates obtenues ne correspondent à rien, sinon dans le cas de 562 av. J.-C. retenu comme base. Quatre cent dix ans (390 plus 20) après 562 av. J.-C., c'est l'année 152 avant notre ère, celle de l'intronisation de Jonathan Maccabée comme grand prêtre après, selon Flavius Josèphe, une vacance du pontificat de quatre ou sept ans selon ses indications. C'est aussi la date approximative de l'installation de la communauté du Maître à Qumrân et 172, vingt ans plus tôt, celle du début de l'errance, de l'assassinat de son père Onias III – le jeune héritier est donc orphelin.

À la mort du pontife non sadocite Alcime, la charge revenait de droit à l'héritier de la lignée légitime de Sadoq parvenu à l'âge d'exercer. Depuis la déposition du grand prêtre sadocite Onias III en 174 av. J.-C. et son remplacement par son frère, Jason, en charge jusqu'en 172/171 av. J.-C., deux non sadocites s'étaient succédé à la tête du Temple de Jérusalem jusqu'en 159 av. J.-C. : Ménélas (172/171-162 av. J.-C.) et Alcime (162-159 av. J.-C.). Flavius Josèphe admet une pause, un vide de sept ans après le décès d'Alcime, avant la renomination d'un grand prêtre lui aussi non sadocite, Jonathan (152-143 av. J.-C.). Onias III avait un jeune fils au sujet duquel Flavius Josèphe remarque qu'il était encore un enfant à la mort de son père vers 171-170 av. J.-C., mais qu'il ne devait pas avoir atteint l'âge requis pour le grand pontificat à la nomination d'Alcime. Mais à la mort d'Alcime, il aurait été un jeune homme, ce qui ne l'écartait plus de la candidature – la Bible donne des profils variés pour l'âge du candidat à la haute prêtrise : de 30 à 50 ans, 25 ans et plus, 20 ans et plus. Le jeune homme n'a pas pu s'appeler Onias comme son père, mais, par papponymie, Simon comme son grand-père, le grand prêtre Simon II dont le livre du Siracide fait l'éloge. Onias III aurait porté, par papponymie, le nom de son grand-père Onias II, ce qui illustre les usages du temps spécialement bien ancrés dans cette famille sacerdotale.

Le titre de « Maître de Justice » a pu s'appliquer non seulement au fondateur de la communauté, mais encore, après sa mort, à ceux qui lui succédèrent à la direction de l'établissement de Sokoka-Qumrân.

## Le Prêtre Impie

Le *Commentaire d'Habaquq* de la grotte 1 introduit une figure antagoniste à la pensée des pieux de Sokoka-Qumrân, nommée *ha-kohen ha-raša$^{c}$*, « le prêtre impie » en hébreu. Il semble qu'il ait d'abord exercé son pontificat dans l'honnêteté, puis qu'il ait choisi une voie condamnable par la Loi : il « fut appelé du vrai nom au début de son avènement mais après qu'il eut gouverné sur Israël, son cœur s'enorgueillit, il abandonna Dieu, il trahit les lois par amour de la richesse » (1QpHab VIII 8 et suivantes). Le manuscrit 523 de la grotte 4 précise le détail de ses actes de cupidité, évoquant le vol de vases et d'ustensiles sacrés qui faisaient partie du trésor du Temple de Jérusalem. Un comportement à ce point sacrilège permet de comprendre la très vive critique contenue dans le vocable « prêtre impie » qui revient également dans les manuscrits 163 et 171 de la grotte 4.

Pour les juifs fidèles à la Loi, si soucieux de pureté, l'abus de pouvoir civil et religieux d'un dignitaire placé à la tête du Temple est perçu comme une souillure, une profanation. Le *Commentaire d'Habaquq* parle également d'une persécution perpétrée contre le Maître de Justice, jusque dans son lieu d'exil (Sokoka-Qumrân) sans pouvoir l'atteindre cependant. Il nous apprend toutefois que justice fut faite et que l'impie connut une fin tragique. Certains passages du rouleau relatent en effet les châtiments, expression de la colère divine, qui se sont abattus sur une figure qui, bien que non nommée, est vraisemblablement le Prêtre Impie : « le Prêtre qui s'est rebellé et a transgressé les préceptes [de Dieu, qui le livra aux mains de ses ennemis, qui] l'ont humilié et meurtri à cause de ses actes d'impiété et lui ont infligé des maux horribles, en se vengeant sur son corps de chair » (1QpHab VIII 16-IX 2).

Quelle était l'identité de ce grand prêtre impie ? Deux manuscrits de la grotte 4, 4Q523 et 4Q448, donnent un nom, Jonathan, qui pourrait bien être celui de l'impie. Du rouleau 523, seuls de maigres pans de cuir brun clair ont survécu, mais on peut y lire : « J'écarterai Jonathan » (avec un petit doute sur le verbe employé), qui semble traduire la détermination du Maître de Justice, si c'est bien lui qui s'exprime par ce « je », à l'empêcher de lui nuire. On retrouve une foi analogue en la victoire de la Loi contre l'adversaire impie dans *Hymnes*, colonne XV 25-26 : « Tu [Dieu] as relevé ma corne contre tous ceux qui me méprisaient et se sont dispersés [sans] reste les hommes en guerre contre moi, et mes adversaires sont comme la paille emportée par le vent. » L'étude paléographique des manuscrits 523 et 448 permet de situer leur copie au IIe siècle av. J.-C. Il est même possible de proposer une datation plus serrée dans le cas du premier ouvrage : la deuxième moitié du IIe siècle av. J.-C., appuyant ainsi les autres données historiques.

Ces indications temporelles ajoutées au nom « Jonathan » invitent à reconnaître Jonathan Maccabée sous le titre de Prêtre Impie. Alexandre Balas, le roi usurpateur séleucide, établit Jonathan Maccabée grand prêtre en octobre 152 av. J.-C., ainsi que le raconte la Bible (1 Maccabées 10,20-21) en citant une lettre adressée par « le roi Alexandre à son frère Jonathan » : « C'est pourquoi, à dater de ce jour, nous t'établissons grand prêtre de ta nation et te donnons le titre d'ami du roi – il l'honora donc de la pourpre et d'une couronne d'or – afin que tu embrasses notre parti et que tu nous gardes ton amitié. » Jonathan revêtit les ornements sacrés le septième mois de l'an 160 (des Séleucides), à l'occasion de la fête des Tentes. Cette nomination ne pouvait que déplaire doublement à des juifs pieux, Jonathan étant, d'une part, issu d'une famille certes sacerdotale mais non sadocite, donc à demi illégitime – selon la Bible, le grand sacerdoce est promis par

Dieu à perpétuité aux fils de Sadoq –, et, d'autre part, investi par l'occupant syrien.

Le premier livre des Maccabées, de tendance pharisienne, présente bien entendu Jonathan sous un jour plutôt favorable : il est le prêtre-guerrier qui se démène pour l'indépendance de son peuple, tentant, à cette fin, de tirer avantage des conflits de succession séleucides, et renouvelant l'alliance et l'amitié avec les Romains, signées jadis par le roi spartiate Aréios (qui régnait sur Rome) et le grand prêtre Onias. Jonathan remet en état Jérusalem et la fortifie. Il est ensuite pris en otage en 143 av. J.-C. par Tryphon/Diodote, un général séleucide passé du service de Démétrius Ier à celui d'Alexandre Balas et qui convoite la couronne de l'héritier de ce dernier, Antiochus VI. Tryphon s'adressant au grand prêtre Simon, frère et successeur de Jonathan, prétend que ce dernier devait cent talents d'argent au roi séleucide : « C'est à cause de l'argent dû au trésor royal par ton frère Jonathan, en raison des fonctions qu'il exerçait, que nous le détenons » (1 Maccabées 13,15). À ce propos, d'où Jonathan pouvait-il tenir les importantes sommes nécessaires à la guerre et à l'entretien d'une armée ? N'aurait-il point fait main basse sur… le trésor du Temple pour financer ses reconstructions et payer ses mercenaires ? Les accusations de 4Q523 au sujet du pillage du Temple iraient dans ce sens. Utiliser le trésor à des fins guerrières ou politiques était une attitude politiquement compréhensible mais indigne et répréhensible du point de vue de la Loi religieuse. Aux yeux du Maître de Justice, s'il fut bien le prédécesseur de Jonathan, celui-ci passait alors pour un impie. La mort de Jonathan, tué par Tryphon « aux approches de

Baskama » (Beth-Seqma, à la pointe du mont Carmel, en Galilée), se superpose assez bien au meurtre du Prêtre Impie évoqué par le *Commentaire d'Habaquq* à Qumrân. Des passages de la *Guerre juive* et des *Antiquités juives* de Flavius Josèphe offrent également des comptes rendus parallèles de la fin de Jonathan.

Selon le *Commentaire d'Habaquq*, le Prêtre Impie n'est pas seulement avide de richesse, mais également ivrogne. Ce dernier trait ne paraît guère s'appliquer à la personnalité connue de Jonathan Maccabée, mais plutôt à celle de son frère et successeur Simon, assassiné en état d'ébriété avec ses deux fils par le stratège de Jéricho, Ptolémée, lors d'un festin. Toutefois, on imagine sans peine que son frère Jonathan, en son temps, devait bien festoyer lui aussi et sans doute boire outre mesure. Car le guerrier qu'il était devait célébrer ses victoires par des banquets arrosés, trait social reconnu par l'histoire depuis la plus haute antiquité !
Autre différence distinguant le Prêtre Impie du Maître de Justice et soulignant encore, d'après la littérature essénienne de Qumrân, son appartenance au camp des hors-la-Loi juive, le Maître résidant, lui, dans le camp de la fidélité : les calendriers suivis par chacun des adversaires. Le *Commentaire d'Habaquq* note, à la colonne XI lignes 4 à 6 : « Le sens de ce passage vise le Prêtre Impie, qui persécuta le Maître de Justice avec rage et fureur et voulut le supprimer dans la demeure de son exil. À l'occasion de la fête chômée, au jour de l'Expiation, il leur apparut pour les supprimer et les faire choir (dans leurs convictions), au jour de leur jeûne, de leur sabbat chômé. »

Si le Prêtre Impie lança son attaque un jour chômé des gens de Sokoka, c'est parce que ce jour-là n'était précisément pas férié dans son propre calendrier et que donc il suivait un calendrier autre que le calendrier solaire essénien. On comprendrait alors encore mieux les reproches d'impureté et de sacrilège adressés dans les manuscrits à l'égard du grand prêtre en service à Jérusalem. Le changement calendaire effectué par Jonathan visait sans doute à placer son pontificat dans une veine hélléniste, peut-être dans le but de plaire à l'occupant séleucide.

## Les hauts personnages de la communauté

Le *Document de Damas* et la *Règle de la Communauté* introduisent un certain nombre de personnages dont les hautes fonctions sont décrites comme les nerfs de l'organisation communautaire essénienne à Sokoka-Qumrân et dans les autres installations de ce mouvement juif. Ils assuraient le bon fonctionnement du groupe comme réunion de purs au compte desquels figuraient non seulement des prêtres et des lévites mais aussi des fidèles.

Le *mebaqqer*, dont un passage du *Document de Damas* définit la fonction de super-intendance, était un prêtre maîtrisant « tous les secrets des hommes » et « toutes les langues que parlent leurs divers clans » (CD XIV). Âgé de trente à cinquante ans, il faisait autorité lors des réunions « de tous les camps » esséniens, donnant l'ordre d'entrer à chaque membre, recueillant de chacun ce qu'il avait à dire « concernant tout procès et jugement »

*(ibid.)*. Il devait inspecter le travail et les actes de contrôleurs locaux que nous présenterons plus loin. Il est également présenté dans la *Règle de la Communauté* comme celui à qui appartenait la décision d'admettre ou non dans la communauté « tout homme d'Israël désireux » de la « rejoindre de son propre gré » : si ce dernier « est capable de discipline, il lui permettra d'entrer dans l'Alliance pour revenir vers la vérité et se détourner de toute erreur. Puis il l'instruira de toutes les ordonnances de la communauté » (colonne VI, lignes 13-15). Les textes ne disent rien du lieu de résidence du *mebaqqer*, mais on peut supposer que c'était Sokoka si l'on considère que cet établissement essénien était une façon de « maison-mère » du mouvement.
Dans chaque clan d'Esséniens, à Sokoka-Qumrân par exemple, se trouvait un intendant local, prêtre « âgé de trente à soixante ans, instruit dans le Livre [de Méditation] et dans toutes les ordonnances de la Loi pour les conduire selon le droit qui est le leur » (*Document de Damas*, colonne X). Le rôle de cet inspecteur était de superviser la conduite des membres de la communauté au quotidien. C'est à lui que toute nouvelle recrue de la communauté devait remettre « sa fortune et présenter sa force de travail » pour le profit du groupe (*Règle de la Communauté*, VI). Le livre cité, nommé *Hagu* dans le texte hébreu, « de méditation », reste une énigme. Il a pu s'agir du livre de la Loi, ou d'un autre ouvrage dont le temps a perdu la mémoire.

Les conseillers de la communauté, sélectionnés d'après leur lignée spirituelle et familiale – les plus vertueux, les plus sages, les plus hauts gradés de la hiérarchie, les fils des meilleures familles sacerdotales, en un mot des parfaits –, siégeaient chaque année pour, en quelque sorte, effectuer un examen d'évaluation de chaque membre de la communauté : qualité de son intelligence, de sa vertu et perfection de ses actes. Ils établissaient ainsi un classement qualitatif de tous, base de la hiérarchie du groupe, le moindre devant obéissance au meilleur. Le conseil était au départ constitué d'un collège suprême de « douze hommes et trois prêtres, parfaits en tout ce qui est révélé de toute la Loi, pour pratiquer la vérité et la justice et le droit et la charité affectueuse et l'humilité de conduite l'un envers l'autre, pour garder la foi dans le pays avec un caractère ferme et un esprit contrit, et pour expier l'iniquité parmi ceux qui pratiquent le droit et subissent l'angoisse de la purification et pour se conduire avec tous dans la mesure de la vérité et la norme du temps » (*Règle de la Communauté*, VIII 1-4). Ces élites devaient ainsi veiller, par leur comportement exemplaire, à faire des émules et guider les Qumraniens sur la voie la plus juste.

Si le *Document de Damas* reste muet sur l'existence d'un tel conseil des sages, il mentionne toutefois dix juges élus « périodiquement : quatre pour la tribu de Lévi et Aaron, et six d'Israël ; ils devront être instruits dans » le livre de Méditation « et dans les constitutions de l'Alliance, et âgés de vingt-cinq à soixante ans » (X 4-7). Selon le texte, ce sont des doctes et des sages, ce qui pousse certains spécialistes à assimiler ces juges aux conseillers suprêmes dépeints dans la *Règle*. Quoi qu'il en soit, il est intéressant de noter la tranche d'âge imposée aux juges, celle pendant laquelle un homme peut être au meilleur de ses facultés intellectuelles. L'auteur de la *Règle* avait l'esprit pratique et considérait que, passé soixante ans, la dégénérescence neuronique pouvait nuire à la qualité de la fonction juridique. « Et qu'on ne reste pas en fonction au-delà de soixante ans en tant que juge de la Congrégation ; car, à cause de l'infidélité de l'homme, ses jours ont été diminués, et, dans l'ardeur de Sa colère contre les habitants de la terre, Dieu a ordonné que déclinât leur intelligence avant qu'ils n'aient achevé leurs jours » (X 7-10).

Parmi les fonctions déclinées par la *Règle de la Communauté*, se trouve celle de l'Instructeur ou *maśkîl,* « sage », « enseignant », « mentor », qui doit instruire tous les membres de la communauté : « Pour [l'instructeur pour enseigner aux hom]mes, ses frères, le liv[re de la Rè]gle de la Communauté » (1QS I 1) ; « Pour l'instructeur. Pour expliquer et enseigner à tous les fils de lumière l'histoire de tous les fils d'homme ce qui concerne toutes les espèces de leurs esprits d'après leurs marques pour leurs œuvres durant leurs générations et ce qui concerne la visite de leurs malheurs ainsi que les temps de leur rétribution » (1QS III 13-15) ; « Voilà les prescriptions pour l'instructeur pour (son) comportement avec tout vivant selon l'ordre de chaque étape et selon la valeur de chacun afin qu'ils accomplissent la volonté de Dieu selon tout ce qui est dévoilé d'étape en étape, afin qu'ils apprennent toute la sagesse qui se trouve en rapport avec les étapes et qu'ils… » (1QS IX 12-16).

Le *maśkîl* est, en quelque sorte, un professeur d'humanités et de sagesse. Cette fonction est également reprise en tête des débuts préservés de *Cantiques du sacrifice du Sabbat* – « un texte appartenant à l'Instructeur » –, en tête de quelques *Hymnes* (on peut citer en exemple : « Pour l'instructeur. Psaume. Cantique pour se prosterner », 1QH XXV 34), de la première colonne du *Rouleau de la Guerre* (1QM I 1), de passages du *Recueil des Bénédictions* (1QS$^{b}$ I 1, III 22, V 20), des *Cantiques du sage* (4Q510 1, 4Q511 1). Ce personnage était vraisemblablement chargé de l'éducation des nouveaux membres dans la discipline, le règlement, les rites de la communauté. On le retrouve également cité dans le titre à la première ligne éponyme (« Paroles de l'Instructeur aux Fils de l'Aube ») d'un des manuscrits cryptés de la grotte 4. Les huit fragments ayant subsisté de cette œuvre laissent voir la petitesse de la hauteur du rouleau, sans doute un modèle portatif, « de voyage ». À l'exception de son titre en caractères « hébreux carrés », le texte est rédigé en cryptique A. Il était destiné à l'instructeur des novices, ces « fils de l'aube » à peine sortis des ténèbres pour entrer dans la lumière. Dans la mesure où les novices n'avaient pas encore accompli toute leur initiation et qu'ils ne pouvaient, pour cette raison, prendre pied dans l'établissement, le *maśkîl* était amené à les instruire dans des locaux de Sokoka-Qumrân et ailleurs afin de dispenser son enseignement. Ses paroles cryptées, indubitablement parce qu'elles concernaient l'essence même de la communauté – ses mystères, en quelque sorte, aux yeux des non-initiés –, à savoir des leçons de vérité, de sagesse, de piété, de justice, de sciences, ne devaient pas tomber en des mains étrangères.

Le *Rouleau de la Guerre* (1QM II 1, 3, 7, III 4), enfin, fait notamment référence aux « chefs des anciens de la congrégation ». Il s'agit là d'anciens qui disposent de quelque pouvoir décisionnel avec les chefs des tribus en ce qui concerne la guerre eschatologique (voir à ce sujet le chapitre x). Ils n'interviennent donc pas dans la vie de la communauté avec un rôle particulier et ne sont pas à considérer sur le même plan que les personnalités dépeintes jusqu'ici.

## Les Fils de Lumière et les Fils des Ténèbres ou le dualisme à Qumrân

Par Annette Steudel
(traduit de l'anglais).

La pensée dualiste est un phénomène récurrent à travers les âges et différentes cultures. Même de nos jours, l'expression à forte charge émotionnelle de « combat de la lumière contre les ténèbres » par exemple, exprimant l'opposition du bien contre le mal, réoccupe le langage, comme l'ont montré les réactions politiques aux événements du onze septembre 2001.

Qumrân a porté à notre connaissance un exemple saillant d'une vision du monde dualiste dans l'Antiquité. Les Esséniens se désignaient volontiers comme « les Fils de Lumière » (ou « les Fils de la Lumière »). Le groupe qui nous est connu grâce à des historiographes juifs tels que Philon, Josèphe et Pline l'Ancien n'a en effet jamais utilisé lui-même le mot « essénien » pour se nommer – tout comme les premiers chrétiens ne s'appelaient pas eux-mêmes *christianoi*, un simple sobriquet qui leur avait été donné par les autres. Au lieu de cela, ces gens se décrivirent dans leurs écrits comme « les justes », « les pauvres », « les saints » ou, plus techniquement, comme le *Yaḥad* (« communauté »). L'appellation dualiste de « Fils de Lumière » n'était pas une invention qumranienne, elle avait déjà été adoptée par les Esséniens. L'expression « Fils de Lumière » est employée spécialement dans les contextes qui présentent les Esséniens dans leur combat contre les « Fils des Ténèbres ». Qui étaient donc ces « Fils des Ténèbres »? Pour les Esséniens, c'était simple et clair : quiconque n'appartenait pas à la communauté essénienne faisait partie des « Fils des Ténèbres ». Il s'agissait là d'une pensée tranchée, de la définition par excellence du dualisme. Les caractéristiques des « Fils de Lumière » comme celles des « Fils des Ténèbres » sont le plus souvent très stéréotypées: en général, les vertus s'accumulent d'un côté (par exemple : « la patience », « l'intelligence », « la bonté », « la sagesse ») alors que, de l'autre, ce sont les vices (ainsi : « la méchanceté », « la fausseté », « la fierté », « la folie »). On ne peut que rarement tirer des conclusions historiques sur les Esséniens et leurs ennemis. Mais l'usage des métaphores « Fils de Lumière » et « Fils des Ténèbres » et la description de la bataille qui les oppose éclairent pour nous en profondeur les pensées religieuses et la vision du monde des Esséniens.

Pour comprendre le dualisme à Qumrân, il est très important de prêter attention aux « chefs » des « Fils de Lumière » et des « Fils des Ténèbres ». À la tête des « Fils de Lumière » se trouve le « Prince de Lumière », l'« Ange de Vérité », identifié à l'archange

Michel et à Melchisedek. À la tête des « Fils des Ténèbres », il y a Bélial, l'entité négative même, connue aussi à Qumrân sous le nom de Mastéma, Ange des Ténèbres, ou Melkirésha. Ce dualisme, tel qu'on le perçoit à Qumrân, n'est pas un dualisme du genre Dieu contre Bélial. C'est le « Prince de Lumière » qui est opposé à Bélial. Bélial est toujours subordonné à Dieu. Dans le *Document de Damas*, par exemple, Bélial sert d'instrument à Dieu. C'est pourquoi, si nous parlons d'un dualisme à Qumrân, nous devons toujours avoir en tête qu'il ne s'agit que d'un dualisme relatif. Comme mentionné dans le *Rouleau de la Guerre* (1QM XIII 11) et dans l'*Instruction sur les deux esprits* (1QS III 25), Dieu a créé Bélial et l'a créé pour le mal. Ce concept diffère beaucoup de la plupart des autres idées en circulation à la même époque, par exemple que le mal est arrivé par les Anges déchus. Selon l'*Instruction sur les deux esprits*, Dieu a créé le bon et le mauvais esprit afin que les gens sachent faire la différence entre ce qui est bien et ce qui est mal (1QS IV 26), ce qui va à l'encontre de ce que nous lisons en Genèse 3. Avant la création déjà, Dieu avait prédestiné toute chose, y compris les agissements de Bélial dans l'histoire. Mais Dieu a également fixé la fin définitive du mal. Certains textes, et en premier lieu le *Document de Damas* (CD IV 12-13 ; V 18-19) et le *Midrash sur l'eschatologie* (4Q174 II 14), nous apprennent que Bélial est lâché dans le monde par Dieu à des tournants cruciaux de l'histoire (voir *Livre des Jubilés* et 4Q*Pseudo-Ézéchiel*). Cela est surtout vrai en ce qui concerne la dernière phase de l'histoire, une période du règne de Bélial durant laquelle les « Fils de Lumière » sont opprimés par les « Fils des Ténèbres ». Les Esséniens pensaient qu'ils vivaient à cette période, une période d'épreuve pour les justes, et ils attendaient comme imminentes la fin du règne des Ténèbres et la venue du règne éternel de la Lumière. En général, le dualisme Lumière-Ténèbres à Qumrân trouve son parallèle le plus proche dans la pensée iranienne, mais il est déjà possible de découvrir dans la Bible hébraïque des traces de dualisme similaire à celui de Qumrân. Ainsi, l'idée que Dieu a créé le bien et le mal, est exprimée en Isaïe 45,7 (plus particulièrement en 1QIs$^{a}$).

## Quelques traits dualistes dans la littérature qumranienne

Selon l'*Instruction sur les deux esprits* (1QS III 13-IV 26, voir p. 282-285), Dieu a non seulement créé le bien et le mal, mais il a aussi prédestiné leur combat dans l'histoire, dans le monde et dans le cœur des hommes. Bien que Dieu aime le bien et haïsse le mal, il les a mis tous les deux côte à côte et il a partagé leur part dans le monde à égalité entre eux. Leur combat durera depuis la Création jusqu'au jugement dernier, lorsque Dieu détruira le mal pour toujours et qu'une nouvelle Création, les hommes et leurs actions une fois raffinés et purifiés par l'esprit de la vérité, existera pour l'éternité. Le dualisme de l'*Instruction sur les deux esprits* est un dualisme cosmologique aussi bien qu'anthropologique et moral. Il reflète des expériences profondes de la nature du monde et de l'ambivalence de la *psyché* (âme) et des activités de l'homme.

Le *Rouleau de la Guerre* est une règle pour la bataille finale à venir entre les puissances de Lumière et de Ténèbres, entre le bien et le mal dans les cieux comme sur la terre. Les « Fils de Lumière » combattent les « Fils des Ténèbres » dans une guerre de quarante ans. Selon un schéma de bataille aux victoires ainsi réparties : 3 (de la Lumière) + 3 (des Ténèbres) + 1 (de la Lumière), les « Fils de Lumière » gagneront le dernier combat. Le dualisme du *Rouleau de la Guerre* n'est pas identique à celui de l'*Instruction sur les deux esprits*. Cependant tous les deux ont en commun, par exemple, la dimension cosmologique et, dans les deux textes, les anges, agents divins, viennent en aide aux bons. Par ailleurs, on peut observer dans cette composition un aspect nationaliste (Israël contre les nations).

Avec le *Rouleau de la Guerre*, l'*Instruction sur les deux esprits* est souvent utilisée comme le paradigme du dualisme à Qumrân. Mais on ne doit pas oublier que l'*Instruction sur les deux esprits* comme le noyau du *Rouleau de la Guerre* pourraient être d'origine pré-essénienne, étant donné que les types de dualisme qu'ils mettent en scène, chacun dans un profil propre, ne sont pas aussi répandus qu'on pourrait le supposer dans les textes esséniens de Qumrân. Dans des compositions esséniennes anciennes, comme, par exemple, 4QMMT *(Extraits des œuvres de la Loi)* et les *Hodayot (Hymnes)*, le vocabulaire dualiste de « Fils de Lumière / Fils des Ténèbres » est absent. Et il n'y a presque pas trace de dualisme de ce genre dans les compositions esséniennes tardives, dans les *pesharîm* ou « commentaires » des prophètes bibliques.

Or, il est surprenant de constater que les *midrashîm* thématiques (des textes apparentés aux *pesharîm*) ont adopté des idées dualistes et la terminologie connues par l'*Instruction sur les deux esprits* et le *Rouleau de la Guerre*. Tandis que les *pesharîm* commentent un livre de prophète biblique phrase par phrase mettant en relation ce texte biblique avec des événements de l'existence propre des Esséniens (passé, présent et futur) auxquels, de l'opinion des Esséniens, le texte faisait référence en vérité, les *midrashîm* thématiques, plus ou moins contemporains, ou à peine plus anciens que les *pesharîm*, s'intéressent à un thème particulier important pour les Esséniens, par exemple la période finale de l'histoire, et ils citent chaque fois que c'est nécessaire des passages tirés des différents livres bibliques.

Dans le *midrash* thématique 11Q*Melchisedek* (vers 110 av. J.-C.), c'est le prince Melchisedek qui sauvera les « Fils de Justice » du règne de Bélial. En tant que grand prêtre céleste, Melchisedek célébrera le jour d'expiation, le jugement dernier, et détruira Bélial et son lot pour toujours.

Dans le *Midrash sur l'eschatologie* (vers 70 av. J.-C.), un autre *midrash* thématique, la communauté essénienne interprète son destin comme faisant partie du combat dualiste entre la lumière et les ténèbres. Les Esséniens comprenaient leur existence, comme le montrent aussi d'autres textes de Qumrân, comme appartenant à la période finale de l'histoire, au temps qui précède le jugement dernier et le tournant de l'histoire vers le meilleur, période où règne le mal et où les justes doivent souffrir. À la colonne X, lignes 8 à 13, le texte parle de différentes ères de la domination de Bélial et de sa contrepartie positive : un pouvoir est à la peine durant le règne de l'autre et vice versa. Le même passage, de plus, atteste que Bélial était tenu pour responsable des errements des justes qui se vautraient dans la prostitution et la méchanceté (plusieurs textes de Qumrân présentent une idée similaire), mais il semble que ces péchés dont Bélial est la cause sont pardonnés par Dieu en fin de compte puisque le destin a été prévu ainsi. Il est évident que les « Fils des Ténèbres », les agents terrestres de Bélial, sont ici identifiés au groupe des Pharisiens devenus puissants sous le règne de la reine Alexandra Salomé.

Ainsi que nous l'avons exposé plus haut, le dualisme à Qumrân est un dualisme relatif. Dans la pensée essénienne aux fortes implications eschatologiques, Dieu doit nécessairement avoir quelque responsabilité dans l'existence du mal. Si le mal était autonome et défini par lui-même, il n'y aurait pas d'espoir précis d'une fin heureuse. Selon ce concept, les tentations des pieux doivent avoir leur origine en Dieu. C'est Dieu qui éprouve les siens avec l'aide de son instrument, Bélial. L'idée d'une période temporaire d'épreuves paraît avoir été jugée acceptable. La domination de Bélial était considérée comme le « temps du raffinement ». Le raffinement, la mise à l'épreuve étaient, en vérité, déjà en actes dans la vie des pieux, des « Fils de Lumière » – mais ils n'avaient rien à craindre du jugement dernier. C'étaient les « Fils des Ténèbres » et leur chef qui seraient alors jugés et anéantis à jamais.

**1.** *Rouleau du Temple* (colonnes XLI-XLIII).

# Chapitre VIII

# Une révolution du savoir

Les textes « bibliques » ou apparentés retrouvés à Qumrân ont procuré aux savants un aperçu exceptionnel des écrits normatifs qui faisaient autorité dans les milieux juifs à la charnière des premiers millénaires av. et ap. J.-C. Quand, par exemple, l'Épître de Jude (1,14-15) dans le Nouveau Testament rapporte une prophétie du patriarche Hénoch, le lecteur peut s'étonner de l'absence, dans les Bibles grecque et hébraïque, d'un livre composé des paroles d'Hénoch – comme il en est pour les prophètes –, alors que l'Église d'Abyssinie, elle, conserve un texte hénochite en langue éthiopienne, traduit du grec. Or, la bibliothèque de Qumrân possédait plusieurs exemplaires d'un *Livre d'Hénoch* en araméen et au moins un exemplaire en traduction grecque, comme en témoignent des fragments de la grotte 7 (*photos 15 à 17* p. 82-83). Cet ouvrage non retenu par les architectes de la

Bible grecque comme hébraïque, dont seuls l'éthiopien, grâce à une traduction de l'araméen en grec, et, dans une très moindre mesure, l'Épître de Jude, ont gardé la mémoire, est, du même coup, passé de l'état de souvenir à celui de copie originale ! Les rouleaux de la mer Morte ont ainsi jeté une lumière neuve sur les derniers siècles de l'Antiquité, les saints écrits du judaïsme à cette période, les choix opérés pour la genèse du canon biblique et le terrain où le christianisme se construisit (voir, sur ces sujets, la contribution dans ce chapitre d'Eugene Ulrich : *Quelle lumière les rouleaux de la mer Morte ont-ils jetée sur la Bible ?*, p. 176, et le chapitre XII : *Essénisme et christianisme – Les Esséniens, Jean-Baptiste et Jésus,* p. 245).

Certains rouleaux de Qumrân ont enrichi la connaissance qu'on avait du monde essénien, notamment sur le plan de la pratique religieuse et des croyances du fidèle. Le *Rouleau du Temple* de la grotte 11 (*photo 1* p. 166) a révélé, chez les Esséniens, l'existence de célébrations propres, inconnues jusque-là, venues s'ajouter aux fêtes juives traditionnelles : fête de la Pâque et des Azymes avec l'offrande de la première gerbe, fête des Semaines et des prémices du blé, fête des Tentes, sabbat hebdomadaire, jeûne de Kippur ou Expiation, fête du Nouvel An, le premier jour du premier mois, soit le 1er Nisan. Ce calendrier mentionne, en outre, des fêtes tous les cinquante jours après la première « Pentecôte » ou fête des Semaines : la fête du Vin nouveau le troisième jour du cinquième mois, soit le 3 Ab, celle de l'Huile nouvelle le vingt-deuxième jour du sixième mois, soit le 22 Élul, suivie d'une semaine festive de l'Offrande du bois (deux tribus par jour).

## Le sabbat

L'interdiction de tout travail le septième jour de la semaine est formelle selon le texte biblique de l'Exode (20,8-11 ; 31,12-17) car le sabbat commémore le repos divin dans le récit de la Création ; il est, de ce fait, sacré et signe d'alliance. Mais, d'après le *Document de Damas* (copie de la *genizah* du Caire et de la grotte 4, 4Q265), cette interdiction se nuance chez les Esséniens. À la sévérité absolue d'Exode qui réclame la mise à mort de celui qui enfreindrait la règle sabbatique – un tel acte étant perçu littéralement comme une profanation – ou du moins sa mise à l'écart des siens, s'oppose une certaine indulgence essénienne. « Que personne n'aide une bête à mettre bas le jour du sabbat. Et si elle tombe dans une citerne ou dans une fosse, qu'on ne l'en retire pas le sabbat... Et toute personne qui tombe dans un endroit plein d'eau ou dans un (autre) endroit, qu'on ne l'en retire pas au moyen d'une échelle, d'une corde ou d'un instrument » (*Document de Damas* XI 13-17). Ce texte ne porte pas l'accent sur l'infraction à la prescription et le châtiment requis, comme dans la Bible. Il évoque le cas extrême d'une personne face à un animal puis à un être humain en mauvaise posture voire en péril. Il marque alors une différence entre l'animal, qui ne peut bénéficier d'aucun secours le jour du sabbat, et l'homme, qui pourra recevoir de l'aide à condition qu'elle soit apportée sans le service d'une échelle, d'une corde, d'un instrument, etc. Il n'y aurait donc pas profanation du sabbat si un Essénien allait tendre une « perche » toute simple – sa main ou son vêtement – afin de tirer quelqu'un d'un mauvais pas. 4Q265 6 5-8 est clair à cet égard : « Qu'on ne retire pas un animal qui tombe dans l'eau un jour de sabbat. Mais si c'est un homme qui tombe dans l'eau le jour du sabbat, qu'on lui tende son habit pour l'en tirer, toutefois on ne peut utiliser un instrument pour l'en retirer le jour du sabbat. » En ce qui concerne l'animal en mauvaise posture, la position essénienne, selon laquelle il faut laisser l'animal à son destin, puisqu'il ne peut saisir ni le bras ni le vêtement qu'on pourrait lui tendre, semble plus stricte que celle des Pharisiens. En effet, si l'on en croit l'Évangile de Matthieu (12,11) dans le Nouveau Testament, ces derniers n'hésitaient pas à sauver une brebis tombée dans un trou le jour du sabbat si l'animal était leur unique bien. C'est ce qu'observa Jésus, en réplique aux Pharisiens qui cherchaient à l'accuser de rompre la loi sabbatique en guérissant un malade ce jour chômé : « Un homme vaut tellement plus qu'une brebis ! dit-il, il est donc permis de faire le bien le jour du sabbat. » (Matthieu 12,12.) La conception chrétienne du respect sabbatique se situe, à première vue, dans la direction pharisienne avec une marge d'avance sur le plan de l'allègement de la Loi. Or, si les « aménagements » pharisiens semblent surtout servir un intérêt économique, l'assouplissement recommandé par Jésus est subordonné au respect de la vie humaine, tout comme la prescription essénienne.

## L'offrande des lèvres

Coupés du Temple de Jérusalem qu'ils jugeaient profané et souillé par un grand sacerdoce illégitime ayant changé les calendriers, les Esséniens de Sokoka-Qumrân ne pouvaient conserver la pratique juive des sacrifices d'animaux à la gloire de Dieu en organisant un autre sanctuaire dans leur nouveau lieu de vie, en raison de l'unicité du culte à Jérusalem depuis la réforme deutéronomique. Les rouleaux de la mer Morte nous apprennent qu'ils ont substitué un culte spirituel au culte sacrificiel, présentant à Dieu pour offrandes des psaumes et des hymnes nouveaux spécialement composés à cette fin : *Cantiques de l'holocauste du sabbat* (4Q400 à 407), *Cantiques de louanges*, *Hymnes* divers issus des grottes 1, 4, 6, 8 et 11. Ces chants complétaient un ensemble de prières (du matin et du soir, de louanges, d'action de grâces après les repas, pour les fêtes, etc.), elles aussi offertes par « les lèvres » des fidèles. La *Règle de la Communauté* (1QS IX 5, 26 ; X 6, 14 ; voir 4Q*Florilèges*) mentionne, en effet, « l'offrande des lèvres » présentée par notre groupe d'ascètes qui avaient finalement bâti de leur corps et de leur esprit un « temple d'hommes ». Cet édifice spirituel palliait la perte du Temple hiérosolymitain fait de pierres. Il y était célébré à des moments réguliers du jour, de la semaine, de l'année (solaire), une liturgie que des rouleaux de Qumrân documentent. Il existait, par ailleurs, des cérémonies spéciales de renouvellement de l'alliance à la Pentecôte, de purification, de protection contre les esprits malins, d'expulsion de ceux qui avaient manqué aux règles. Certains hymnes et certains psaumes étaient affectés à la dévotion privée de chaque membre de la communauté. Ces textes utiles à la pratique religieuse des Qumraniens n'étaient sans doute pas tous des créations indigènes. Certains devaient être communs à toutes les communautés esséniennes, et, dans le cas des Psaumes bibliques, à d'autres groupes juifs contemporains.

Les textes des prières quotidiennes recueillis à Qumrân s'ouvrent constamment par une formule précisant le jour du mois auquel s'applique la prière et le moment de cette journée : « le soir » ou « quand le soleil s'avance pour briller sur la terre », les gens de Sokoka se tenaient le visage tourné vers le soleil, source de la lumière dont ils se disaient, par métaphore, les fils. Puis l'usage du texte est spécifiquement indiqué : « ils béniront, réciteront et diront : "Bénis le Dieu des êtres divins", "Loue le Dieu de..." »

Les prières et les poèmes liturgiques par lesquels s'exprimait le culte divin à Sokoka montrent combien ce service religieux était organisé. Ils véhiculent la spiritualité et la vision essénienne du monde. On y détecte nettement, par exemple, le souci de se prémunir contre les forces du mal à l'œuvre ici-bas. Parmi les 4 050 chants écrits par David, listés sur le manuscrit a des Psaumes de la grotte 11, sont comptés quatre « chants à chanter sur des possédés » (les autres chants se répartissent comme suit : 3 600 psaumes, 364 chants à distribuer à chaque jour de l'année, 52 chants pour le sacrifice du sabbat, 30 chants pour l'offrande de la nouvelle lune, les jours fériés et le jour de l'Expiation ou Kippour). Les *Cantiques du sage* (4Q510 et 511), qui forment une sorte de manuel destiné à la lutte contre les mauvais esprits, disent clairement qu'il s'agit « d'effrayer et de terrifier tous les esprits des anges de corruption et les esprits bâtards, démons, liliths, hiboux et chats sauvages, ceux qui frappent inopinément afin d'égarer l'esprit d'intelligence, pour la désolation de leurs cœurs et leur honte ». Pour ce faire, on invoquait le nom de Dieu tout-puissant, Yahveh.

Les chants et prières à usage commun n'étaient pas présidés nécessairement par la hiérarchie sacerdotale. Tous les membres chantaient ou récitaient ensemble. Les prêtres avaient la préséance sur les autres dans le cas des bénédictions au moment des repas – chacun selon son rang. Selon le *Rouleau de la Guerre*, ils l'ont aussi dans le cadre des cérémonies de la guerre de rédemption à la fin des temps : le grand prêtre dira une longue prière avant le combat et prêtres, lévites et vétérans béniront le Dieu d'Israël et maudiront Bélial, le mal incarné, pendant la lutte ; tandis qu'à l'issue du combat victorieux, tous entonneront joyeusement l'hymne du retour.

Si l'on en croit les *Cantiques de l'holocauste du sabbat*, illustrés par les manuscrits des grottes 4 et 11 (et par un manuscrit de Massada), des Esséniens semblent avoir fait l'expérience d'une forme de mysticisme. Ces textes décrivent des paysages célestes lumineux peuplés de personnages angéliques et plantés de sanctuaires divins. Ils s'avèrent très visuels mais souvent peu compréhensibles en l'état des manuscrits. Toutefois, l'importance accordée au chiffre sept et la mention, dans l'un des chants, d'un chariot posé sur un trône ailé, rapprochent ce document de l'Ézéchiel biblique et de textes développés bien ultérieurement par un courant mystique du judaïsme, la *Merkabah* (« char » en hébreu), vers les VIe-VIIe siècles ap. J.-C. C'est dans la kabbale que ce mysticisme juif connut son épanouissement. Les pièces de Qumrân ont donc permis d'étoffer les études sur l'origine de la kabbale.

## La mantique

La lecture, quoique fragmentée, des textes esséno-qumraniens traduisant les connaissances des Esséniens en astronomie et en thérapeutique (voir, à ce sujet, la contribution de George Brooke : *Langues, sciences et techniques*, p. 187), permet d'évaluer, quoique difficilement, l'état de ces sciences à l'époque. Les Esséniens lisaient et copiaient les livres des anciens qui fixaient par écrit des pratiques souvent empruntées aux cultures environnantes (celles des Cananéens et des Assyro-babyloniens notamment), mais on ne sait jusqu'à quel point eux comme les autres juifs contemporains les mirent en œuvre. Les fragments de manuscrits retrouvés ne mentionnent pas l'utilisation d'herbes, de racines, de pierres à des fins de magie, contrairement au propos de Josèphe au sujet des Esséniens. Mais le silence des fragments de textes ne peut être retenu comme une preuve contre Josèphe.

Guérisseurs, les Esséniens l'étaient surtout de l'âme qu'ils voulaient conduire sur le juste chemin de la Loi et de Dieu, d'où l'usage qu'ils firent de l'exorcisme (les désordres neurologiques et psychologiques, ainsi que certains animaux, étaient perçus comme des manifestations démoniaques), de la divination (physiognomonie, zodiologie, brontologie, astrologie, horoscopie) et de la prophétie. Par ailleurs, s'il est bien établi que les gens de Sokoka suivaient un calendrier solaire (voir la contribution de George Brooke déjà citée, p. 187, et p. 272-274), on connaît encore mal comment ils mesuraient le temps. Un « disque de calcaire » mis au jour en 1953 par Roland de Vaux dans l'aile est du bâtiment principal du *Khirbeh*, plus précisément dans le locus au dispositif sanitaire, longtemps oublié dans les réserves du musée archéologique de Palestine jusqu'à sa redécouverte plus de quarante ans plus tard par deux chercheurs allemands, Uwe Glessmer et Matthias Albani, s'est avéré être un instrument de mesures astronomiques : un petit cadran solaire au diamètre de 145 mm et d'une épaisseur au rebord d'environ 30 mm, concave, profondément incisé de quatre cercles concentriques et plus légèrement de trois autres, et portant des entailles radiales. Un orifice de 8 mm de diamètre marque le centre de l'objet, sans doute un gnomon y était-il à l'origine fiché, la tige donnant une ombre portée indiquant peut-être ici les heures saisonnières. L'instrument n'a pu être utilisé sur le site ou alentour qu'aux endroits les plus longuement ensoleillés : l'est de l'installation, la tour, une hauteur, car l'ombre des falaises s'allonge sur l'ouest du *Khirbeh* dès la fin de l'après-midi.

Enfin, comme nous le montre le professeur Brooke, la forme des textes constitue déjà à elle seule une mine d'informations sur les langues et les écritures du moment et celles qui en découleraient.

## Quelle lumière les rouleaux de la mer Morte ont-ils jetée sur la Bible ?

Par Eugene Ulrich, université de Notre-Dame (Indiana, États-Unis) (traduit de l'anglais).

Les manuscrits bibliques découverts dans le désert de Judée de 1947 à 1956 ont révolutionné notre compréhension du texte des Écritures et de la nature de la Bible dans l'Antiquité. On a retrouvé approximativement 240 manuscrits bibliques, écrits pour la plupart en hébreu, certains l'ayant été en araméen et en grec. Copiés entre 250 av. J.-C. environ et 68 ap. J.-C., ils précèdent d'un millénaire les plus anciens manuscrits hébreux connus et nous donnent, de ce fait, une image plus authentique de la Bible au temps de Jésus et de Rabbi Hillel. Ils sont maintenant tous publiés, mais beaucoup, y compris des biblistes, n'ont pas su apprécier toute leur importance. Certains considèrent en effet les rouleaux comme d'excitants objets de curiosité mais sans véritable impact sur la Bible elle-même et sans nous demander de réviser notre manière de penser cette dernière. Au contraire, après avoir travaillé sur une grande partie de ces manuscrits bibliques en vue de leur édition officielle, je pense qu'il est nécessaire de mettre à jour notre vision à la fois historique et théologique de la Bible.

### La première leçon

Les deux premiers rouleaux d'Isaïe ont montré, immédiatement après la découverte, que

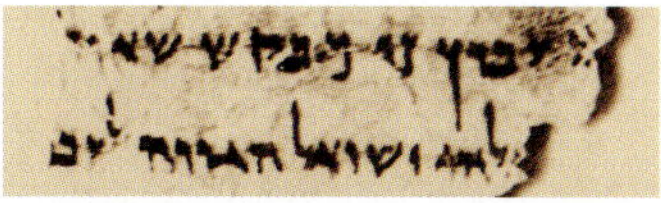

Écriture « araméenne » de la fin du IIIe siècle av. J.-C. (4QSam[b])

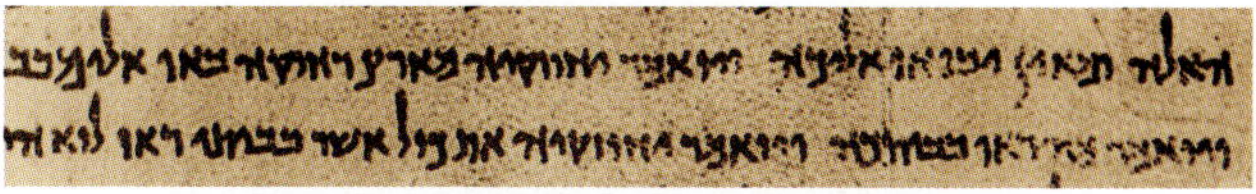

Écriture asmonéenne vers 100 av. J.-C. (1QIs[a])

Écriture hérodienne ancienne vers 40-30 av. J.-C. (4Qpesher Nahum)

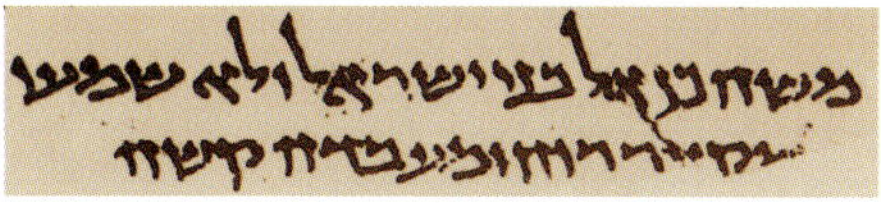

Écriture post-hérodienne vers 100 ap. J.-C.
(Murabba'ât Exode 6, copie d'Exode retrouvée à Murabba'ât)

**2.** Exemples de pratiques orthographiques différentes.

le texte de cet important livre prophétique existait sous des formes différentes. Un large rouleau fragmentaire de la grotte 1 (1QIs[b]) paraissait s'accorder presque mot à mot avec le texte hébreu de la tradition – le texte massorétique. Publié rapidement vers 1954, il a conforté l'opinion des savants qui estimaient que nos textes traditionnels avaient été transmis au fil des siècles et des copies manuscrites avec une étonnante exactitude jusqu'à l'invention de l'imprimerie. Quoique cet avis fût en vérité bien établi, une surprise de taille attendait les savants.

L'autre manuscrit d'Isaïe (1QIs[a]), le seul rouleau biblique qui ait survécu dans son intégralité, présentait une forme tout autre. Déjà publié en 1950, il manifestait une large gamme de variantes par rapport au texte traditionnel. Comme on devait probablement s'y attendre, ayant affaire à un manuscrit ancien, on y rencontra des pratiques orthographiques différentes et des variantes morphologiques de plusieurs mots. Mais surtout, le rouleau révéla quelque mille variantes textuelles contrastant avec le texte massorétique, y compris des versets ou des passages entiers « omis » ou ajoutés plus tardivement par des scribes (*photos* 6 p. 23 *et* 7 p. 76).

Bien que certains savants aient accusé ce manuscrit d'être une version « vulgaire » ou même « sans valeur », deux indications prouvent qu'ils faisaient fausse route. En premier lieu, 1QIs[a] avait été soigneusement enveloppé dans une étoffe de lin et placé à l'intérieur d'une jarre de céramique protectrice qui lui assura une excellente préservation (1QIs[b] n'avait pas été ainsi protégé, aussi est-il fragmentaire). Pourquoi aurait-on protégé un rouleau « vulgaire » ou « sans valeur » contrairement à un rouleau « parfait » ou « authentique », si telles étaient vraiment les vues de la communauté propriétaire de ces documents ? Deuxièmement, alors que d'autres rouleaux étaient mis au jour et déchiffrés, des variantes par rapport au texte biblique connu continuaient d'apparaître en grand nombre.

## Une parade de rouleaux bibliques

Comme on analysait rouleau après rouleau, les champs du savoir ne cessaient de s'étendre dans plus d'une direction. Un large et beau rouleau de l'Exode (4QpaléoEx[m]) fournit une nouvelle surprise. L'essentiel du texte correspondait fidèlement à celui du texte massorétique, mais, de temps en temps, il présentait des « ajouts » de versets, voire de paragraphes entiers. Son éditeur ne tarda pas à réaliser que ces « additions » constituaient simplement des expansions du texte connues depuis des siècles dans le Pentateuque des Samaritains, cette petite communauté d'Israël du Nord ayant préservé un héritage textuel des temps anciens. Voici un exemple en Exode 32,10-11 :

Texte massorétique :
« ... Maintenant laisse-moi seul,
que ma colère puisse s'enflammer contre eux et
[ que je puisse les consumer ;
mais je ferai de toi une grande nation.
Alors Moïse supplia le Seigneur... »

4QpaléoEx[m] :
« [... que ma colère puisse s'enflammer contre eux
[et que je puisse les consumer ;
mais je ferai] de toi une grande nation.
**[Mais contre Aaron le Sei]gneur [était] très**
**[[courroucé], suffisamment pour le détruire ;**
**ainsi Moïse pria en faveur d'A[aron.]**
Alors Moïse [suppli]a le [Seigneur...] »

Pentateuque samaritain :
« ... Maintenant laisse-moi seul,
que ma colère puisse s'enflammer contre eux et
[que je puisse les consumer ;
mais je ferai de toi une grande nation.
**Mais contre Aaron le Seigneur était très courroucé,**
**[suffisamment pour le détruire ;**
**ainsi Moïse pria en faveur d'Aaron.**
Alors Moïse supplia le Seigneur... »

Le texte ajouté dans la version de Qumrân et dans le Pentateuque samaritain a été tiré d'un passage parallèle de Deutéronome 9,20. Les autres additions étaient du même type : le texte du rouleau de la grotte 4 avait la caractéristique de suivre le texte samaritain, non le texte massorétique. Cela signifie-t-il que le rouleau de Qumrân appartenait à la communauté samaritaine ? À première vue, on pourrait le penser, mais aucun des passages communs à 4QpaléoEx$^{m}$ et au Pentateuque samaritain n'a à voir avec la théologie samaritaine. Dans le Pentateuque samaritain, il y a seulement un nombre restreint de variantes théologiques spécifiquement samaritaines par rapport au texte massorétique et chacune souligne la croyance spécifique que Dieu a choisi le mont Garizim, et non Jérusalem, comme centre d'adoration. Ces quelques passages sont tous absents du rouleau de Qumrân. On peut en conclure que ce dernier représente une « seconde édition » juive du livre de l'Exode, dans laquelle des parallèles adéquats tirés d'autres passages de l'Exode ou du Deutéronome ont été insérés (en gros, l'équivalent de notes érudites de bas de page). Les Samaritains ont simplement choisi (intentionnellement ou non) cette édition tardive et développée de l'Exode pour leur propre Pentateuque.

Si certains savants ont mis du temps à accepter cette nouvelle hypothèse encore non avancée, un deuxième rouleau (4QNb$^{b}$, un rouleau des Nombres de la grotte 4), lui aussi remarquablement préservé, montra un schéma identique d'expansions textuelles en accord avec le Pentateuque samaritain, mais sans les modifications théologiques propres aux Samaritains. Ainsi, si l'on a pu affirmer que le texte massorétique était bien fidèle à sa forme ancienne, il faut aussi soutenir maintenant que le Pentateuque samaritain a transmis avec fidélité une des autres formes du texte biblique en circulation au Ier siècle av. J.-C., et qu'il ne l'a que légèrement révisé selon ses positions propres en matière de foi.

Une troisième tradition textuelle majeure, la traduction des Écritures hébraïques en grec, effectuée aux IIIe-IIe siècles av. J.-C., la Septante, a également reçu une preuve supplémentaire comme traduction fidèle d'une forme ancienne du texte hébreu. Quelquefois, ce texte hébreu parent était proche du texte massorétique, mais parfois il ne l'était pas. Par exemple, le texte massorétique du livre de Samuel pose maints problèmes textuels, or, un rouleau de Samuel de la grotte 4 (4QSam[a]) a révélé nombre de cas d'une forme textuelle hébraïque à la fois supérieure au texte massorétique et ayant nettement servi d'original hébreu parfaitement traduit par la Septante.

Un autre manuscrit de la grotte 4 en a apporté encore une preuve concluante. La traduction de Jérémie par la Septante est notablement plus courte que le texte de la Bible massorétique et présente des différences dans l'ordre du livre. Ainsi, on a qualifié le texte de la Septante d'abrégé ou de paraphrase du livre, plutôt que de fidèle traduction. Toutefois, le texte hébreu de 4QJér[b] correspond étonnamment à celui de la Septante, ce qui redonne à cette dernière son statut de traduction fidèle, non point du texte massorétique mais d'une autre forme ancienne du livre hébreu. Le fragment de Qumrân n'a préservé que la fin de treize lignes du chapitre 10. Les cinq lignes décisives sont données ci-après :

4QJér[b] (Jér 10,2-13) :
4 ... la voie des nations...
5 ... avec... de l'or ils l'enjolivent ; avec **des mar [teaux/[et des clous...]**
6 ... bleu et pourpre [sont leurs vêtements]...
7 ... seront exterminés de la Terre...
8 ... du bout de la Terre. Des éclairs...

Septante (Jér 10,2-13) :
4 ... les voies des nations...
5 ... avec... de l'or ils sont enjolivés ; avec **des mar [teaux et des clous...**
6 ... bleu et pourpre les vêtiront...
7 ... seront exterminés de la Terre...
8 ... du bout de la Terre. Des éclairs...

Texte massorétique (Jér 10,2-13) :
10:2 ... la voie des nations...
10:4 ... avec... de l'or ils l'enjolivent ; **avec des [clous et des marteaux...**
10:9 ... + **versets 6-8...** ... bleu et pourpre sont leurs vêtements...
10:11 ... + **verset 10...** ... seront exterminés de la Terre...
10:13 ... du bout de la Terre. Des éclairs...

La Septante et le texte massorétique diffèrent en longueur et dans l'ordonnance textuelle. L'ordre des versets de la Septante est : 4, 5a, 9, 5b, 11 ; les versets 6 à 8 et le verset 10 n'apparaissent pas. Le texte massorétique est beaucoup plus long, intégrant les versets 6 à 8 et 10, et la deuxième moitié du verset 5 vient après le verset 9. Tandis que le texte de la Septante s'adapte parfaitement au format spatial du rouleau de Qumrân, le texte massorétique nécessiterait l'ajout d'environ 40 mots supplémentaires à la ligne 6 du manuscrit de la grotte 4. Remarquons encore que 4QJér[b] est en accord avec la Septante pour l'ordre des mots « marteaux et clous », à la différence du texte massorétique en ordre inversé (« clous et marteaux »). Lorsqu'on reconstruit complètement la colonne de 4QJér[b], le verset 5b doit, pour l'espace, avoir suivi la partie du texte préservée à partir du verset 9 et, de cette façon, on doit présumer que la même quantité de texte que celle de la Septante, et dans le même ordre, se trouvait en 4QJér[b]. Lorsqu'on analyse, de manière comparative, les formes textuelles du livre de Jérémie dans la Septante et la Bible massorétique, il devient clair que la Septante représente une édition plus ancienne du livre et que le texte de la Bible massorétique est une version secondaire et développée à partir de l'édition plus ancienne attestée par 4QJér[b] et la Septante. Enfin, on peut observer que le statut d'édition plus récente du texte massorétique est, dans cet exemple, l'inverse de son statut d'édition plus ancienne dans les exemples donnés de 4QpaléoEx[m], 4QNb[b] et du Pentateuque samaritain.

Un psautier de la grotte 11 contient plusieurs psaumes dans un ordre différent de la séquence habituelle ainsi qu'un certain nombre de compositions inconnues de notre Bible traditionnelle (*photo 11* p. 103). La différence est telle, en vérité, que la plupart des savants ont refusé d'y voir un vrai psautier et le considèrent comme une composition « liturgique » secondaire et postbiblique. Mais des études plus poussées ont montré que certains de ces psaumes « non canoniques » se retrouvent, en fait, dans d'autres types de psautiers, des traditions grecques et syriaques, que deux autres compositions apparaissaient sous la forme de poèmes ou d'hymnes dans d'autres livres du texte massorétique ou de la Septante, et que la collection finit avec le Psaume 151 tout comme dans le psautier de la Septante. De plus, nous devons reconnaître que le Psautier s'est formé et développé comme un livre d'hymnes, avec de multiples séquences possibles *(photo 3)*, qu'il n'y a pas d'ordre clair ou contraignant dans la forme massorétique du Psautier, et que le système de numération des Psaumes est tardif. Puisque nous pouvons désormais comprendre la nature du texte biblique dans l'Antiquité, avant la dernière étape de son histoire, caractérisée par un seul et unique texte, nous pouvons admettre que 11QPs[a] (*photo 11* p. 103) est bien un Psautier biblique dans une édition littéraire différente contrastant avec celle qui nous est familière depuis le IIe siècle de notre ère.

3. Psaumes 31, 33 et 35 (*circa* 50 ap J.-C.).

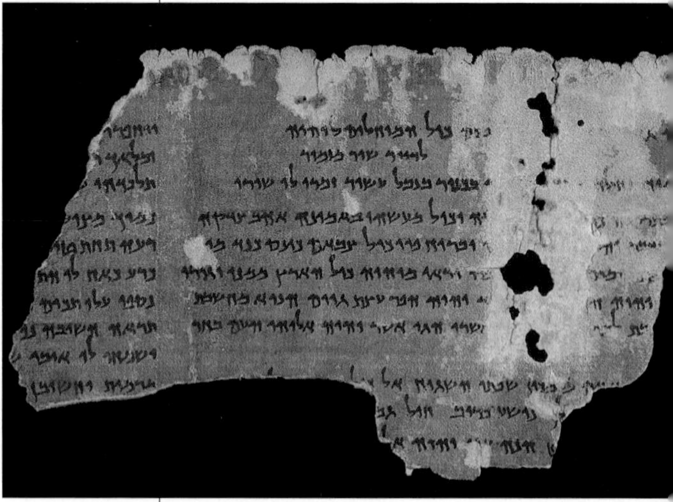

Si l'espace le permettait, la revue des anciens manuscrits bibliques commencée ici pourrait être poursuivie. Les rouleaux fragmentaires de Qumrân fournissent une preuve évidente qu'il existait des éditions littéraires différentes d'au moins six des vingt-quatre livres de la Bible hébraïque traditionnelle : l'Exode, les Nombres, Josué, Jérémie, les Psaumes, et le Cantique des cantiques. Quand on réétudie le Pentateuque samaritain et la Septante à la lumière des rouleaux de Qumrân, on peut y ajouter sept livres supplémentaires : la Genèse, 1 Samuel, les Rois, Ézékiel, les Douze petits prophètes, les Proverbes et Daniel. On ne dispose pas d'assez de preuves en ce qui concerne les Juges, Job et les Lamentations, mais des éléments de preuves inviteraient à joindre ces livres à la liste. Ainsi, comme l'attestent les preuves manuscrites ayant survécu, plus de la moitié des livres de la Bible hébraïque circulaient dans des éditions littéraires différentes au temps des origines du christianisme et du judaïsme rabbinique.

## Un stade ancien et non documenté de la Bible

Tandis que les rouleaux démontrent absolument que notre Bible traditionnelle, la Bible massorétique, est un témoin extrêmement précis d'une forme ancienne du texte biblique, ils démontrent aussi, en même temps, la « pluriformité » créative qui caractérisait le processus de développement et de transmission de la Bible, comme le fait que *seule une forme* du texte ancien nous soit parvenue dans le texte massorétique qui est traduit dans nos Bibles. L'accumulation des éditions littéraires différentes nous enseigne alors que le texte que nous appelons maintenant notre Bible était encore certainement dans une période de formation plurielle et de développement à l'époque des origines du christianisme et du judaïsme rabbinique.

La critique littéraire a depuis les Lumières montré à de multiples reprises que tous les livres bibliques sont en réalité le produit d'une longue série d'efforts créatifs menés par plusieurs mains sur plusieurs générations. Qumrân nous a permis d'apercevoir les dernières étapes de ce processus dynamique de composition des livres bibliques jusqu'à la période de la rédaction du Nouveau Testament. Politiquement, le pouvoir irrésistible de Rome, et, religieusement, la montée menaçante du christianisme, expliquent l'arrêt brusque de ce processus dynamique et la survivance d'une unique forme du texte pour chaque livre au sein de la communauté rabbinique. Ce ne fut pas tant une « stabilisation » des textes bibliques qu'une perte des formes diverses qu'ils prenaient et une transition d'une tradition en croissance dynamique à une collection uniforme de l'« Écriture ».

Les rouleaux bibliques de Qumrân sont les plus anciens, les meilleurs et les plus authentiques témoins du texte de notre Bible à cette période décisive. Ils signalent l'existence d'éditions littéraires différentes pour la majorité des livres bibliques et montrent que le texte des Écritures était pluriforme et se trouvait encore en « croissance organique » à l'époque et ce au moins jusqu'à la destruction de Jérusalem et du Temple en 70 ap. J.-C.

# Langues, sciences et techniques

Par George J. Brooke, université de Manchester (traduit de l'anglais).

## Langues

Avant la découverte des rouleaux de la mer Morte, le matériel épigraphique de Palestine remontant à la période comprise entre 200 av. J.-C. et 70 ap. J.-C. se limitait aux inscriptions sur monnaies, sur des tombeaux et ossuaires. Les manuscrits de Qumrân ont radicalement changé la situation. Plus de 850 manuscrits, en majorité fragmentaires, des onze grottes de Qumrân et alentours ont survécu. La plupart sont en hébreu ; quelques-uns, en araméen, ont été retrouvés dans les grottes 1, 2, 3, 4, 5, 6 et 11. Les documents de la grotte 4 comptaient quelques manuscrits grecs, la grotte 7 a livré exclusivement des rouleaux en grec. Cette documentation épigraphique suggère que des (sinon tous les) scribes de Qumrân, et peut-être d'ailleurs, étaient bilingues ou pouvaient manier plusieurs langues.

Si l'hébreu ne se manifeste naturellement à Qumrân que par des formes écrites, il semble qu'on puisse y voir deux catégories intimement liées : l'hébreu littéraire et l'hébreu parlé. Quant à la représentation de ces deux sortes d'hébreu, les pratiques scribales varient, si bien que le système orthographique de certains manuscrits est plus complet que dans d'autres. Ce système pourrait avoir été conçu pour aider à la prononciation ceux dont la langue maternelle n'était pas l'hébreu, quoique, d'après certains traits phonologiques, certaines gens de Qumrân devaient parler régulièrement hébreu.

Plusieurs sortes d'hébreu littéraire sont attestées. Maints manuscrits sont des copies de compositions bien plus anciennes *(photo 4)*, parmi lesquelles se trouvent des textes liturgiques dont plusieurs allaient finalement être inclus dans la Bible hébraïque. Certains de ces manuscrits montrent des signes de mise à jour linguistique, non seulement en termes d'orthographe, mais aussi de phonologie, morphologie, syntaxe et grammaire, mais ils conservent aussi des caractères anciens.

4. Apocalypse messianique (4Q521 2II-III).

Plusieurs textes littéraires reflètent l'organisation et le quotidien de la communauté de Qumrân. Ils présentent des archaïsmes linguistiques mais aussi des néologismes, comme le nom *yaḥad*. Quelques textes, enfin, documentent les affaires de tous les jours.

Il est difficile de savoir précisément quels textes représentent une forme d'hébreu parlé. La composition 4QMMT *(Miqṣat Maᶜaśeh ha-Torah)* et le *Rouleau de cuivre* reflètent tous les deux des éléments d'hébreu parlé, telle la forme brève du pronom relatif, déjà connue, il est vrai, de textes bibliques.

Environ 120 manuscrits de Qumrân ont été écrits en araméen *(photo 5)*. Ils appartiennent presque tous à la forme appelée araméen moyen (vers 200 av. J.-C.-200 ap. J.-C.), qui opère la transition entre l'araméen biblique et l'araméen targumique classique. Il y a peu ou pas de trace de vocabulaire essénien en tant que représentatif du dialecte palestinien, bien que certaines manies orthographiques connues par des manuscrits hébreux très vraisemblablement copiés à Qumrân, suggèrent que quelques-uns d'entre eux y furent copiés.

Les fragments grecs des grottes 4 et 7 de Qumrân sont tous dans la langue de la *koinè*, le grec commun qui se développa à partir de plusieurs dialectes issus du grec classique. On a identifié la plupart à des passages de traductions grecques des Écritures hébraïques, connues communément sous le nom de la Septante, ou à des sections des livres d'*Hénoch* traduits de l'araméen (*photos 15 à 17* p. 82-83).

## Sciences

Dans l'Antiquité tardive, les domaines de la connaissance ne se distinguaient pas les uns des autres de la même façon qu'aujourd'hui. Selon le *Livre des Jubilés* (4,17), Hénoch fut le premier à apprendre « l'écriture, la science et la sagesse » et, dans le domaine de la « science », l'expertise en astronomie occupait une place très importante.

### *Astronomie et astrologie*

Un grand nombre de manuscrits de la bibliothèque de Qumrân traitent de calculs astronomiques et de calendriers. Comme le reste du monde juif, les gens de la communauté utilisaient des observations babyloniennes. Ils connaissaient avec précision les mouvements de la lune en lien avec les constellations, et ils juxtaposaient des calculs lunaires à des calculs solaires. Ils connaissaient la précession (mouvement conique lent) du zodiaque (une découverte souvent attribuée à Hipparque de Bithynie [vers 190-120 av. J.-C.]). Ils possédaient un cadran solaire marqué pour les besoins de calculs. Ils préféraient, semble-t-il, le calendrier solaire idéal de 364 jours à 52 semaines exactement, mais on ne sait pas comment ils le réconciliaient avec l'année solaire authentique, de 365 jours et un quart, ni avec le calendrier lunaire en usage chez la plupart des autres juifs. Ils utilisaient les signes du zodiaque pour évaluer la justesse et les qualités morales de chaque membre de la communauté (4Q186, *Horoscope*) ; la connaissance des étoiles avait des implications éthiques ainsi

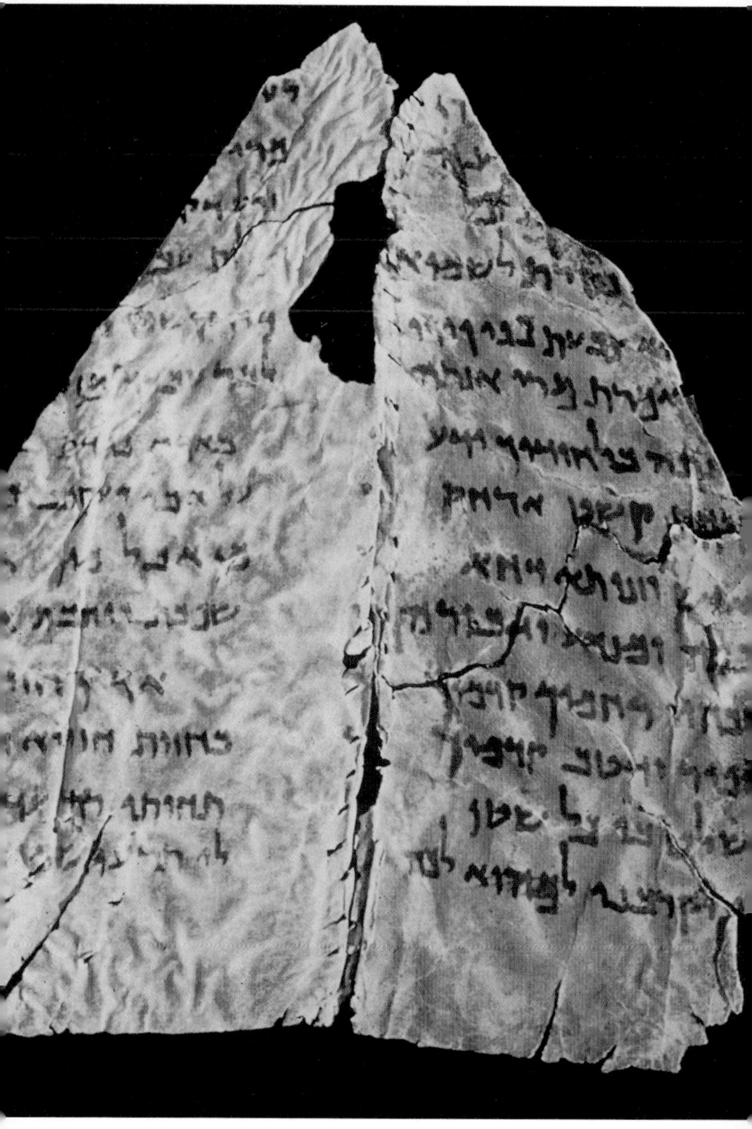

**5.** *Testament de Lévi* (4QTestLévi[b]).

que le montrent nettement les écrits associés à Hénoch.

### *La médecine*

La médecine ne se pratiquait pas de façon mécanique. Elle faisait partie d'un cadre de référence plus étendu qui englobait la pureté religieuse, le pouvoir sur les démons et le bien-être de la communauté. C'était le devoir du prêtre de déclarer les gens purs ou purifiés de toute infirmité (*Document de Damas* [CD] XIII 5-7) de sorte qu'ils puissent rejoindre la communauté au moment du culte. On connaissait en détail certaines maladies de la peau pour lesquelles le prêtre disposait de critères à des fins diagnostiques ; on assiste, par exemple, à une remarquable guérison quand la circulation sanguine est bonne (4Q266). Des exorcismes paraissent avoir été pratiqués à Qumrân (1Q*ApGen* XX 28-30 ; 4Q242 ; 11Q*Psaumes apocryphes*). L'un des squelettes du cimetière de Qumrân montre des signes d'une cicatrisation de lésion crânienne. L'utilisation médicinale de garance (détectée grâce à la découverte de traces d'alizarine) pourrait expliquer les taches violacées sur plusieurs squelettes. Si les habitants de Qumrân étaient des Esséniens, notons à ce propos que l'étiquette « essénien » a été expliquée par certains à partir d'un mot araméen *'asâ* signifiant « guérir ».

## Sciences appliquées

Un grand nombre de sciences appliquées ont laissé des témoignages sur les sites de Qumrân et de ᶜAïn Feshkha. Bien que les membres de la communauté n'en connussent pas tout le fond scientifique, ils pratiquaient plusieurs arts dont la plupart étaient subordonnés à une sagesse scientifique reçue par héritage.

### *L'élevage et l'agriculture*

À Qumrân se trouvaient probablement des étables pour les ânes et des dépôts d'ossements d'animaux prouvent que la communauté possédait du bétail, des moutons et des chèvres, et qu'elle savait s'occuper des animaux (CD 11, 17). Elle savait également semer des graines et récolter le produit des cultures.

### *L'ingénierie*

Les bâtiments de Qumrân n'étaient ni élaborés ni très décorés, mais ils présentent quelque raffinement pour ce qui est des larges pièces communes. Il existait un système complexe de traitement et de stockage de l'eau amenée des collines, incluant des bassins de décantation pour débarrasser l'eau du limon, des canaux pour la diriger vers les diverses citernes creusées à la main et les bains rituels, et des revêtements de mortier afin d'en réduire la porosité. Il y avait parfois des vannes qu'on ouvrait pour laver à grande eau certaines salles : le sol de la pièce généralement considérée comme la salle à manger communautaire, étant légèrement pentu, on pouvait la nettoyer aisément avec de l'eau.

### *Les sciences des matériaux*

Les fours de Qumrân indiquent que la poterie ordinaire sans glaçure retrouvée sur le site était probablement fabriquée et cuite sur place pour une utilisation locale.

Quoique des rouleaux aient certainement été apportés d'ailleurs à Qumrân, la production d'autres manuscrits sur le site a dû requérir la présence d'ateliers de préparation des peaux animales et, peut-être, du papyrus : les tables stuquées mises au jour paraissent avoir été employées dans le travail de finition des rouleaux destinés aux scribes (*photo 13* p. 219). Les rouleaux de cuir ne révèlent aucun tannage élaboré, mais semblent avoir été frottés à l'aide de quelque solution calcaire.

Certains rouleaux ont été découverts enveloppés dans des étoffes tissées en lin ; sur quelques-unes avait été « brodée » une bordure décorative bleue apportant la preuve de l'usage de l'indigo. Si certains articles ont pu être forgés ou sculptés sur le site, la mise au jour d'objets de métal, de verre, de pierre et de bois, fournissent des informations sur la production de ce type d'ustensiles au premier siècle de notre ère. Les trois « feuilles » du *Rouleau de Cuivre* (en métal quasiment pur), ont été vraisemblablement raffinées et aplaties ailleurs qu'à Qumrân (*photos 22 à 25* p. 128-131).

### *La chimie*

L'analyse de l'encre des manuscrits suggère qu'il y en avait de trois types fabriquées localement par mélange de carbone et de matières végétales dont des gales de chêne. L'encre rouge employée occasionnellement était préparée à partir de sulfure de mercure, importé.

On pense qu'il existait une production locale de baumes et peut-être de parfums (CD XI 10). En outre, les propriétés du sel pour la conservation étaient bien connues à Qumrân de même que, apparemment, la valeur des bitumes disponibles sur place.

### *Les sciences alimentaires*

Des manuscrits contiennent quelques références à la production et au traitement de la nourriture. Les aliments étaient conservés par séchage et salaison. On connaissait les procédés de fermentation, dans la production du vin, consommé aux repas (*tîrosh*, 1QSa; *yaïn tîrosh*, 11Q*Rouleau du Temple*). Les propriétés stérilisantes de l'ébullition et du feu n'étaient pas ignorées (CD XII 15).

**1.** Surplomb du site de *Khirbet* Qumrân.

# CHAPITRE IX

# Vie et mort des Qumraniens : une lecture archéologique

Par Magen Broshi
(archéologue, ancien conservateur du Sanctuaire du Livre, musée d'Israël, Jérusalem)
(traduit de l'anglais).

Depuis la localisation de la grotte 1 par les archéologues en 1949, la région de Qumrân fut prospectée et fouillée jusqu'en 1958 sous la direction du R. P. Roland de Vaux. La prospection des falaises rocheuses au nord et au sud de *Khirbet* Qumrân permit la découverte de quarante grottes présentant des traces d'occupation humaine, dont cinq seulement abritaient des manuscrits. À une exception près (la grotte 37 explorée par Joseph Patrich), aucune n'avait été utilisée comme habitat régulier par les membres de la communauté de Qumrân. En effet, trop étroites, mal ventilées, mal éclairées, sans sol égalisé, elles ne s'y prêtaient pas. Elles étaient, par ailleurs, situées au-delà du périmètre autorisé par le règlement qumranien autour du centre communautaire pour les déplacements le jour du sabbat : il était permis de circuler uniquement dans un rayon de 500 m environ autour du centre. Les personnes qui auraient éventuellement résidé dans ces grottes n'auraient ainsi pas pu atteindre l'établissement communautaire les jours fériés sans enfreindre la règle (à moins de rester dans les parages sous tente). C'est pourquoi l'on estime que ces grottes n'étaient que des réserves qui pouvaient servir de cachette pour les manuscrits en cas d'urgence ou peut-être de résidences temporaires.

En 1952, les bédouins repérèrent la grotte 4 au sud-ouest du centre communautaire, dans la falaise marneuse. Il s'y trouvait plus de 600 rouleaux fragmentaires, soit deux tiers des manuscrits. Une prospection dirigée par le P. de Vaux sur les flancs sud et sud-ouest du plateau de marnes par rapport au centre révéla huit nouvelles cavernes. Six d'entre elles livrèrent des manuscrits et d'amples traces d'habitat. Magen Broshi, du musée d'Israël, et Hanan Eshel, de l'université Bar-Ilan, ont exploré sept autres cavités dans un autre secteur du plateau marneux pendant l'hiver 1996-1997. Très effondrées, ces grottes n'ont pas laissé aux archéologues la chance d'atteindre leur sol, sauf dans deux cas, au nord du *Khirbeh,* pour lesquels la moisson de céramique du Iᵉʳ siècle ap. J.-C. fut abondante. Une autre grotte fut dégagée en 2001 lors d'une expédition conduite par les mêmes experts.

Toutes les grottes des marnes sont artificielles, aménagées de main d'homme dans la couche sédimentaire très tendre. Spacieuses, bien ventilées, bien éclairées, elles constituaient les meilleurs abris possibles contre l'âpre climat du bassin de la mer Morte avant l'invention de l'air conditionné ! Il est presque certain que la plupart des membres de la communauté, sinon tous, habitaient de telles grottes.

Le centre communautaire a été construit sur les vestiges d'un établissement de l'âge du fer (VIIIe siècle av. J.-C.). Le complexe de la période romaine couvrait quelque 4 500 m$^2$ et répondait à tous les besoins des résidents de Sokoka-Qumrân, sauf peut-être le logement (*schéma 5* p. 203). Son entrée principale, pratiquée dans le mur nord, n'était ni gardée ni protégée par une porte élaborée. Pas de garde non plus aux deux autres entrées, secondaires, du site. Cette absence de défense explique pourquoi Qumrân ne doit pas être considéré comme un établissement militaire. À côté de l'accès principal se tenait une tour massive à deux étages. Cet édifice solide et bien bâti, destiné à servir d'abri d'urgence en cas de nécessité, se distingue du reste du complexe dont la majorité des éléments ont été construits sans soin. Les murs de l'établissement, extérieurs comme intérieurs, sont faits de pierres sèches sans mortier : des blocs grossiers d'une largeur moyenne de 60 à 70 cm. Ils sont austères au possible, sans habillage de plâtre. Les sols ne comportent aucun dallage.

Les seize installations d'eau (dont dix sont des piscines d'immersion ou *miqwaot*) constituent le trait le plus remarquable de ce site. Elles étaient alimentées par un aqueduc

**2.** Bain rituel.

qui transportait l'eau depuis un barrage sur le cours supérieur du *wâdî* Qumrân voisin. Les bains rituels *(photo 2)* sont les éléments les plus importants pour l'identification de ce site comme le siège d'une institution religieuse. On ne trouve une telle densité de bains (17 % de la surface du site) nulle part ailleurs qu'à Qumrân. Ces bains sont, par ailleurs, les plus grands des 300 *miqwaot* mis au jour dans le pays. Les larges bassins de Qumrân ont deux fois la taille du plus grand *miqweh* de Jérusalem. Les *miqwaot* se distinguent aisément des citernes par deux caractéristiques : tous sont pourvus d'escaliers à l'usage des baigneurs et la plupart des escaliers présentent de petites murettes de séparation, plus symboliques qu'utilitaires, démarquant la limite entre le passage des gens « sales » qui descendent se baigner et des baigneurs propres remontant les marches.

La pièce la plus large du complexe (le locus 77), d'une surface de 99 m² (22 x 4,5 m), dut servir de salle de réunion et de salle à manger. En effet, un office, dans lequel plus de mille plats de céramique ont été retrouvés, est situé à sa directe proximité (*photos 7* p. 212 *et 11* p. 217). La salle pouvait accueillir 120 ou 150 personnes, en fonction du nombre de rangées prévues – 4 ou 5 de 30 personnes. La cuisine, située pour une raison qui nous échappe à une certaine distance de la salle à manger, comportait plusieurs foyers comme il convient à un établissement communautaire.

Dans une autre pièce (le locus 30), gisaient les restes d'un étage effondré qui était probablement le *scriptorium* où travaillaient les scribes, d'après les trois encriers (deux de céramique et un en métal, *photo 13* p. 219) retrouvés dans l'effondrement et les morceaux d'un mobilier fixe en brique crue stuquée qui servait peut-être d'étagères.

Plusieurs ateliers sont reconnaissables parmi les ruines du *Khirbeh*, mais on n'a pu préciser avec certitude la fonction que d'un seul, un atelier de potier dont tous les composants ont été bien préservés : un bassin de pourrissage de l'argile (pour affiner, homogénéiser la pâte céramique), un puits de stockage, un tour et deux fours. Pourquoi avoir entretenu à Sokoka-Qumrân une industrie de céramique durant un siècle et demi ? Elle ne se justifiait pas du point de vue économique, car la communauté de Sokoka était petite et austère. En outre, le site manque de sources d'énergie bon marché et d'argile de qualité. La seule raison plausible à ce maintien

3. Vue du cimetière (vers le nord-ouest).

4. Tombes alignées.

en activité de deux fours semble être la nécessité de produire de la vaisselle répondant aux strictes exigences de pureté de la communauté. Il est aussi possible que les gens de Sokoka aient fourni les autres communautés esséniennes en poterie.

Près du site de Sokoka-Qumrân, à l'est, s'étend un cimetière de presque 1 200 tombes *(photos 3 et 4, schéma 5)*. Les sépultures sont essentiellement du type fosse à puits d'environ deux mètres de profondeur *(photo 6)*. Les défunts y reposaient sur le dos, la tête au sud regardant le nord *(photo 7)*. Chacun avait généralement été inhumé dans une tombe individuelle dépourvue de mobilier funéraire. Des nécropoles similaires ont été découvertes dans deux sites, l'un proche du rivage de la mer

Morte, au sud de Qumrân, et l'autre à proximité de Jérusalem au sud. Ce mode d'inhumation diffère beaucoup de celui qui caractérise les sépultures juives de cette époque et indique une rupture avec la tradition des tombes familiales.

Tous les squelettes portés au jour par le P. de Vaux au centre du cimetière de Qumrân étaient de sexe masculin *(photo 7)*. Des restes de quatre enfants et de cinq femmes ont pourtant été découverts en lisière de la nécropole. Leur présence dans un cimetière d'ascètes hommes a déconcerté deux générations de savants et diverses suggestions ont été avancées pour l'expliquer. Récemment, l'ostéologue et anthropologue israélien Joseph Zias a montré que ces tombes de femmes et d'enfants sont orientées est-ouest, comme chez les musulmans de cette partie du monde, et non

**5.** Site de Qumrân et emplacement du cimetière principal.

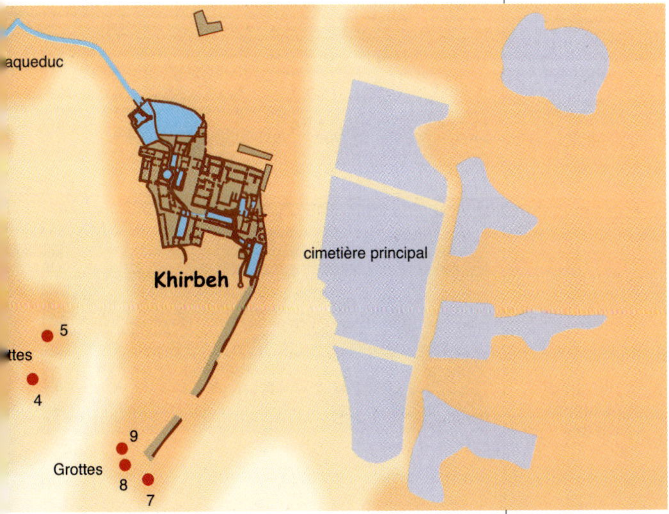

pas nord-sud comme les autres sépultures qumraniennes du cimetière. Elles sont peu profondes et n'appartiennent pas à la catégorie des tombes à puits. Enfin, elles contiennent des bijoux arabes : perles, bagues et boucles d'oreilles. Il ne fait guère de doute que ces tombes sont des sépultures bédouines relativement récentes !

**6.** Tombe avant ouverture. La rangée de pierres dissimule le loculus.

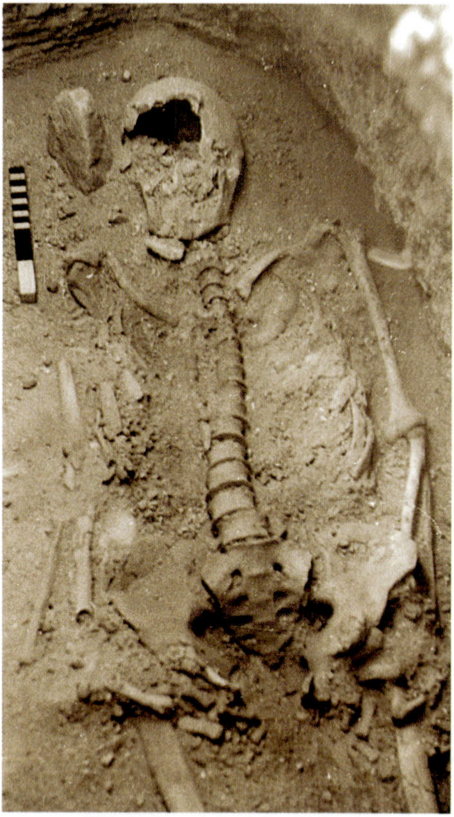

**7.** Tombe après ouverture et squelette.

Les savants de l'« école » consensuelle s'accordent avec les conclusions de Roland de Vaux, mais des études récentes, en premier lieu celles de Jody Magness (université de Tufts, États-Unis), montrent le besoin d'apporter des corrections à certaines de ses évaluations chronologiques. Dorénavant, la chronologie de Qumrân devrait se présenter ainsi : une stratigraphie en deux couches, avec une strate I homogène subdivisée en deux à la suite d'un tremblement de terre (Ia : de 100-50 av. J.-C. à 31 av. J.-C. ; Ib : de 31 av. J.-C. à environ 4 av. J.-C.), et une strate II (de 1 ap. J.-C. environ à 68 ap. J.-C.).

Qumrân est un complexe utilitaire, ascétique, lugubre et sans ornement ; même la poterie qui y était produite, d'une couleur gris-brun, est monotone. L'énorme bibliothèque livrée par les grottes, dont 900 manuscrits – une fraction seulement du fonds originel – sont des livres de religion, et les dix bains de purification du site témoignent du caractère religieux du groupe humain qui vivait là. L'existence d'une seule cuisine, d'une unique salle à manger, etc., atteste la nature communautaire de ce dernier. Il n'est pas d'autre site qui, dans ce secteur de la mer Morte, réponde aussi bien aux descriptions de l'établissement essénien communautaire confiées à la postérité par Pline l'Ancien. Il doit donc s'agir du même lieu.

**8.** Roland de Vaux lors de la fouille du cimetière.

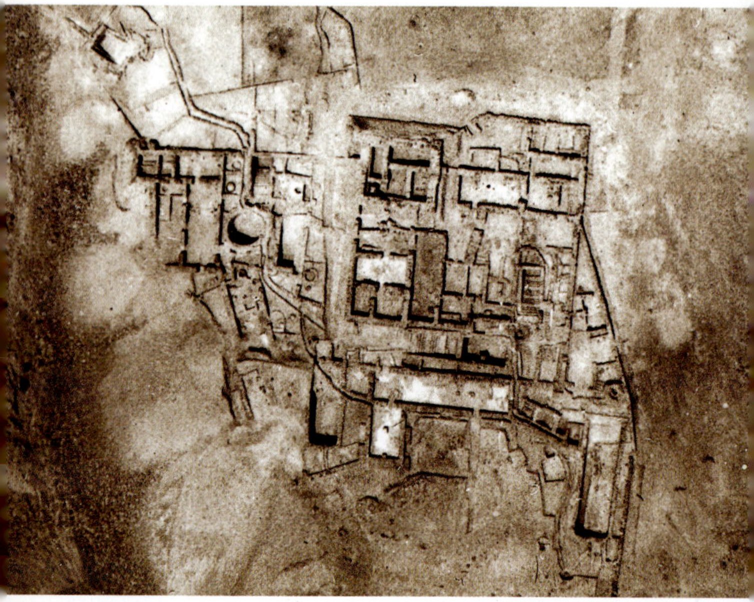

1. Vue aérienne de Qumrân.

# Chapitre X

# Vivre à Sokoka-Qumrân

Les vestiges architecturaux de Qumrân et le mobilier recueilli sur le site et dans les grottes lors des fouilles sont autant de souvenirs rappelant le cadre de vie de ceux qui animèrent jadis les lieux. Les manuscrits, eux, ont gardé la mémoire de l'organisation sociale du *Yaḥad* – terme désignant la communauté de Sokoka-Qumrân dans les rouleaux – avec ses rites, ses règles, sa pensée. Architecture et textes insistent parfois sur un même aspect de l'existence à Qumrân, mais selon deux langages : le remarquable système hydraulique, par exemple, dans lequel se coordonnent au sol un aqueduc, des canaux, des bassins de décantation, des citernes, des bains, dessine un environnement d'eau adapté au souci de pureté et de propreté (pour le corps, les aliments, la boisson) ; la *Règle de la Communauté* et le *Document de Damas*

**2.** Citerne ronde et réservoirs à degrés.

évoquent l'importance des ablutions pour les Qumraniens, où l'eau vient parachever à la surface du corps un travail de purification commencé de l'intérieur par l'apprentissage de la vertu. C'est donc à la fois grâce à l'archéologie et à l'épigraphie que le quotidien des gens de Qumrân a pu être ressuscité deux millénaires après la perte du site.

De sa fondation à la fin de son occupation, l'établissement communautaire a connu des changements de physionomie (expansions, aménagements, reconstructions, modifications) en fonction des besoins de ses occupants et des exigences de réfection à la suite d'une catastrophe naturelle – un séisme comme en témoigne l'impressionnante cassure de l'escalier d'une citerne à l'est du site, les fortes crues du *wâdî* ayant alors malmené l'aqueduc et recouvert le site d'alluvions –, des outrages du temps et d'un court abandon. Nous en présenterons surtout l'espace dans sa phase la plus sophistiquée, aux Iers siècles av. et ap. J.-C.

Planté dans un décor de désert en bordure d'une mer intérieure stérile, à quelque 350 m sous le niveau de la mer (Méditerranée), Sokoka n'aurait pu être viable sans la présence d'eau douce, nécessaire à la survie des occupants du site ainsi qu'à leurs rites de purification. Le tout premier système hydraulique, rudimentaire, consistait à recueillir dans des citernes l'eau des pluies arrosant la région en hiver. Les deux réservoirs à degrés côtoyant à l'est la citerne ronde judéenne de l'âge du fer et remployée par les Qumraniens dès leur venue, ont vraisemblablement été aménagés à cet usage *(photo 2)*. La capacité des trois citernes s'étant finalement avérée insuffisante, il fallut songer à un autre approvisionnement en eau. Un aqueduc fut ainsi construit depuis la gorge du *wâdî* Qumrân entre deux cascades, un barrage dont il ne reste plus trace, mais il subsiste, en avant, deux aqueducs mi-creusés dans le roc et mi-construits ; à travers la montagne et le plateau passaient un tunnel puis un canal plâtré et couvert de dalles, jusqu'au centre communautaire, où se situaient un bassin de réception des eaux, un bassin de décantation, puis un réseau de canaux courant alimenter des citernes et des *miqwaot*/bassins de purification *(photos 3 et 4)*. Les gens de Sokoka avaient par ailleurs toujours accès aux sources de Feshkha, si indispensables. La *Règle de la Communauté* nous apprend que les novices n'étaient pas admis dans les bains lustraux avant d'avoir passé une année au sein du groupe et que

**3.** Citerne et *miqweh* au premier plan.

**4.** Canal traversant le quartier artisanal.

l'accès aux bains était interdit aux pécheurs, l'eau ne pouvant laver du mal. Le *Document de Damas* précise que l'eau lustrale devait être propre et en suffisance pour baigner la totalité du corps. Dans sa *Guerre juive*, Flavius Josèphe aborde à maintes reprises la propreté rituelle des Esséniens qui se lavent avant de prendre en commun leurs repas et à chaque fois que le corps se soulage.

L'étude archéologique des différents espaces du *Khirbeh* a permis de reconnaître dans les ruines des bâtiments à vocation précise et d'autres dont l'affectation n'a pas été déterminée avec certitude mais dont certains détails ont ouvert la voie à de bonnes suggestions. Les archéologues ont pu localiser des quartiers artisanaux : un atelier de métallurgie où étaient produits des outils et ustensiles, un atelier de potier pour la vaisselle de

**5.** Au nord de la citerne ronde, deux silos occupaient chacun une petite chambre que longeait le canal principal.

table et divers pots, une meunerie et une boulangerie pour le pain, des silos *(photo 5)* et magasins où les vivres étaient gardés en réserve, une teinturerie pour les tissus, peut-être des locaux pour les animaux de bât (des écuries pour les ânes ?), des pièces de service (buanderie, office, cuisine) et des salles communes pour le travail (chambres de réunion, *scriptorium*, bibliothèque) ou les repas (réfectoire).

Parmi les dépendances du bâtiment principal du *Khirbeh* (bâtisse rectangulaire dans le prolongement de la tour massive reprenant le plan du fortin judéen), dans le quartier nord-ouest, un locus contenait une construction à dôme de pierre et de chaux écroulée sur une chambre à foyer pour le feu : un fourneau. Des scories jonchaient la fournaise, or selon les notes de chantier du P. de Vaux, elles « ne semblent pas le résultat d'une réduction de minerai de fer », dont on ne voit par ailleurs pas d'où il pourrait provenir. La fonction de cette fournaise – production métallurgique ou autre – reste imprécise. Maints objets de métal ont été retrouvés lors des fouilles, dont un clou et des ornements de bronze dans le locus au fourneau, toutefois rien n'autorise à y voir des productions locales. Ce pourrait être un atelier de forgeron.

**6.** Grand four du potier.

Au sud d'un espace triangulaire dans la partie sud-est du *Khirbeh* a été clairement identifié un atelier de potier grâce à la présence de cendres dans les sols et de deux fours à structure circulaire révélatrice *(photo 6)* – l'une, aux parois d'argile cuite, possédait encore son pilier central, et l'autre la sole –, et surtout grâce à la mise au jour de la base d'un tour. Par ailleurs, des « crochets » à braises en fer – des tisonniers – figurent au catalogue des trouvailles effectuées dans ce secteur dans les notes du fouilleur. Une grande quantité d'assiettes, plats, cruches et bols a été retrouvée dans l'office contigu à la salle à manger *(photo 7)*.

Le quartier de la meunerie se situait au sud-ouest. Son identification est quasiment assurée parce qu'on y a dégagé une base de moulin entouré d'un dallage circulaire, une meule dormante et deux fragments de la meule tournante en basalte *(photo 8)*. Dans le même voisinage, la découverte de fours, qui servaient peut-être à la cuisson de pains, semble suggérer qu'on se livrait là à des travaux de boulangerie.

Les salles immédiatement au nord-ouest de la citerne ronde étaient des magasins où les Qumraniens tenaient leurs réserves – de nourriture, de combustible, etc. Deux petits hangars ont été ultérieurement utilisés

**7.** Józef Tadeusz Milik et la vaisselle découverte dans l'office.

comme réserves de grain : dans chacune d'elles, un silo en terre à brique ne laisse aucun doute sur l'affectation des lieux.

Quelques chambres dans la partie sud du bâtiment principal, au nord de la citerne orientée nord-ouest sud-est, faisaient peut-être partie d'un atelier de teinture, industrie requérant de l'eau qu'assurait le réservoir. Ce dernier alimentait, en effet, les petits bassins mis au jour dans ce quartier. Mais cela reste une hypothèse.

Près de la meunerie, dans un grand locus contigu au canal principal d'adduction, les archéologues ont mis en évidence une fournaise dont l'utilité demeure une énigme. Hartmut Stegemann propose d'y voir la chaufferie d'un atelier de mégissier, le tannage du cuir nécessitant à la fois de l'eau et un foyer. Car c'est en macérant dans l'eau chaude d'un chaudron que le cuir s'assouplissait. Par ailleurs, deux bassins bien maçonnés et rendus imperméables par un habillage de terre glaise ont pu servir pour le trempage des peaux et leur lissage à la pierre ponce.

Il n'est pas exclu que des locaux du quartier ouest aient entre autres été occupés par des artisans divers tels des cordonniers pour la fabrication de sandales, d'étuis à phylactères et de lanières diverses, des menuisiers pour la fabrication de portes, de meubles, et des tourneurs sur bois pour le façonnage de manches d'outils, de peignes, des vanniers, etc.

Parmi les annexes du sud-ouest, tout contre le mur extérieur, un long local dont le mur oriental présente des ressauts réguliers, ou

**8.** Moulin : meule dormante (renversée) et meule tournante.

des piliers marquant une partition en stalles, pourrait avoir servi d'écurie. On peut penser que les gens de Sokoka-Qumrân possédaient des ânes de bât grâce auxquels ils transportaient jusqu'à leur centre les produits qu'ils récoltaient eux-mêmes sur le plateau-*buqeya* où les cultures étaient pratiquées, ou par cueillette sur les arbres et les arbrisseaux, ou qu'ils achetaient au marché de Jéricho par exemple : huile d'éclairage, bois de chauffage, lin à tisser, joncs de ᶜAïn Feshkha pour les nattes de couchage, céréales, vin, fruits et légumes, objets de métal, etc.

À l'est d'une petite citerne occupant l'angle sud-est du bâtiment principal, des cuves et bassins rappellent la vocation de l'endroit. Il s'agit d'une buanderie où était lavé le linge de la communauté. Si la citerne et un bassin rituel ont été très tôt abandonnés, la laverie a continué de fonctionner avec l'eau acheminée d'un autre réservoir.

Jouxtant, au nord, la citerne et la buanderie, une large pièce était équipée d'un dispositif consistant en un tuyau de poterie associé à une cloche conique de pisé, qui trahissait clairement à quelles fins il avait servi : « une fosse d'aisances en puits perdu », conclut le fouilleur dans sa notice sur le locus. Car l'installation est enfoncée « dans le cailloutis de la terrasse et n'a pas de fond construit ; elle repose sur la couche de marne. À l'intérieur, se succèdent de fines couches stratifiées de terre sale ».

La cuisine du centre communautaire est à situer très probablement dans la partie nord-est du bâtiment principal. Il s'agit d'une grande salle munie de trois fours adossés au mur, dans laquelle Roland de Vaux a aussi déterminé « un espace dallé sur lequel on a fait du feu » et trouvé notamment une « écuelle à feu ».

Le réfectoire communautaire a été reconnu par les spécialistes dans une longue chambre, la plus vaste du site (22 x 4,5 m), aux murs et sols plâtrés, parallèle au mur sud du bâtiment principal dont elle est séparée par une citerne. L'éloignement de la cuisine peut surprendre, mais s'explique par la structure préexistante du fortin judéen, à laquelle on ne pouvait trop toucher pour installer une pièce aussi grande que le réfectoire. Pour des raisons de pureté rituelle, on ne pouvait placer ce dernier que sur le plateau au sud des structures antérieures. À la deuxième époque du site, son plafond du côté est était soutenu par des piliers dont les bases de quatre d'entre eux ont été mises au jour *(photo 9)*. Cette salle semble bien avoir accueilli des convives : de la vaisselle de

**9.** Réfectoire (strate II avec les bases des piliers).

table en céramique – dont des assiettes, des bols, des gobelets, une cruchette – y a été retrouvée. Le menu des Esséniens de Sokoka-Qumrân n'est pas connu dans le détail, mais, d'après la *Règle de la Communauté*, on sait que pain et vin accompagnaient le repas, et, d'après des reliefs probables de repas carné retrouvés dans des marmites de terre cuite, étrangement retrouvées remplies d'os dans les espaces libres autour des bâtiments mais pas dans le réfectoire, on sait que de la viande animale était consommée. Les poteries de service ont été façonnées au tour, selon un modèle standard *(photo 10)*. La salle à manger communiquait avec une pièce plus petite placée en équerre à son extrémité sud-ouest (*photo 7* p. 212). Face à la porte de communication, le sol du réfectoire présentait un dallage circulaire qui pourrait marquer l'emplacement de « la place du président ou du lecteur » lors d'une assemblée, selon le fouilleur, ou mieux, d'une table de service disparue, selon certains savants.

**10.** Gobelets hérodiens.

La pièce attenante évoquée ci-dessus était indubitablement un office où se rangeait la vaisselle. En effet, tout au fond, le sol était garni de poteries empilées par genre les unes sur les autres à l'horizontale, preuve qu'elles étaient tombées d'un même mouvement, le meuble ou les étagères qui les gardaient ayant chu face contre terre. À l'est gisaient 709 bols du même type, puis 204 assiettes *(photo 11)* et, à l'ouest, 37 jattes identiques, des jarres, des cruches. Soixante-quinze gobelets du même genre furent aussi relevés. À ces séries s'ajoutaient d'autres pièces de vaisselle un peu différentes quoique appartenant à des catégories similaires. Ces amas illustrent la destruction du centre communautaire en 31 av. J.-C. (un mur de séparation délimite un usage postérieur).

11. Bols et assiettes renversés de la partie sud-est de l'office.

Les Qumraniens se réunissaient, semble-t-il, au moins dans une salle du quadrant sud-ouest du bâtiment principal *(photo 12)*, « une banquette haute de 10 cm, bien plâtrée » (notes du fouilleur), courant tout autour de cette pièce aux murs également plâtrés, en ayant révélé la destination. L'étude archéologique de la banquette a montré qu'elle avait été aménagée en deux temps, bordant initialement les seuls murs sud et nord-est. La terre des déblais avait conservé le moulage d'un tronc de palmier qui avait dû se dresser au cœur de la salle comme pilier, ce que

12. Salle de la communauté.

confirma la découverte d'un trou au sol. Les réunions qui se tenaient là devaient être les conseils, évoqués par la *Règle de la Communauté* – l'ordre défini de prise de parole devait être respecté et il était exclu d'interrompre celui qui parlait. L'espace restreint (de la place pour 20 à 30 personnes) ne pouvait convenir qu'au petit nombre des responsables des groupes.

Le *scriptorium*, à l'étage à l'est, dirigé nord-sud dans le même quadrant sud-ouest (voir chapitre IX, p. 201), était la salle de travail des scribes. Ils y recopiaient des ouvrages et en rédigeaient d'autres. Plusieurs « mains » ou graphies ayant été reconnues par les épigraphistes sur des textes d'origine qumranienne probable et contemporains, on peut dire qu'un certain nombre d'ascètes étaient occupés à ces tâches. Certains savants sont allés jusqu'à avancer qu'il y avait là une véritable industrie du manuscrit, non seulement pour la communauté mais aussi pour le reste du monde essénien. Toutefois, sans preuve, l'idée reste une simple hypothèse. Les grands éléments plâtrés tombés de l'étage et retrouvés dans le soubassement du *scriptorium* *(photo 13)*, accompagnés d'encriers, peuvent être tenus pour des tables de copistes. La lumière étant la grande nécessité du métier de scribe, le *scriptorium* devait être situé à l'étage avec des ouvertures à l'est. La bibliothèque de Sokoka devait côtoyer le *scriptorium* ; il est possible de l'imaginer en dessous, au rez-de-chaussée, ou bien contre son mur occidental au sud de la salle des conseils. Les manuscrits roulés devaient être rangés dans les cases d'un meuble aux allures de gigantesque casier à bouteilles couchées.

Une telle organisation du site s'apparente bien à un établissement de type communautaire, qu'il est possible de comparer, malgré l'anachronisme, au cénobitisme des premiers âges chrétiens : les moines vivaient en solitaire dans des ermitages semés autour d'un centre communautaire, « l'église du désert », où ils se rendaient les samedis et les dimanches pour partager repas, prières et paroles. À *Khirbet* Qumrân, en effet, l'absence de quartiers d'habitation proprement dits a conduit les spécialistes à l'hypothèse d'un type d'habitat troglodytique dans les grottes de la terrasse marneuse autour du site : au sud, à l'ouest et au nord. Dans ces grottes ont en effet été découverts de la poterie, des reliefs de repas, des nattes de couchage et, dans le cas de la grotte 8, un extrait de la Loi à usage prophylactique domestique ou *mezuzah* comme on en trouve à la porte des maisons juives.

13. Ces éléments plâtrés tombés de l'étage et retrouvés dans le soubassement du *scriptorium*, ici accompagnés d'encriers, peuvent être tenus pour des tables de copistes.

Par ailleurs, des sentiers ont été retrouvés grâce à la présence sur le sol de clous de sandales et de monnaies du Ier siècle ap. J.-C. entre ces grottes et le site. On a aussi émis l'hypothèse d'une vie sous la tente ou en hutte, mais les indices archéologiques manquent, seules les traces d'un bivouac ayant été repérées sur une crête à quelque 200 m au nord du centre communautaire. Des chambres, à l'intérieur du *Khirbeh*, pourraient avoir servi de dortoirs : composant jadis l'étage supérieur de la plus grande bâtisse du site, elles pouvaient accueillir, selon Magen Broshi et Hanan Eshel, une vingtaine de personnes environ. Limité à ces chambres à coucher, l'habitat des Qumraniens soulève quelques questions : les membres de la communauté étaient-ils aussi peu nombreux ? ou ne vivaient-ils pas trop dans la promiscuité ? Il paraît plus vraisemblable que ces salles ne constituaient qu'une petite partie de l'habitat des Qumraniens, peut-être réservée aux malades qu'on ne pouvait laisser à leur solitude ou aux responsables de la communauté.

Le sol de *Khirbet* Qumrân, riche des restes de montants de portes et fenêtres, de poutres, clous, serrures, plâtres, roseaux, fournit suffisamment d'éléments pour imaginer l'apparence du centre essénien des rives de la mer Morte : un hameçon retrouvé, et c'est une scène de pêche dans le Jourdain qui nous vient à l'esprit ; une aiguille de bronze, un Qumranien coud dans une cour ; une lampe à huile, Sokoka disparaît dans l'ombre du soir ; une boucle avec ardillon, un homme resserre sa ceinture ; une cruche et un gobelet, il se sert à boire. Un ostracon (tesson de poterie inscrit) portait l'ensemble des lettres hébraïques à partir de la deuxième moitié : *lamed* (l), *mem* (m), *nun* (n), etc., jusqu'à *taw* (t). Leur graphie malhabile suggère que cet « élément(aire) » était un exercice. Lui aussi évoque un instant de vie d'un Essénien dans l'apprentissage de l'écriture alphabétique.

La *Règle de la Communauté* informe avec autant de saveur sur la bonne façon de mener sa vie à Sokoka-Qumrân ; ce code de conduite est parfois transmis en négatif, à travers la liste des punitions sanctionnant un manquement ou un délit. S'il y avait volonté délibérée de mal agir, la sanction était toujours plus sévère qu'en cas de faute non intentionnelle. Chaque membre devait obéissance à ses supérieurs. Toutefois, les repas, les prières et les conseils étaient des moments partagés par tous en commun. Qui mentait sciemment au sujet de sa fortune se voyait retirer le quart de sa ration de nourriture ; qui nommait Dieu à tort et à travers (en particulier en blasphémant) était définitivement exclu de la communauté ; qui parlait avec colère à l'un des prêtres se voyait puni pour une année et isolé du groupe car tenu pour impur ; en revanche, s'il ne l'avait pas fait exprès, la punition était ramenée à six mois ; la diffamation intentionnelle était également punie d'un an d'isoloir, de même que toute tromperie (six mois de mise au pain sec et à l'eau, trois si c'était involontaire) ; toute parole indécente, trois mois ; aller dormir au lieu d'assister à une séance publique, trente jours ; quitter sans raison son siège lors d'une séance plus de deux fois, dix jours, et trente jours en cas de refus d'obéir à l'ordre donné de rester ; déambuler nu devant son voisin, six mois. Cracher en cours de séance publique, trente jours ; faire l'exhibitionniste, trente jours ; partir d'un fou rire, trente jours ; critiquer les fondements de la communauté provoquait une expulsion sans appel. La sévérité des peines a augmenté avec l'afflux des recrues quelques décennies après l'installation à Sokoka.

Après une vie de discipline à Sokoka, lorsqu'un membre de la communauté mourait, il était inhumé dans le cimetière situé à l'est de l'établissement, sur la terrasse marneuse, à une quarantaine de mètres des bâtiments. Ce cimetière présente des extensions à l'est et un ensemble isolé d'une quinzaine de tombes au nord du site. Chaque tombe a été creusée selon un axe sud-nord et surmontée de cailloux formant tumulus au-dessus de la fosse *(photos 3 et 4* p. 202*)*. L'explorateur Guillaume Rey repéra le premier cette nécropole en 1858. Puis l'archéologue Charles Clermont-Ganneau en sonda une tombe en 1873. Ses homologues Roland de Vaux et Gerald Lankester Harding fouillèrent 43 sépultures du cimetière principal et de ses extensions, deux dans le cimetière nord et quatre dans le cimetière au sud du *wâdî,* entre 1949 et 1956. Solomon Steckoll explora une dizaine de tombes en 1966 et 1967.

Les squelettes les moins endommagés ont été retrouvés la main gauche ou les deux mains jointes sur le bassin. Des restes de cercueil en bois ont été mis en évidence dans trois fosses groupées (tombes 17, 18, 19). La plupart des défunts étaient des hommes jeunes ou dans la force de l'âge, selon les critères d'aujourd'hui. Deux tombes ouvertes par le P. de Vaux contenaient chacune deux individus mâles, apparemment inhumés ensemble. Les tombes esséniennes fouillées étaient dépourvues de mobilier funéraire, à l'exception d'une sépulture au milieu du cimetière principal qui contenait « une lampe du type de Qumrân, intacte » (note de Roland de Vaux). Solomon Steckoll a observé sur les os de certains individus des déformations pouvant suggérer la profession qu'ils exerçaient (scribe ou travailleur manuel par exemple).

Les tombes fouillées dans la nécropole que nous venons d'étudier et dans des cimetières annexes, où gisaient les restes de femmes ou d'enfants, sont présentées aux chapitres IX et XI (voir p. 197-205 et p. 225-243).

1. L'abbaye de la Dormition sur l'emplacement du quartier essénien.

# CHAPITRE XI

# Les Esséniens dans la société juive

Les exigences du judaïsme ancien vis-à-vis de ses adeptes se limitaient à la fidélité au Dieu d'Israël par l'obéissance à la Loi. La hiérarchie des prêtres, dominée par le grand prêtre du Temple de Jérusalem, constituait certes une autorité religieuse, mais n'avait pas défini de dogmes contraignants, ce qui avait favorisé l'éclosion de courants ou d'écoles chez des juifs qui ne pensaient pas tous avec unanimité.

## Les Pharisiens

Contemporains du courant essénien, les Pharisiens, brièvement présentés au chapitre III, sont connus en tant que parti dissident au moins depuis le règne de Jean

Hyrcan, grand prêtre pharisien qui devint ensuite sadducéen, et même déjà sous Jonathan dans la deuxième moitié du IIe siècle av. J.-C. C'est donc au plus tard à cette époque que le groupe s'est constitué, rassemblant surtout des docteurs de la loi juive qui ne croyaient qu'avec scepticisme à l'imminence du royaume de Dieu par la venue d'un messie. Le *Commentaire d'Habaquq* de la grotte 1 *(photo 2)* fait allusion à ces dissidents en des termes accusateurs – ils sont assimilés à des traîtres ou des apostats – à l'occasion d'un essai de définition des traîtres évoqués dans le livre du prophète Habaquq (1,5) : « Voyez, traîtres, et regardez, soyez dans la stupéfaction et la stupeur car en vos jours j'accomplis une œuvre que vous ne croiriez pas si elle était racontée. » « L'interprétation du passage concerne les traîtres qui étaient avec l'Homme de Mensonge, car ils n'[ont pas cru aux paroles du] Maître de Justice (venant) de la bouche de Dieu, et elle concerne les traîtres [dans l'alliance] nouvelle car ils n'ont pas cru à l'alliance de Dieu [mais ils ont profané] son saint nom. Et de même l'interprétation du passage concerne les traîtres de la fin des jours : ce sont des violents dans l'alliance qui ne croient pas quand ils apprennent tout ce qui va arriver à la dernière génération, de la bouche du prêtre dans le cœur duquel Dieu a mis l'intelligence pour interpréter toutes les paroles de ses serviteurs les prophètes par l'intermédiaire desquels Dieu a décrit tout ce qui va venir sur son peuple, Israël » (1QpHab II 1-10). Les Pharisiens sont juste-

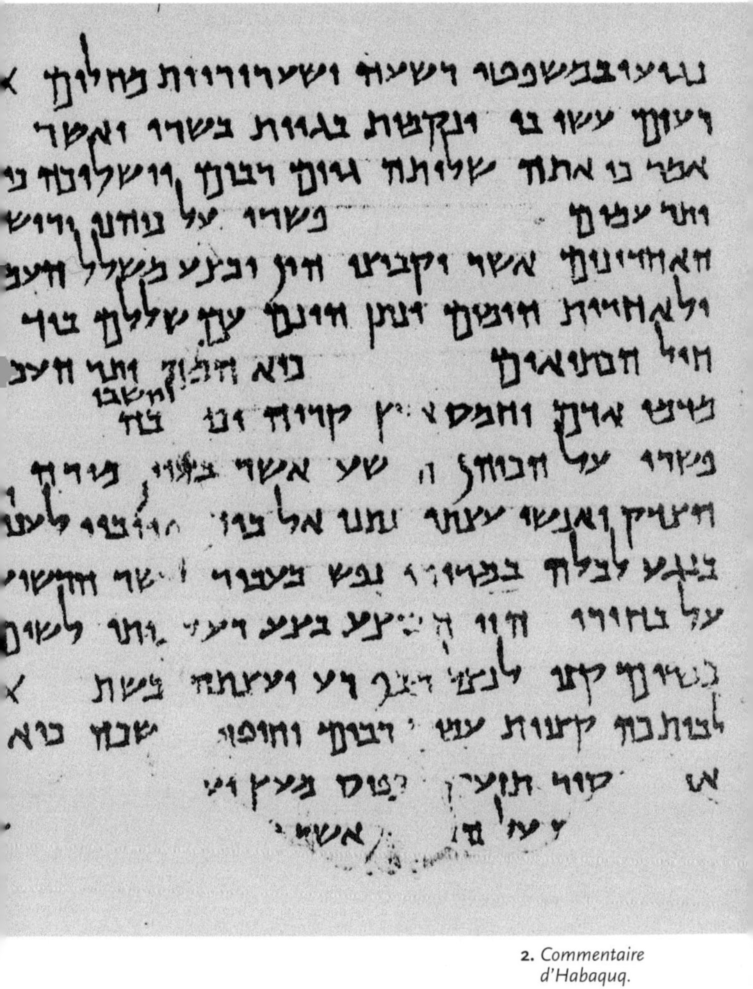

**2.** *Commentaire d'Habaquq.*

ment ceux qui doutent de la parole d'une tradition orale autre que la leur, que cette tradition orale soit fondée sur la Loi de Moïse ou sur les Prophètes, ainsi que le souligne ce passage du *Commentaire*.

Flavius Josèphe fait, quant à lui, des Pharisiens les meilleurs exégètes de la Loi (*Guerre juive* II, 14). Il en donne un portrait plutôt flatteur, car il se dit lui-même Pharisien, insistant sur leur façon de tout ramener au destin et à Dieu, à une providence divine dans laquelle l'homme reste néanmoins libre de ses choix, et donc responsable de ses actes tout en étant soumis à son créateur. L'historien les caractérise également par leur croyance en l'immortalité de l'âme et en la résurrection des justes à la fin des temps. Les Pharisiens croyaient ainsi, comme les Esséniens, à la résurrection – et non pas à la métempsycose ou migration continue des âmes d'un corps dans un autre à chaque mort. Ces points doctrinaires se rapprochent quelque peu de conceptions mazdéennes de la vie humaine : l'enseignement de cette religion révélée en Iran vers le VIIIe siècle av. J.-C. à Zarathoustra par le dieu du bien Ahura-Mazdâ porte sur l'obligation faite à l'homme de se déterminer lui-même en choisissant entre le bien et le mal, les deux natures du monde. Ils ont bien sûr leur fondement dans l'Ancien Testament : à la fin des temps, feus les hommes bons se relèveront sur une terre renouvelée tandis que les méchants seront punis éternellement dans le monde infernal. Mais ces dogmes ont gagné leur pulpe par le biais des croyances populaires, qui se sont d'abord répandues chez les Juifs exilés au contact des convictions religieuses des conquérants.

Dans le Nouveau Testament, les Actes des Apôtres (23,6-9) nous apprennent par les yeux et la voix de Paul devant le grand conseil d'Israël, que le parti des Pharisiens y est présent et que l'apôtre est « un Pharisien, fils de Pharisiens ». Le texte documente surtout l'origine des dissensions entre les Pharisiens et un autre parti juif, celui des Sadducéens. « C'est à cause de notre espérance, la résurrection des morts, que je passe en jugement », explique Paul. Une dispute éclate entre les deux groupes de juifs : « En effet, les Sadducéens prétendent qu'il n'y a pas de résurrection : ni ange, ni esprit, tandis que les Pharisiens professent l'un et l'autre. Il se fit un grand vacarme. Quelques scribes du parti des Pharisiens se levèrent pour protester vigoureusement : "Nous ne trouvons rien de mal chez cet homme. Et si un esprit lui avait parlé, ou un ange ?" » Ce passage suggère un trait du pharisaïsme que Josèphe ne mentionne pas : la croyance aux anges qui, elle aussi, semble parallèle aux doctrines du mazdéisme – les bons anges ou *ized* sont dirigés par sept *amschaspanda* dont le plus influent est Ahura-Mazdâ. Très ancienne dans la Bible, cette croyance aux anges, dans son lien avec la résurrection, doit toutefois renvoyer à la condition de l'homme ressuscité (qui n'est pas un retour sur terre, mais une transformation du juste pareil aux, ou en compagnie des, anges sur une terre renouvelée : le « corps spirituel » de Paul en 1 Corinthiens 15 ou le Nouvel Adam immortel des Esséniens). Il est peu probable que le texte biblique fasse ici une allusion directe au mazdéisme.

Les textes de Qumrân décrivent les Pharisiens comme des « chercheurs d'allègements » dans l'interprétation orale de la Loi (*Document de Damas* I 18 et suivantes et *4QpNahum* I-IV). Des noms codés les désignent : « Ephraïm » opposé à « Manassé » pour parler des Sadducéens.

Les sources rabbiniques distinguent deux groupes parmi les Pharisiens au temps d'Hérode : les Hillélites et les Shammaïtes, les premiers montrant plus de souplesse que les seconds dans l'interprétation de la Loi et l'observance pour le commun des juifs.

## Les Sadducéens

Selon la tradition rabbinique, les Sadducéens formaient un groupe dont la fondation en tant que parti, au IIe siècle av. J.-C., revenait à un disciple d'Antigone de Socho, le juif Sadok qui présidait le grand sanhédrin. Les prêtres sadducéens et les sadocites esséniens descendraient vraisemblablement d'une même souche, ce qui expliquerait un certain nombre de pratiques communes. Cependant des clivages de convictions en avaient fait des parents ennemis.

Bien moins indulgents que les Pharisiens, puisqu'ils pensaient que chaque individu avait la totale maîtrise de sa vie et de ses actes et qu'on ne devait rien imputer au destin ou à Dieu, les Sadducéens ne bénéficiaient pas de l'amitié des classes populaires qui préféraient se rallier aux Pharisiens. De façon générale, ces derniers et les Sadducéens étaient antagonistes, les seconds niant l'immortalité de l'âme et la résurrection, l'existence des anges – les mentions angéliques de l'Ancien Testament étaient interprétées comme de simples allégories –, l'autorité de la tradition orale – seul le Pentateuque devait régler l'existence des Sadducéens. Le Pharisien Josèphe ne pouvait que se montrer critique vis-à-vis de ces gens dont il dit dans sa *Guerre juive* qu'ils étaient tout le contraire des Pharisiens : « Les Sadducéens font preuve, même entre eux, d'une certaine goujaterie et se montrent, avec leurs pairs (compatriotes), aussi grossiers qu'avec les étrangers » (II § 14).

Les Esséniens tenaient sans doute eux aussi en basse estime les Sadducéens, cette aristocratie sacerdotale et laïque qui contestait certaines de leurs croyances, se montrait favorable à l'hellénisme couru par les riches classes et le plus souvent alliée de la dynastie asmonéenne et du pouvoir en place. Ces deux mouvements du judaïsme n'ont pas survécu à la victoire romaine de 70 ap. J.-C., date à laquelle l'histoire perd leur trace. Les Sadducéens, peu nombreux comme le remarque Josèphe, ont dû être d'autant plus touchés par une guerre contre Rome dans laquelle ils s'étaient engagés pour la protection de l'institution sacerdotale du Temple. Ils étaient connus des sources antiques depuis Jonathan et le règne de Jean Hyrcan. Le groupe s'était alors structuré au plus tard à cette période, et compta en son sein un clan influent, les Boéthusiens que certains savants veulent identifier aux Qumraniens.

## Les Zélotes

Dans le judaïsme ancien, le courant des Zélotes ou Zélateurs rassemblait surtout des personnes issues des classes populaires du pays autour d'un idéal religieux et politique de retour à la stricte observance des lois mosaïques et de conquête de l'indépendance nationale en expulsant les occupants gréco-syriens et les Romains. C'était en définitive un parti de patriotes que les historiens qualifient volontiers d'exaltés voire de terroristes car ils attachaient à leurs services des bandits maniant dangereusement la *sica*, poignard à pointe relevée qui leur valut le surnom de Sicaires.

Ces Sicaires, serviteurs zélés de Dieu et de la « nation » juive, apparurent dans l'histoire un peu avant le début de l'ère chrétienne, lors de la guerre de Varus – du nom du gouverneur romain de Syrie ayant mené la répression des soulèvements populaires à la mort d'Hérode en 4 av. J.-C. Le fait que la Judée devint dès 6 ap. J.-C. province romaine sous la férule d'un procurateur-préfet favorisa le développement d'une opposition à Rome, incarnée par l'esprit zélote. Devaient partager cette disposition d'esprit à la fois des résistants juifs modérés en faveur d'une opposition « éclairée » (les Zélotes) et des résistants extrêmes, Juifs fanatiques prêts à tout (les Sicaires). Cette résistance fut à l'origine de la révolte de 66 ap. J.-C. contre l'empereur Néron. La prise de Massada par les Zélotes s'effectua à leur avantage dans un bain de sang où périrent les soldats de la garnison romaine qui s'y trouvait postée. À Jérusalem, les Zélotes prirent d'abord le contrôle du Temple (en déposant l'oligarchie sacerdotale) et celui de la ville basse, puis de la ville haute. Ils s'emparèrent de la forteresse Antonia et en massacrèrent les troupes romaines. Grâce aux armes pillées dans l'arsenal de Massada, ils avaient l'air si menaçants que Juifs modérés et soldats romains avaient couru se réfugier dans le palais d'Hérode avant de capituler. Les seuls Juifs eurent la vie sauve.

Les Zélotes se divisèrent ensuite, entre fidèles de Menahem, leur chef, petit-fils de Juda le Galiléen, des idées duquel se réclamaient les Zélotes, et partisans d'Éléazar, fils du prêtre Hanania, qui réprouvait, chez Menahem, la folie des grandeurs. Éléazar et les siens eurent le dessus. Menahem fut tué, de même que la plupart de ses hommes ; les rescapés du carnage s'enfuirent à Massada. Cernés, les Romains acceptèrent de capituler en échange de la vie sauve. Mais Éléazar ne tint pas parole. Les armes déposées, les Romains furent massacrés un jour de sabbat, ce qui ajoutait à l'horreur du parjure. La riposte romaine fut immédiate. On tua massivement les Juifs de Césarée et toute la région fut mise à feu et à sang. Toute acharnée que fût la résistance des Zélotes à l'armée de Titus Flavius Vespasien, cette dernière finit par en avoir raison. Massada tomba en 73 ap. J.-C. dans un macabre pied-de-nez à l'armée romaine, avec le suicide collectif de ses résistants, au dire de Flavius Josèphe.

En 1963, les archéologues mirent au jour, dans le coin sud-ouest d'une chambre près de la synagogue dans le mur à casemates de la forteresse, en particulier un fragment d'un texte essénien déjà connu à Qumrân : les

*Cantiques de l'holocauste du sabbat*. Cette découverte semble suggérer que des membres de la communauté de Sokoka-Qumrân avaient trouvé refuge et participé à la révolte juive contre Rome. Quoi qu'il en soit, on peut imaginer qu'à l'instar des Zélotes, les Qumraniens avaient dû considérer Rome comme une menace pour leur religion, et les Romains comme des profanateurs lorsque des sacrifices païens en l'honneur de l'empereur avaient été offerts sur l'autel du Temple de Jérusalem. Peut-être les gens de Sokoka partageaient-ils en partie la pensée des Zélotes, mais il paraît douteux qu'ils aient pu accepter leurs débordements sanglants, tant ils avaient le souci de la parole donnée et du respect humain.

## Les Thérapeutes

Certains historiens modernes, expliquant l'étymologie du terme « essénien » par l'araméen *'asâ*, « guérir », ont rapproché les Esséniens d'un autre mouvement juif, égyptien celui-là, celui des Thérapeutes, au nom tiré du grec *thérapeuein*, qui signifie également « guérir ». Au milieu du XIXe siècle, S. Munk avait déjà établi ce parallèle : « Il nous semble bien plus probable que ce nom [Esséniens] vient du syriaque *Asaya* (les médecins), et que les Esséniens de Palestine se sont formés sur le modèle d'une secte ou association juive d'Égypte portant le nom de Thérapeutes (*therapeutai* en grec ancien) ou médecins (des âmes) » (*Palestine*, p. 515 b). D'après le traité *La vie contemplative* du philosophe Philon d'Alexandrie, ces Thérapeutes s'étaient établis autour d'Alexandrie et du lac Maréotis, la lagune littorale à l'arrière du port égyptien, où ils menaient une existence retirée au tournant de notre ère.

Émile Puech reconnaît que « par bien des aspects, tels le calendrier solaire, l'interprétation des Écritures et les louanges, un rapprochement entre Esséniens et Thérapeuthes est possible, car ils sont au moins contemporains et dans une région limitrophe », mais ce parallèle doit être précisé parce que, d'une part, « le mot "essénien" s'explique mieux philologiquement comme dérivé de l'araméen *ḥasā*, "être pieux" », et que, d'autre part, « ces deux associations juives présentent quelques différences ». Philon rapporte, en effet, que les Thérapeutes ne consommaient ni viande ni vin, qu'ils ne prenaient qu'un seul repas par jour et qu'aucun d'entre eux n'était prêtre, tandis que les Esséniens mangeaient de la viande et buvaient du vin au repas festif, qu'ils prenaient deux repas par jour et que les prêtres occupaient une place insigne dans leur communauté. Contre ce qu'en disait S. Munk, les Esséniens ne se sont certainement pas inspirés des Thérapeutes pour élaborer leur vie communautaire. Ce serait plutôt le contraire et les différences peuvent alors s'expliquer sans trop de difficultés. Elles sont dues, en effet, aux conditions de vie dissemblables des milieux judéen et égyptien.

Ainsi les Thérapeutes pouvaient-ils guérir et l'âme et le corps. De même, les textes anciens dont ceux découverts à Qumrân militent-ils en faveur du don de guérisseurs des Esséniens. *La Guerre juive* de Flavius Josèphe est sans équivoque au sujet des Esséniens : « Ils s'appliquent avec un zèle extraordinaire à l'étude des ouvrages anciens, choisissant surtout ceux qui ont en vue l'utilité de l'âme et du corps. C'est là qu'ils étudient, pour guérir les maladies, les racines qui défendent contre elles et les propriétés des pierres. » Bien que le Deutéronome (18,9-14) interdît les pratiques magiques (divination, incantation, enchantement, magie, spiritisme), le monde juif ancien a toujours été familier de certains types de magie ou d'exorcisme : la cithare de David avait un pouvoir exorcistique sur le roi Saül hanté par un esprit mauvais (1 Samuel 16, 14-23), sceaux, amulettes et anneaux magiques étaient communément portés par les Juifs comme l'ont prouvé des trouvailles archéologiques d'époque romaine notamment. Les Esséniens de Sokoka n'étaient pas étrangers à ces traditions, comme l'ont démontré certains textes pré-esséniens ou esséniens retrouvés à Qumrân. Un petit rouleau de la grotte 11 (11QPsAp[a]) a préservé des restes de quatre psaumes attribués à David ; si trop peu a été conservé du premier, les trois autres permettent une lecture révélant que seul le dernier était connu par la Bible (Psaume 91) – les deux autres contiennent des incantations dans lesquelles le nom de Dieu est prononcé à des fins apotropaïques comme dans un rituel d'exorcisme. Un manuscrit araméen de la grotte 4 (4Q560), préqumranien, a conservé des bribes d'une incantation-adjuration contre des démons mâles et femelles attaquant les femmes enceintes, déclenchant des maladies morales (iniquité, péché) et physiques (fièvres, frissons, feu du cœur, maux de dents). Dans l'*Apocryphe de la Genèse* de la grotte 1, texte araméen du Ier siècle av. J.-C., probablement de création qumranienne, est rapportée une guérison de Pharaon et de sa maison qu'infectait un esprit impur : Abram prie sur Pharaon et lui impose les mains. Les textes incantatoires foisonnent parmi la littérature de composition proprement essénienne : 4Q444, 4Q510-511, les *Cantiques du Sage,* etc. C'était par la prière qu'on soignait l'âme chez les Qumraniens et par la connaissance des vertus des plantes et des pierres qu'on traitait les affections physiques, c'est-à-dire plus par la science que par la magie pure.

## Les femmes et les enfants

Les textes anciens, y compris le corpus de Qumrân, et les dépendances du grand cimetière à l'est du *Khirbeh* et le cimetière au sud du *wâdî* ont posé la question des liens qu'entretinrent les ascètes des lieux avec une fraction de genre et de classe d'âge particuliers de la société juive de l'époque : les femmes et les enfants. Les Esséniens de Philon et Pline ont opté pour le célibat, ceux passés à la postérité sous la plume de Flavius Josèphe le sont aussi majoritairement mais l'historien admet l'existence de mariages esséniens sous conditions. Communauté d'hommes célibataires ou communauté mixte accueillant des gens mariés, la nature du groupe installé à Qumrân n'a jamais cessé d'alimenter les querelles de chercheurs dans ce domaine. Qu'en était-il ? Est-il possible de parler en toute certitude ?

Dans les textes retirés des grottes, l'élément féminin est présent, mais il n'a pas le même sens partout. Les rouleaux bibliques, tous pré-qumraniens et à destination de tous les juifs, mettent en scène la femme, que ce soit comme personnage « historique », telles les épouses des patriarches présentées dans la Genèse, ou comme figure anonyme utile à la définition d'une loi. Des écrits renvoyant au Lévitique font par exemple le catalogue des règles de purification pour un homme après des rapports sexuels avec une femme, pour une femme pendant et après ses menstruations ; toute « perte » corporelle, sang ou sperme, était tenue pour une souillure ; l'émetteur devait s'en laver et toute personne pure se tenir loin de l'impure.

Parmi les textes esséniens, le *Document de Damas* évoque les femmes – relations sexuelles, serment de l'épouse, obéissance à la Loi du couple marié – et les enfants engendrés par les gens mariés mais il s'adresse aux Esséniens dans leur ensemble. La *Règle de la Congrégation* s'adresse à tous sans distinction d'âge ou de genre : « On rassemblera tous les arrivants, y compris les femmes et les enfants. Puis on leur lira tous les préceptes de l'Alliance, et on les instruira de toutes ses injonctions, si bien qu'aucun ne pourra tomber dans l'erreur par ignorance » (I 4), mais elle concerne tout Israël dans le futur, au temps messianique et non la seule communauté de Sokoka de l'époque. Le manuscrit des *Ruses de la Femme perverse* (ou *de la Femme folle*) fait le portrait d'une séductrice affublée de tous les vices (fornication, perversité, corruption, adultère, prostitution, etc.) et associée au monde infernal. Il s'agit vraisemblablement plus d'une description allégorique – personnification de la Folie à l'instar de son contraire, Dame Sagesse présentée dans le livre biblique des Proverbes –, que d'une image misogyne de la femme de chair. Quant au rouleau précisément qumranien de la *Règle de la Communauté*, qui conserve le règlement au sein de l'établissement, il ne parle ni des femmes, ni des enfants, ni de problèmes liés à la vie maritale, ni de sanctions pour adultère, violence conjugale, vœux, etc., ni de veuvage, ni de quartiers ou de bains réservés aux femmes, ce qui paraîtrait étrange si l'on admettait la mixité de la communauté de Sokoka. En conclusion, les données textuelles de Qumrân permettent seulement de reconnaître que le courant essénien comptait des hommes, des femmes et des enfants, ce qui confirme ce qu'en dit Josèphe. Au sujet des Esséniens de Sokoka-Qumrân, elles suggèrent seulement qu'ils étaient très vraisemblablement tous de sexe masculin, ce qui n'exclut pas des recrues de jeune âge aux franges de l'adolescence.

L'opinion savante qui défend la présence de femmes et d'enfants à Qumrân s'appuie sur la découverte de squelettes d'individus de sexe féminin ou d'enfants très jeunes dans certaines tombes des cimetières à proximité du *Khirbeh*. Nous avons entrevu au chapitre v combien le fondement de cette opinion était douteux. Nous apportons ici quelques précisions.

Il est d'abord essentiel de souligner qu'environ un trentième des tombes du cimetière principal de la nécropole contemporaine du site communautaire ayant été étudiées, il est difficile de tirer des leçons d'ordre général sur les anciens vivants ou défunts de Sokoka-Qumrân, que ce soit dans le sens de la mixité de la communauté ou dans celui du célibat. Les données de l'archéologie et de l'anthropologie ne peuvent, dans ces conditions, qu'inspirer un avis accompagné d'une marge d'incertitude.

Des 31 tombes fouillées par Roland de Vaux sur les 1 100 comptées dans le cimetière principal, aucune n'a révélé d'ossements identifiables comme féminins, y compris la tombe 7, d'après les dernières études. Toutes les fosses du cimetière sauf une avaient été aménagées dans l'axe sud-nord, la tête des défunts reposant au sud. L'exception ouest-est (T4) se trouve dans la pointe sud du cimetière.

Cinq tombes (T32-36) ouvertes dans l'extension sud-est de la nécropole étaient orientées ouest-est. T32, sans loculus, celait les ossements d'une femme en position repliée, identifiée par 19 perles près d'un pied, traces d'un bracelet de cheville, et par un anneau de bronze (une bague). T33, sans loculus, contenait aussi un individu de sexe féminin caractérisé par deux boucles d'oreilles. T36 était la tombe d'un enfant d'environ 6 ans.

Sur la quinzaine de sépultures du cimetière nord, deux ont été ouvertes: dans l'une, à l'écart, au loculus irrégulier, gisaient les restes d'une femme, tête au nord et aux mâchoires édentées, dans l'autre ceux d'un homme, tête au sud, dans une tombe de même type que celles du cimetière principal.

Les quatre tombes peu profondes explorées sur la trentaine de tombes du cimetière sud, avaient pour occupants une femme de 30 à 40 ans (retrouvée avec ses boucles d'oreilles et, près de sa cheville, trente perles dont 27 en pierres de couleur et trois en pâte de verre) et trois jeunes enfants (de 6 à 10 ans). Elles étaient orientées de l'est à l'ouest, hormis une tombe d'enfant (nord-sud).

Perçues comme des anomalies dans un contexte funéraire à majorité masculine, ces tombes féminines et enfantines ont toujours animé les débats de spécialistes dans la mesure où elles étaient comprises comme contemporaines des tombes d'hommes du cimetière principal. On a dit que ces femmes et enfants appartenaient à une communauté juive autre que celle des Esséniens de Qumrân, peut-être même à un groupe essénien ouvert au mariage, ou bien que deux phases s'étaient succédé à Sokoka (communauté de célibataires mâles, puis communauté de gens mariés), etc. Si bagues et boucles d'oreilles ne surprennent guère en contexte funéraire juif, les bracelets de perles passés autour du tibia intriguent. En revanche, verroterie et pierreries sont bien connues dans la petite joaillerie accompagnant les défuntes du monde musulman (et en particulier nomade) depuis le XIII^e^ siècle de notre ère. De même, on s'interroge sur la position desaxée des tombes de l'extension sud par rapport à celle du cimetière principal. L'inhumation en petite profondeur et selon une orientation est-ouest est, encore une fois, traditionnelle dans l'islam. L'axe sud-nord, hors norme pour des tombes juives, s'explique, selon Émile

Puech, du fait que les gens de Sokoka s'étaient opposés à la classe des prêtres de la Jérusalem impure en plaçant au nord le Paradis de justice et le trône de Dieu, d'après *1 Hénoch*.

Selon l'anthropologue et ostéologue Joseph Zias, l'usure des dents des femmes et des enfants est plus prononcée que celle des dents des hommes du cimetière principal, et, chez les femmes, de sévères pathologies dentaires ont laissé des traces (abcès, chute, dentine exposée par usure de l'émail). Ces traits trahissent des conditions de vie et des environnements distincts pour chacun des deux groupes de défunts étudiés : pour les femmes, une existence nomade au désert (aliments peu variés auxquels peuvent se mêler des granules de sable) depuis la naissance et pour les hommes, une existence moins difficile, citadine sans doute, avant la venue au désert de Judée. Par ailleurs, comparée à la décomposition des ossements des hommes du cimetière principal, la bonne préservation des ossements de ces femmes et enfants, en principe plus fragiles que les os d'adultes mâles, ne va pas dans le sens d'une contemporanéité de ces squelettes.

Toutes ces données militent pour une datation des tombes de femmes et d'enfants plus tardive que celle des tombes de qumraniens, donc pour leur exclusion du groupe essénien de Qumrân. Par ailleurs, l'absence de restes d'enfants parmi ceux mis au jour dans le cimetière principal est remarquable, parce qu'elle s'oppose à la directive divine de la Genèse selon laquelle l'espèce humaine doit être fertile et se multiplier et à la démographie de l'époque des Esséniens (un taux de mortalité infantile très élevé) : le célibat des qumraniens apporterait une explication valable à cette anomalie. Il serait surprenant toutefois que l'image générale du cimetière principal obtenue par l'ouverture de tombes en ses divers points, puisse être altérée par l'ouverture d'autres tombes.

1. Jardin de Gethsémani et ses vieux oliviers.

# CHAPITRE XII

# Essénisme et christianisme
# Les Esséniens, Jean-Baptiste et Jésus

*Émile Puech*

Ernest Renan écrivait en 1894 dans son *Histoire du peuple d'Israël* : « Le christianisme est un essénisme qui a largement réussi. L'esprit est le même, et certainement, quand les disciples de Jésus et les Esséniens se rencontraient, ils devaient se croire confrères. » Mais est-il vérifié que la personne, la mission et l'enseignement du Maître galiléen se coulent dans le moule du Maître de Justice au point que leurs disciples respectifs n'auraient éprouvé aucune difficulté à suivre indistinctement l'un ou l'autre Maître ?

La découverte récente en Palestine, en Judée même, de nombreux manuscrits en hébreu, araméen et grec de peu antérieurs à la vie du Galiléen Jésus permet maintenant d'aborder le sujet, documentation en main. Bien que les rouleaux qumraniens ne soient, pour la plupart, conservés qu'à l'état très fragmentaire, du moins ont-ils l'avantage de ne pas avoir fait l'objet, par la suite, de quelque interpolation que ce soit, juive ou chrétienne. La riche bibliothèque nous a conservé de nombreuses copies des livres de l'Ancien Testament, de livres apocryphes largement inconnus ou, pour quelques-uns d'entre eux, transmis par des traductions plus tardives. Elle a aussi livré nombre de compositions du mouvement essénien, héritier d'un courant juif orthodoxe dont s'est détaché le courant pharisien et qui s'opposait au parti sadducéen. Cette documentation touche à l'organisation de sa vie communautaire et liturgique, sans négliger des points importants de la foi juive. Ainsi, en dehors des textes religieux communs aux trois ou à deux de ces principaux courants du judaïsme, les compositions esséniennes font connaître pour la première fois de l'intérieur le vrai visage de l'essénisme, sans équivalent pour les autres courants juifs, le judéo-christianisme excepté. Ces manuscrits sont donc de la première importance pour la connaissance et le développement des idées religieuses de la Palestine au cours des deux siècles avant notre ère, ancrant fortement dans le terreau local la personne et le message de Jésus. De ce fait il est possible de mesurer un peu plus précisément la place de Jésus dans l'histoire du salut, son insertion dans le peuple et sa position par rapport aux maîtres, aux pratiques et aux croyances du moment.

Étant donné l'ampleur du sujet et la masse d'informations, ne seront abordés dans ces lignes que quelques aspects importants pris dans plusieurs directions, principalement les pratiques et les croyances, laissant entrevoir un état de la question passablement renouvelé des rapports essénisme-christianisme et la place centrale et unique du Messie Jésus dans les milieux juifs de la Palestine. Mais en vue de l'accomplissement des Écritures, un prophète précurseur devait annoncer la venue de ce Messie tant attendu.

## Jean-Baptiste et les Esséniens

Les Évangiles présentent Jean, le cousin du Seigneur, comme celui « qui demeura dans les solitudes jusqu'au jour où il se manifesta à Israël » (Luc 1,80), jusqu'au jour où, vers la fin des années vingt, la parole de Dieu lui fut adressée dans le désert.

« Il parcourut toute la région du Jourdain proclamant un baptême de repentir pour le pardon des péchés comme il est dit dans le livre du prophète Isaïe (40,3) : “Une voix crie dans le désert, préparez le chemin du Seigneur…” » (Luc 3,2-4). Parce qu'il prêchait la venue imminente du royaume messianique et qu'il exerçait dans une région proche de Qumrân-Sokoka, certains modernes n'ont pas hésité à faire de Jean un Essénien, voire un Qumranien dissident faisant de nombreux disciples, auquel Jésus demanda le baptême. Qu'en est-il ?

À cette époque, il est vrai, la région était parcourue par plusieurs mouvements religieux juifs mais rien ne prouve que Jean ait jamais fait partie de la communauté de Qumrân et même plus largement du groupe essénien. Si tel était le cas, Jean aurait dû quitter le courant religieux de son enfance – son père Zacharie de la classe sacerdotale d'Abiyah officiant au temple et sa mère Élisabeth étant une descendante d'Aaron – pour appartenir un temps à ce groupe et quitter ce dernier pour fonder à son tour son propre cercle ou mouvement. Ces ruptures en série, séparation et désertion ou exclusion, sont-elles vraisemblables et nécessaires pour rendre compte de l'activité prophétique du Baptiste ? Sans doute, à la mort de ses parents âgés, l'orphelin Jean aurait pu être adopté par les Qumrano-Esséniens. Mais un tel itinéraire peut paraître suspect pour un guide religieux de son rang qui passe pour un *nazîr*, un consacré.

D'après les sources, Jean pratiquait un baptême unique dont il était lui-même le ministre au point que ce rite va définitivement coller à son nom, Jean le Baptiste, ce qui n'est dit d'aucun autre, pas même de ses disciples. Le baptême de Jean que Jésus a voulu recevoir se distingue fondamentalement du baptême au nom de Jésus. Jean prêchait la conversion et un baptême de repentir aux foules de Jérusalem, de Judée et de la région du Jourdain qui venaient à lui, sans exclusive ni appartenance à un groupe particulier, publicains et soldats, Pharisiens et Sadducéens compris. Ceux-ci confessant leurs péchés, il les baptisait selon un rite d'immersion, symbole de purification et de renouveau, et les renvoyait vaquer à leurs occupations en leur recommandant de produire un fruit digne du repentir. Non réitérable de par sa réelle efficacité dépendant du Jugement divin à venir, le baptême de Jean revêt de ce fait l'aspect d'un rite d'initiation à valeur eschatologique. Il introduit dans le groupe ou la communauté de ceux qui attendent la venue imminente du Messie dont il annonce et prépare à la fois la venue, et qui seul baptisera dans l'Esprit saint et le Feu qui purifiera ou consumera selon la disposition de chacun.

Certes, les Qumraniens admis dans la Communauté pratiquaient des ablutions multiquotidiennes, aussi souvent que nécessaire pour la pureté rituelle signe de pureté morale, mais sans nul ministre ni autre connotation théologique ou lien direct à l'eschaton. Il n'y est pas question de baptême, et les bassins de purification *(miqwaôt)* ne sont pas identiques à l'eau vive du Jourdain ou d'une source. Ces ablutions et rites de purification dans des bains strictement réservés aux membres de la communauté sacerdotale de Qumrân ou essénienne ailleurs ne sont pas très différents de ceux pratiqués régulièrement par les officiants au temple de Jérusalem, mais adaptés aux ayants droit suivant la nouvelle situation de l'exil temporaire au désert. L'accès aux bains rituels est limité à l'état d'admissibilité du candidat après un long temps de probation et l'examen du nouveau venu ou le réexamen du coupable par le conseil de l'ensemble des sages. Sans doute, le rituel d'entrée dans l'alliance inclut une confession des péchés, mais il est annuellement renouvelable à la fête de la Pentecôte par une confession collective, à l'opposé du baptême de Jean. Pour l'Essénien, c'est l'entrée définitive dans la Communauté qui garantit le salut, l'appartenance à l'héritage, au lot de lumière, et non l'admission aux bains rituels après une première probation.

Certes le temps du salut est vivement attendu de part et d'autre. Mais deux conceptions différentes de l'attente et de la venue de l'eschaton s'opposent. Alors que la Communauté essénienne, rapportant à elle-même les promesses des prophètes, se considère comme le lieu où il a déjà commencé en attendant sa complète réalisation aux jours du Messie, Jean en prépare la venue et met en garde contre l'irruption imminente de la colère de Dieu en prêchant la conversion nécessaire pour échapper au Jugement divin. Si à Qumrân comme dans l'Ancien Testament le Jugement par le Feu est la prérogative de Dieu seul, dans la bouche de Jean, c'est « Celui qui vient après moi, qui est plus puissant que moi qui purifiera et consumera dans le Feu qui ne s'éteint pas ». Le dernier et le plus grand des prophètes de l'Ancien Testament, Jean est celui qui prépare directement et introduit Celui qui inaugure les temps messianiques. Vêtu d'un manteau de poils de chameau tel Élie et baptisant au-delà du Jourdain pour rappeler l'endroit où Élisée avait ramassé le manteau d'Élie lors de son enlèvement, les Évangiles présentent manifestement Jean en mission sur les deux rives du Jourdain comme Élie *redivivus*, le Nouvel Élie annoncé par Malachie et Ben Sira, sa mission et son baptême ayant valeur unique (Jean 1,25).

## *Jean-Baptiste – Nouvel Élie*

L'attente du retour d'Élie comme précurseur du Messie, présente à plusieurs reprises dans les Évangiles, n'est pas inconnue non plus des textes retrouvés dans les grottes qui attendent la venue du Prophète et des Messies d'Aaron et d'Israël. La tradition véhiculée par le prophète (Malachie 3,23-24) et le sage (Sira 48,10-11) que les Évangiles attribuent aux scribes (Marc 9,11) est présente sur un fragment de papyrus araméen daté du milieu du Ier siècle av. J.-C. faisant allusion à Malachie 3 dans un contexte de la venue du Jour de Yahvé avec la mention probable de l'Élu (David, le huitième fils de Jessé) et de l'envoi d'Élie : « ...]le huitième comme élu, et voici que je vais puri[fier...] je vous enverrai Élie devant [... la terre] sera tancée par un éclair intense[... »

Un autre manuscrit hébreu sur peau, de copie un peu plus ancienne, cite en abrégé Malachie 3,24 : « et je les libérerai par [la parole de Dieu (?)] car elle est sûre : "Les pères reviennent vers les fils." » Puis suivent l'exultation de la terre à la venue du messie-roi et l'acclamation de son sceptre. Mais la colonne précédente présente une liste de bienfaits que Dieu lui-même accomplira aux jours du/des messie(s), liste puisée dans le livre d'Isaïe 35,5-6 et 61,1-2 et en Psaumes 146,7-9 (4Q521 2 II 7-8 et 12-13) : « honorant les pieux sur un trône de royauté éternelle, libérant les prisonniers, rendant la vue aux aveugles, redressant les courbés... Il guérira les mortellement blessés et les morts il fera revivre, aux pauvres il annoncera la bonne nouvelle et les indigents il comblera, les déracinés il conduira et les affamés il rassasiera » (*photo 4* p. 188). À la question des disciples de Jean de la part de leur maître : « Es-tu celui qui doit venir ou devons-nous en attendre un autre ? », Jésus répond par une séquence de bienfaits messianiques puisée aux mêmes sources (Matthieu 11,3-6 et Luc 7,22-23) : « les aveugles voient et les boiteux marchent, les lépreux sont guéris et les sourds entendent, les morts ressuscitent et la bonne nouvelle est annoncée aux pauvres. »

Ces bienfaits qui ont Dieu pour auteur dans les textes bibliques et qumraniens, sont effectivement accomplis par Jésus lui-même. Ce sont les signes qui accréditent sa mission d'Envoyé de Dieu auprès des foules, et qui doivent permettre à Jean et aux foules de le reconnaître comme le Messie attendu. Jean le précurseur n'accomplit pas de signes mais il conduit au Messie, à Celui qui vient après lui mais qui est plus fort que lui. Nouvel Élie, il était logique que Jean apparût dans la tenue et la région où le même Élie avait été enlevé au ciel dans son char de feu. La prophétie de son retour trouvait ainsi son accomplissement.

Il est un fait que les Évangiles ne mentionnent jamais les Esséniens, contrairement aux Pharisiens, Sadducéens, scribes et Hérodiens. Des liens spéciaux unissaient-ils Esséniens et Judéo-chrétiens ? Hérode Antipas craignait Jean, il protégeait même cet homme juste et saint qu'il aimait écouter. Toutefois, suite aux intrigues d'Hérodiade à laquelle Jean reprochait son remariage illicite, il n'hésita pas à le livrer. Or sur ce point, Jean défendait une interprétation stricte de la Loi, identique à celle des Esséniens et de Jésus comme nous le dirons plus loin. On sait aussi par Flavius Josèphe que des Esséniens étaient bien vus au palais : l'un d'eux expliqua un songe à son frère Hérode Archélaüs (*Antiquités* XVII § 346-348) et un autre avait prédit la gloire future à leur père Hérode le Grand (*Antiquités* XVII § 373-379). Enfin, la famille royale possédait des palais d'hiver à Jéricho, non loin du Jourdain et de Sokoka-Qumrân, mais ces proximités suffisent-elles à faire de Jean-Baptiste un Essénien ?

S'il est impossible de savoir si Jean connut de quelque manière la Communauté de Qumrân, il paraît plus vraisemblable qu'il n'a jamais été un de ses membres, à moins d'avoir à nouveau totalement changé d'orientation, ce que rien ne laisse présager. Il ne leur a pas emprunté le rite baptismal pour le pardon des péchés, rite inconnu de leurs textes et de leurs pratiques. Sur ce point-là, l'ascète Bannous que Flavius Josèphe dit avoir suivi pendant trois ans leur serait plus proche (*Autobiographie* 11). Les disciples de Jean n'ont rien d'essénien tout comme lui-même ne paraît avoir été exclu de la Communauté pour son comportement ou ses idées contraires. S'il a pris quelque distance par rapport au judaïsme officiel de Jérusalem pour revenir à l'esprit de la Loi par-delà la lettre, à l'instar des Esséniens, rien ne dit qu'il se soit coupé du temple où avait officié son père. Il a prêché aux foules, sans distinction ni examen probatoire, les exigences religieuses et morales de l'ancienne alliance et préparé le peuple, non un reste exclusif, à la venue du Messie. Il se tient à l'aube de l'ère nouvelle, ayant baptisé, reconnu et désigné le Messie Jésus. Avec lui les temps messianiques sont arrivés et ne sont plus à attendre comme il en est des autres courants religieux juifs.

Contrairement aux premières tentatives qui ont d'abord relevé les ressemblances en insistant sur la spiritualité du Désert fondée sur Isaïe 40 comme préparation de la Voie du Seigneur qui est au départ des deux mouvements, sur l'urgence de la préparation de la Visite divine, sur l'importance de l'eau et de la repentance, et enfin sur le voisinage dans le désert de Juda qui prouveraient une dépendance du mouvement johannique, il faut davantage insister sur des différences fondamentales. Au lieu de justifier le départ au désert d'un groupe de pieux autour d'un Maître voulant sauvegarder les traditions révélées en vivant dans un état de perfection pour préparer le retour au temple enfin purifié, Jean appelle tous ses auditeurs à la conversion en vue des temps messianiques, et le thème du désert n'y a pas de place particulière. Les analogies s'expliquent par le contexte de l'époque et les traditions vétérotestamentaires communes, non par une influence directe de l'essénisme. Les différences sont trop importantes et même radicales pour faire de Jean un Essénien qui aurait dû rompre avec la communauté sur presque toute la ligne, après avoir renié son courant d'origine.

## Jésus et les Esséniens

De même que les manuscrits ne peuvent mentionner que les seules traditions qui annoncent la venue du Prophète Nouvel Élie, et non la personne de Jean-Baptiste, de même ils ne peuvent que mentionner la venue du Messie, puisque les compositions des textes retrouvés datent au plus tard du milieu du Ier siècle avant notre ère, n'ayant plus affaire ensuite qu'à de simples copies de scribes. Nous avons pu démontrer sans difficultés qu'étaient aberrantes les identifications de fragments grecs à des passages du Nouveau Testament, Évangile et Épîtres, proposées par certains et que beaucoup de ces fragments joignent entre eux et appartiennent de fait à une traduction grecque du *Livre du Patriarche Hénoch* composé en araméen, livre cité dans l'Épître de Jude (voir p. 82-83). Enfin, les hypothèses qui veulent faire de Jacques « le Maître de Justice » et de Paul « l'Homme de mensonge », ou de Jean-Baptiste « le Maître de Justice » et de Jésus « le Prêtre Impie », faisant fi des données archéologiques, paléographiques et des résultats des analyses au carbone 14, n'ont aucun fondement et elles doivent être écartées sans regret et rangées parmi les curiosités éphémères.

Mais la question revient lancinante. Si les textes ne peuvent mentionner Jésus de Nazareth, du moins ce dernier a-t-il pu tout de même connaître la communauté qumranienne ? En effet, après le baptême de Jean au Jourdain, les Évangiles présentent le Maître galiléen, avant de commencer sa mission, passer un temps dans le désert où il fut tenté par le démon. La tradition le situe dans la région de Jéricho au nord de Sokoka-Qumrân, et les tentations qui évoquent la soumission de l'homme aux doubles influences des anges et des démons ne sont pas sans rappeler des thèmes théologiques esséniens de l'*Instruction sur les Deux Esprits* de la *Règle de la Communauté* (voir traduction, p. 282-285). En outre, quelques-uns de ses disciples ont fait partie de l'entourage du Baptiste dans la région. À défaut, peut-on comparer le Maître galiléen au Maître de Justice ressuscité, ainsi que certains modernes l'ont prétendu ?

Par certains comportements et enseignements, Jésus est proche des Esséniens. La recommandation aux disciples envoyés en mission de ne rien prendre pour la route et de manger ce qu'on leur offrira dans chaque ville ou village où ils entreront, se rapproche d'une indication de Flavius Josèphe au sujet des Esséniens dans la *Guerre* (II § 124-25) : « Ils voyagent sans rien emporter, que des armes à cause des brigands. En chaque ville, un préposé est spécialement désigné et chargé des hôtes afin de leur fournir des vêtements et le nécessaire. » Et lors de l'arrestation de Jésus, Pierre tire du fourreau son glaive. Ou encore dans le Sermon sur la montagne, Jésus demande de ne faire aucune sorte de serment, de même le *Document de Damas* (CD XV 1-5) proscrit toute espèce de serment sauf celui de l'entrée dans l'Alliance.

Si les Esséniens ont provisoirement rompu avec les sacrifices du temple souillé par des prêtres impies qui ont changé le calendrier et donc le déroulement du culte divinement fixé, Jésus monte au temple, y enseigne les foules à diverses reprises, en chasse les trafiquants, ce qui lui vaut l'inimitié profonde du grand sacerdoce. Sur ce point, rien ne prouve qu'il ait suivi le calendrier solaire essénien de préférence au calendrier luni-solaire commun, pas même lors de sa dernière semaine pour la célébration de son repas d'adieux présenté comme « pascal » par les Évangiles synoptiques le mardi soir, nuit de la fête pascale du calendrier essénien d'année en année comme nous le verrons plus loin. Par ailleurs les quatre Évangiles rapportent la crucifixion et la mort de Jésus le jour de la « Préparation » (Parascève) qui cette année-là tombait le vendredi soir, et l'annonce de sa résurrection le troisième jour, le premier jour de la semaine, le lendemain du sabbat solennel. Il est donc certain que, depuis sa présentation au temple jusqu'à sa mort, Jésus a suivi le calendrier luni-solaire des Pharisiens. Il n'a donc pu célébrer une pâque juive anticipée, quelques jours avant sa crucifixion, même s'il a choisi de prendre son repas d'adieux avec les Douze à l'intérieur des remparts de la ville, dont la seule possibilité était certainement pour lui dans le quartier essénien sur le mont Sion, comme le laissent entendre nombre d'indices des Évangiles. Là, il pouvait y être secrètement, à moins d'une dénonciation par un membre du groupe, et à l'abri des autorités religieuses et civiles en place qui voulaient l'arrêter avant la fête.

Le témoignage de Paul rejoint sur ce point précis la tradition évangélique : « La nuit où il fut livré, le Seigneur prit du pain… » (1 Corinthiens 11, 23-26.) Il est clair que la nuit où il fut livré n'est pas la même chose que la nuit où il fut crucifié. Entre-temps, il y a les jours des différents procès devant le sanhédrin, Hérode et Pilate. Mais que la date et le lieu où Jésus prit son repas d'adieux avec les Douze à Jérusalem soient le mardi soir dans le quartier essénien de Jérusalem ne suffisent pas à prouver que ce dernier repas solennel de Jésus avec ses Apôtres fut le repas pascal essénien selon leur calendrier propre, repas que le groupe essénien mangeait dans un état de pureté rituelle absolue.

Ce cadre nécessaire pour que Jésus ne fût arrêté avant l'heure qu'il avait lui-même programmée, les autorités juives ayant décidé d'en finir avec lui avant la fête, explique parfaitement et l'ambiance pascale des synoptiques avec la mention du pain et du vin typiques des repas esséniens, et le récit de Jean 13,1 et suivants sur la pureté, et l'enchaînement des jours de la passion depuis l'onction à Bethanie jusqu'à la crucifixion et la résurrection. S'il en était autrement, le sanhédrin aurait-il pu se réunir en hâte, le 15 nisan au petit matin après la nuit de la Pâque, le premier jour des Azymes, pour prononcer une condamnation à mort à exécuter le jour même de la fête ? Il y aurait là d'une part la plus grande invraisemblance ; d'autre part ce ne saurait être « avant la fête », ainsi que le rappellent Marc 14,2 ; Matthieu 26,5 ; Jean 13,1,39, etc., ce que confirment aussi la réquisition de Simon de Cyrène revenant des champs et l'élargissement de Barabbas visé aussi en Actes 3,14. Mais encore une fois, que le lieu où Jésus prit ce repas fût le quartier essénien, à l'écart des milieux hostiles des prêtres et des Pharisiens pour échapper à une arrestation prématurée, ne suffit pas à prouver que ce repas d'adieux fut, pour Jésus et les siens, le repas pascal sans agneau du calendrier essénien que les Esséniens du lieu mangeaient pardevers eux dans une salle à part et dans un état de pureté rituelle absolue. Il n'y a pas non plus à imaginer une déformation de l'histoire par l'église primitive comme le propose par exemple Renan, croyant que ce repas fut le festin pascal, en lien avec l'institution de l'eucharistie « qu'on supposait s'être passée une fois pour toutes la veille de la Passion ». Jésus a certainement été crucifié la veille de la Pâque, le 14 (non le 15) nisan selon le calendrier luni-solaire suivi par les Sadducéens et les Pharisiens et par Jésus lui-même. Il n'a donc pu manger l'agneau pascal comme on pourrait le croire à la lecture rapide de certains passages : Luc 22,14-18 ; Jean 18,28,31-36 ; 1 Corinthiens 5,7.

Ces quelques indications suffisent à souligner à la fois des points de contact et des divergences entre les comportements et les enseignements du Maître galiléen et ceux des Esséniens qui suivent les instructions du Maître de Justice.

## *Jésus et le Maître de Justice*

Au cours de la première décennie des découvertes des manuscrits de la mer Morte, des savants ont voulu faire de Jésus, le Maître galiléen et le Messie des chrétiens, une pâle figure du Maître de Justice, son illustre prédécesseur d'un siècle environ. Le Maître de Justice, considéré par ces auteurs comme un être divin incarné, se serait présenté comme le Messie, aurait prêché la doctrine même de Jésus, aurait été crucifié comme lui par des soldats païens au service des grands prêtres, après sa mort il serait apparu dans le temple et ses disciples attendraient son retour pour le Jugement dernier à la fin des temps. Dans cette hypothèse, fondée principalement sur une lecture discutable du *Commentaire d'Habaquq* de la grotte 1, le Maître aurait exercé son ministère entre le début du Ier siècle et la venue en Orient du général romain Pompée, en 63 avant notre ère. Mais une telle lecture est plus que tendancieuse et sans appui sérieux. Nul texte ne parle d'une mort violente du

Maître après des supplices corporels et une crucifixion, ni de sa résurrection et apparition dans le temple.

Ainsi cette hypothèse lancée dès les premières années par André Dupont-Sommer a-t-elle été justement abandonnée, faute de documentation. L'on sait en effet que le Maître, certainement un prêtre et un guide à qui Dieu révéla ses secrets, fut réuni à ses pères, c'est-à-dire qu'il mourut d'une mort non violente, et que « depuis ce jour jusqu'à la disparition de tous les hommes de guerre, il y aura environ quarante ans » (CD XIX 35 et XX 13-15). Ces mêmes passages indiquent clairement un laps de temps entre « la réunion (à ses pères) du Maître de la Communauté jusqu'à l'avènement du Messie d'Aaron et celui d'Israël », c'est dire que le Maître n'a jamais été considéré par les siens comme l'un des deux Messies attendus.

Une décennie plus tard, un des membres de l'équipe d'édition des manuscrits de la grotte 4, John M. Allegro, pensait pouvoir lire principalement dans le *Commentaire d'Osée* dont il avait la charge, la crucifixion du Maître de Justice, la déposition de la croix d'un corps broyé et mis sous bonne garde jusqu'au jour du Jugement, y retrouvant les récits mêmes des Évangiles sur la mort et la résurrection du Christ. Le Jésus des chrétiens n'était alors plus le premier ni l'unique messie historique, ce dernier ne faisant que reprendre à son compte les enseignements et le comportement du Maître de Justice. Cette interprétation à partir de fausses lectures et d'une cascade de conjectures fut réfutée sans peine par ses collègues et elle n'a pas eu d'autres suites, d'autant que son auteur finit par nier l'existence du Jésus historique, pour en faire une simple vue de l'esprit provoquée par l'action stimulante de champignons hallucinogènes. Le christianisme serait, selon lui, le fruit d'expériences psychédéliques.

Il y a une dizaine d'années environ, Robert Eisenmann accusa le comité international d'édition d'avoir soustrait, dans un acte de rétention coupable, un fragment d'une importance capitale pour l'histoire de la Communauté et du christianisme. Il affirmait pouvoir lire dans un fragment de la *Règle de la Guerre* (4Q285 7) la mise à mort du Messie, prince de la

Congrégation, et la mention de ses blessures, une allusion claire au Serviteur souffrant d'Isaïe 53 où les chrétiens lisent la prophétie des souffrances et de la mort expiatrices du Messie. Mais au cours de son travail de déchiffrement, l'éditeur officiel de ces fragments, Józef Tadeusz Milik, n'avait pas lu cette information tout à fait surprenante. En mettant le fragment en relation avec un autre, il avait tout simplement repéré une citation d'Isaïe 10,34-11,1 suivie de son commentaire qui fait allusion à la bataille eschatologique et à la victoire du Messie roi davidique sur le roi des *Kittîm* (i.e. des Nations), tout comme il en est dans un autre manuscrit commentant ces mêmes versets du Prophète. Comme l'indique déjà le passage d'Isaïe 11, le rejeton de David réussit et Dieu lui donne un trône de gloire, etc. C'est pourquoi cette interprétation de la prophétie d'Isaïe, commune à plusieurs rouleaux qumraniens, se retrouve logiquement partout ailleurs dans le judaïsme contemporain, y compris dans les Apocryphes, *2 Baruch* 40. Cette fois encore, de nouveautés théologiques il n'était nullement question.

En définitive, le Maître de Justice apparaît certes comme une éminente personnalité, un guide et interprète autorisé des prophéties, probablement un grand prêtre chassé et exilé au désert, à qui Dieu a révélé ses secrets concernant la fin, en butte à des oppositions. Mais sa mort n'a pas été violente ni à valeur rédemptrice, et de résurrection et d'apparition aux siens, il n'est jamais question dans les textes. En conséquence, son retour n'est pas attendu pour le Jugement final et il n'a pas fait l'objet d'un culte. Il passe pour une grande figure prophétique d'Israël en attendant la venue du Messie et il a pu, un temps, être considéré par sa Communauté comme le prophète attendu annonçant la venue imminente des Messies, rôle qui sera dévolu de fait, bien plus tard, à Jean-Baptiste.

Le Maître galiléen, de descendance sacerdotale par Marie, et de race davidique par Joseph son père adoptif, a enseigné tel un nouveau Moïse, opéré les signes qui l'accréditaient comme le Messie attendu, lui, le juste, il a été crucifié, mis à mort pour les coupables mais Dieu l'a ressuscité. Vivant dans l'intimité du Père, revendiquant des prérogatives divines, pardonnant les péchés et accomplissant les œuvres de Dieu, la jeune Église fondée sur les Apôtres qu'il a instruits, lui a voué un culte et donné le nom de *marê-Kyrios*-Seigneur, noms que l'Écriture réserve à Dieu, en total contraste avec la place du Maître ou Docteur de la Communauté qumranienne.

Mais au-delà des rapprochements et des différences fondamentales dont il serait aisé de prolonger la liste, il peut être plus utile de relever certains aspects importants touchant aux croyances et aux pratiques de ces deux mouvements religieux contemporains.

## Les croyances

Héritiers du mouvement hassidéen, il n'est pas étonnant qu'Esséniens et Pharisiens aient partagé les mêmes croyances, en particulier sur des sujets aussi brûlants au centre de la réflexion des prophètes et des sages après le traumatisme de l'exil, à savoir la restauration de la monarchie et la responsabilité individuelle et collective face à la justice divine indéfectible. Deux points focalisent cette vision de l'avenir plus ou moins immédiat ou eschatologie : le messianisme et les récompenses et châtiments après la mort.

### *Le messianisme*

La conception du messianisme dont les origines remontent au retour de l'exil est intimement liée à la venue du prophète, Nouvel Élie dont il a déjà été question. La reprise du culte au temple et l'espoir du rétablissement de la monarchie davidique fondé sur les promesses divines ont donné naissance à un messianisme bicéphale dont on trouve des traces déjà dans les livres bibliques (Jérémie, Ézéchiel, Zacharie, Chroniques et Daniel) et apocryphes (*Testaments de Juda et de Lévi, Jubilés*). Cette même conception messianique sera encore en vigueur au IIe siècle ap. J.-C. dans le milieu rabbanite avec la paire Eléazar-Bar Kokbah, « le prince d'Israël », lors de la deuxième révolte juive.

Les Esséniens ont hérité de cette conception messianique en vogue et ils l'ont clairement formulée à maintes reprises, lorsqu'il est demandé à chacun de se conformer aux règlements en vigueur « jusqu'à la venue du Prophète et des Messies d'Aaron et d'Israël » (1QS IX 11). Par là ils attendaient, sans conteste, la venue d'un prophète, le nouvel Élie de la tradition antérieure (Malachie 3,23 et Siracide 48,9-10), précédant celle des Messies aaronide et davidique, le premier, le prêtre, devant avoir la préséance sur le roi qui est qualifié de « Messie d'Israël, prince de la congrégation, rejeton de David ». Leur venue inaugurerait une nouvelle époque, apportant à Israël la victoire sur les impies et les nations. Contrairement à ce qu'on en dit généralement, cette conception, bien établie dès la première génération qumranienne dans le prolongement de la tradition biblique, n'a pas varié par la suite, comme le montrent la *Règle de la Communauté*, la *Règle de la Congrégation*, la *Règle de la Guerre*, 4Q*Testimonia*, le *Document de Damas*, 4Q*Florilège*, 4Q*Commentaire de la Genèse* A, etc. L'insistance des textes sur la venue des deux figures dut trouver un terreau de choix dans une vive réaction à la dynastie asmonéenne, non davidique, qui avait accaparé, illégitimement au regard des textes sacrés et sous un seul chef, le grand sacerdoce et le pouvoir politique de la fonction royale. L'exil forcé du grand-prêtre légitime, en exercice en 152 avant notre ère, explique déjà à lui seul la vive opposition essénienne aux Asmonéens, défendant ainsi la légitimité sadocite et la préséance du sacerdoce, prééminence qui peut revendiquer sa légitimité au moins depuis la restauration du culte après l'exil. Cette même position sera défendue par la génération suivante.

Le Maître de Justice vivant, d'après leurs calculs, dans l'avant-dernier jubilé a pu être considéré par ses disciples comme le prêtre-prophète attendu, annonçant la venue des messies. L'*Apocalypse messianique* irait dans ce sens. Mais on ne peut, sans abus de langage sinon par analogie, parler de messie céleste dans le *Rouleau de Melkîsédeq* (11Q13) ni de messianisme collectif dans l'*Apocryphe de Daniel* (4Q246) annonçant la figure du Fils de l'Homme qui vient avec les nuées du ciel de Daniel 7. Ce dernier manuscrit contient l'unique référence à la venue du « Fils du grand Souverain, qui sera appelé de son nom, Fils de Dieu et Fils du Très-Haut ». Devant lui les royaumes impies tomberont, il jugera la terre et tous feront la paix car Dieu vient à son aide, son règne est éternel. Ces titres seront repris tels quels dans le récit de l'Annonciation en Luc 1,32-35. Mais dans les textes qumraniens, il n'est pas question, contrairement à ce qu'on en a dit à propos de la *Règle de la Congrégation*, d'engendrement du Messie par Dieu, ni d'un messianisme sotériologique, ni de la mort sacrificielle du Messie pour le pardon des péchés, et ce n'est certainement pas le cas, on l'a déjà noté, du Maître de Justice. Dieu seul pardonne les péchés.

C'est dans un tel creuset que se sont réalisées l'incarnation et la manifestation du Messie Jésus de Nazareth, le Maître galiléen, précédées de la naissance et de la prédication de Jean-Baptiste annonçant la présence en leur milieu de Celui qui baptise dans l'Esprit Saint et le Feu. Mais Jésus réalise en sa personne la figure du Messie royal ainsi que l'ont révélé son enseignement, ses faits et gestes qui lui ont valu la condamnation à mort sur la croix, sous l'accusation « Roi des Juifs », et celle du Messie grand prêtre s'offrant en victime sacrificielle de l'Alliance Nouvelle et Éternelle. Ainsi l'Épître aux Hébreux peut-elle jouer sur la figure du roi-prêtre Melkîsédeq, et les Évangiles de l'enfance ont-ils précisé la naissance de Jésus, le roi des Juifs, de la descendance de David à Bethléem en Matthieu et rappelé en Luc que Marie a pour cousine Élisabeth, la femme de Zacharie, une descendante d'Aaron. Aux yeux de ses contemporains imprégnés de cette culture juive, la figure de Jésus n'accomplissait-elle pas ainsi toutes les Écritures ?

## *La vie future : récompenses et châtiments*

Sur la question de l'au-delà, Esséniens et Pharisiens professaient la même vision que celle de leurs devanciers comme l'attestent des passages de livres prophétiques et sapientiels, et d'apocryphes préqumraniens auparavant inconnus, tels 4Q*Deutéro-Ézéchiel*, 4Q*Instruction*, auxquels on peut joindre

*1 Hénoch 22*, et encore des compositions esséniennes, telles l'*Apocalypse messianique* (4Q521) et l'*Instruction sur les Deux Esprits* (1QS III-IV). Dans ces milieux de pieux, la résurrection des morts aux temps eschatologiques du jugement et du renouvellement de toute chose ne devait, en tant que récompense dans l'au-delà par le Dieu juste et fidèle, concerner que les justes d'Israël, revêtant la gloire d'Adam, tel un retour au paradis des origines avant la faute, alors que le châtiment des impies consistait à rester dans la mort et la perdition éternelle. C'est ce que reprennent en passant Daniel 12,2-3 et 2 Maccabées 7,14, l'*Apocalypse messianique* et Jésus lui-même dans son enseignement. Répondant aux Sadducéens qui cherchaient à lui tendre un piège, Jésus déclarait que le juste ressuscité sera semblable aux anges, affirmant par là que la résurrection à la fin des jours n'est pas un retour à la vie antérieure où on prend femme ou mari, mais une vie glorieuse en Dieu, en compagnie des anges (Marc 12,18-27). Toutefois les Évangiles et le Nouveau Testament connaissent à la fois la seule résurrection des justes (Luc 14,14; 20,35s) et la résurrection générale (Matthieu 25,32 et suivants) ou la restauration universelle (Actes 3,21), reflétant par là l'évolution de cette croyance entre l'étape préqumranienne et qumranienne d'une part, et celle véhiculée par Daniel 12 dans sa traduction grecque, d'autre part.

L'*Apocalypse messianique* conçoit la croyance à la résurrection, énoncée sous la forme d'un *credo,* comme une nouvelle intervention du Dieu créateur. En effet, de même que Dieu a créé le ciel et la terre et la mer et tout ce qu'ils contiennent, de même il jugera en toute justice : il ressuscitera les justes de son peuple, alors que les maudits seront pour la mort, mais les justes vivants seront transformés, sans passer par la mort. Lors du renouvellement de toute chose, Dieu créera à nouveau du neuf en ressuscitant ou transformant les justes, les anges venant à leur rencontre, alors que les maudits tomberont rigides dans l'abîme lors du passage du pont du Trieur. Cette présentation de la croyance en la vie future accuse un emprunt du judaïsme au zoroastrisme, et c'est là un apport important à l'histoire des religions, même si des traces d'emprunts étaient déjà perceptibles dans les termes hébreux sous

« paradis », « Asmodée », « massacre », etc. Cette influence doit remonter à l'époque perse pour aboutir à la doctrine acceptée dans plusieurs cercles juifs au cours des siècles suivants, qui sera reçue par les Esséniens et les Pharisiens.

Comme on peut s'en rendre compte à la lecture de ces nouveaux textes, les fragments de manuscrits hébreux et araméens de Qumrân ont grandement contribué à préciser l'approche de ce thème dont on pouvait déjà se faire une idée dans les textes bibliques et apocryphes connus. Mais en cela, ils s'opposent à la présentation qu'en a fait Flavius Josèphe dans sa notice sur les Esséniens, où ce dernier leur attribue une croyance de type néo-pythagoricien à l'immortalité de l'âme préexistante (*Guerre* II § 151-166). Une telle conception de la vie future ne s'accommode nullement de l'anthropologie sémitique à laquelle se rattachent certainement les conceptions esséniennes. Sur ce point, Renan suivait sans hésitation l'opinion de Flavius Josèphe lorsqu'il écrivait : « Les Esséniens avaient déjà adopté le dogme grec de l'immortalité de l'âme », alors que la notice rapportée par Hippolyte de Rome leur attribue plus fidèlement la résurrection de la chair lors du renouvellement universel.

En outre, les croyances sur les fins dernières et la vie avec Dieu en compagnie des anges supposent une spéculation assez développée sur les anges bons et mauvais, déjà présente principalement dans les livres apocryphes (*1 Hénoch,* le *Livre des Géants,* etc.), mais aussi dans les compositions esséniennes. De fait, les très orthodoxes Hassidéens et les Esséniens à leur suite ont spéculé, cru et imposé ces croyances, acceptées de la plupart des cercles pharisiens, lesquelles accréditent par là même l'incise en Actes 23,8 : « Les Sadducéens disent en effet qu'il n'y a pas de résurrection, ni ange, ni esprit, tandis que les Pharisiens professent l'un et l'autre. » Cela s'entend de la résurrection ou de la transformation en gloire du juste qui ne sont pas conçues comme un simple retour sur terre dans l'état de vie antérieure, heureuse mais mortelle, mais bien comme l'état de l'homme nouveau, immortel, tel Adam avant la faute, créé immortel, à l'image de Dieu, vivant en sa présence dans la compagnie des anges au Paradis. Dans la même ligne se comprend parfaitement la réponse de Jésus aux Sadducéens à propos de la résurrection des morts en Marc 12,18-

27 et parallèles : « Vous ne connaissez pas les Écritures et vous ignorez la puissance de Dieu. Lorsqu'on ressuscite des morts, on ne prend ni femme ni mari, on est comme des anges dans les cieux... » Les passages des Épîtres de Paul aux Thessaloniciens (1 Th 4,13-18 ; 5,1-11 et 2 Th 1,5-10) et aux Corinthiens (1 Co 15) s'insèrent dans cette même conception. La croyance à la résurrection suppose la croyance aux êtres angéliques et aux esprits ou corps spirituels dans le vocabulaire de Paul.

On le voit, les Esséniens et les Pharisiens qui ont en tout point les mêmes attentes messianiques, n'ont pas compris la résurrection à la fin des jours comme une participation au règne messianique, un retour sur Terre, ainsi que l'écrivait Renan. Mais pour l'essénien, le règne messianique est une préparation de la victoire finale et de la paix eschatologique qu'inaugureront la résurrection des justes, le renouvellement des cieux et de la terre et le jugement divin que présideront Dieu et son Messie. En cela, Jésus remplit le rôle du Messie-roi tel que l'avaient présenté les Écritures.

## La Loi

Toutefois les Esséniens et les Pharisiens aux croyances communes se séparent sur plusieurs points dans l'observance de la Loi. Les premiers accusent les seconds d'être « des chercheurs d'allègements », d'avoir déformé la Loi de Moïse, le législateur suprême. Matthieu présente Jésus comme le Prophète qui promulgue avec autorité sa Loi nouvelle sur la Montagne, tel un nouveau Moïse. On note en passant que Matthieu a introduit le Sermon sur la Montagne par une série de huit béatitudes de type court suivies d'une neuvième de forme longue, série modelée sur un genre littéraire sémitique connu en particulier des textes qumraniens, comme 4Q*Béatitudes* (= 4Q525 2). En outre, l'expression « pauvres d(ans l)'Esprit » se trouve pour la première fois dans des textes hymniques en hébreu de Qumrân. Il ne fait aucun doute, les nouvelles données linguistiques et littéraires éclairent d'un jour nouveau les parallèles évangéliques. Or dans le Sermon sur la Montagne, revient fréquemment la formule : « Vous avez appris qu'il a été dit ..., moi je vous dis... » Trois cas vont être brièvement présentés : le sabbat, l'amour du prochain et le divorce.

### *Le sabbat*

L'observance du sabbat est une des prescriptions fondamentales de la Loi fondée sur le repos de Dieu le septième jour de la création (Exode 20,8-11) et elle est assortie de la peine capitale pour qui le profanerait, parce que le sabbat est sacré et que son observance est signe de salut (Exode 31,12-17). Mais cette observance a connu des fortunes diverses aux époques précédentes, et les prophètes ont dû sans cesse rappeler cette exigence du repos sabbatique. À l'époque hellénistique, les pieux ont préféré fuir au désert et mourir martyrs plutôt que d'obéir à l'ordre du roi Antiochus et de combattre ce jour-là, alors que le Maccabée Mattathias permit de se défendre le jour du sabbat (1 Maccabées 2,29-41). En cela, ces pieux suivaient à la lettre la Loi de Moïse telle que la résume le *Livre des Jubilés* (50,6-13) : « Quiconque fait un ouvrage, jeûne ou fait la guerre le jour du sabbat, doit mourir. »

À propos du sabbat, les pieux Esséniens observent des règles très strictes, plus sévères que celles des Pharisiens, ainsi que le rappelle le *Document de Damas* portant à lui seul vingt-sept articles sur le sujet, mais les manuscrits de la grotte 4 en prévoient encore quelques autres (voir aussi Flavius Josèphe, *Guerre* II § 147). Voici un cas (mais les autres méritent aussi lecture) qui a un parallèle direct dans l'enseignement du Maître galiléen :

« [13]Que personne n'aide une bête à mettre bas le jour du sabbat. Et si elle tombe dans une citerne [14]ou dans une fosse, on ne peut pas l'en retirer le jour du sabbat... [16]Mais tout être humain qui tombe dans un endroit plein d'eau ou dans un (autre) endroit, [17]qu'on ne l'en retire pas au moyen d'une échelle, d'une corde, ou d'un instrument » (CD XI 13-14,16-17 = 4Q270 6 v. 17-18 et 19-20 = 4Q271 5 I 8-9 et 10-11).

C'est dire que l'application de la Loi marque une différence entre un animal pour lequel il n'y a rien à faire, et une personne pour laquelle il est permis de tenter quelque chose qui ne tombe pas sous l'interdit, comme le transport de quelque objet, ainsi que l'explicite un manuscrit de la grotte 4 précisant qu'un habit que l'on porte sur soi ne peut être considéré comme un instrument pour sauver une vie (cette précision ne peut entrer en ligne de compte pour une bête qui ne saurait saisir un habit) :

« Qu'on ne retire pas un animal qui tombe [6]dans l'eau le jour du sabbat. Mais si c'est un homme qui tombe dans l'eau [7]le jour du sabbat, qu'on lui tende son habit pour l'en retirer. Mais on ne peut pas utiliser un instrument [8][pour l'en retirer le jour du] sabbat » (4Q265 6 5-8).

Ces deux formulations relèvent de la même interprétation rigoureuse de la Loi déjà au IIe siècle av. J.-C., l'une négativement et l'autre positivement. Et cette interprétation y est toujours comprise sous le signe de salut d'une vie humaine, étant sauf toutefois le caractère sacré du sabbat, signe de l'alliance de Dieu avec son peuple.

Face à ce strict rigorisme essénien, l'enseignement et la pratique de Jésus dépassent les allègements introduits par les Pharisiens ainsi que le montre le récit d'une guérison en Luc 14,1-6 : « Or, il était entré un sabbat chez un des notables Pharisiens pour y prendre son repas et eux l'observaient. Justement un hydropique se trouvait devant lui. Prenant la parole, Jésus dit aux légistes et aux Pharisiens : "Est-il permis le sabbat de guérir, ou non ?" Et ils se tinrent cois. Il prit alors le malade, le guérit et le renvoya. Puis il leur dit : "Lequel d'entre vous, si son fils (*variante* : âne) ou son bœuf tombe dans un puits, ne l'en retire aussitôt, le jour du sabbat ?" Et à cela ils furent incapables de rien répliquer. » (Luc 14,1-6.)

L'incapacité même des Pharisiens à répondre prouve qu'ils ont eux-mêmes introduit des assouplissements à l'interprétation du repos sabbatique puisque d'un côté les cas de l'animal et de l'homme ne sont plus distingués, et que de l'autre aucune indication sur le moyen de les en retirer n'est soulevée.

Un récit comparable se retrouve en Matthieu 12,9-14, et, bien que les Pharisiens s'accordent sur l'interprétation de la Loi, ils cherchent un moyen d'accuser Jésus s'il opère une guérison. Mais Jésus subordonne le repos sabbatique à la vie, y compris à la santé de l'homme, image du Dieu vivant :

« Qui d'entre vous, s'il n'a qu'une brebis et qu'elle tombe dans un trou le jour du sabbat, n'ira la prendre et l'en retirer ? Or combien l'homme l'emporte sur la brebis ! Par conséquent, il est permis de faire une bonne action le jour du sabbat » (Matthieu 12,11-12).

Par cet exemple on peut saisir un des points de friction dans l'interprétation de la Loi entre les conceptions esséniennes strictes et les adoucissements introduits par leurs opposants pharisiens dès l'époque des Maccabées, accusés de « chercheurs d'allègements » sur de nombreux points, bien que les uns et les autres aient recherché le chemin du salut dans l'observance de cette même loi. Usant d'une règle d'interprétation juive *(qal wahomer)*, Jésus en tire une importante conséquence. Puisque l'homme l'emporte sur la brebis, il est donc permis de faire le bien le jour du sabbat.

Ce principe est à la base de tout son enseignement et de toute son action que les Évangiles soulignent en particulier dans les récits de miracles et de guérisons le jour du sabbat. En effet, Jésus rappelait à ses contemporains « que le sabbat est fait pour l'homme et non l'homme pour le sabbat, en sorte que le Fils de l'Homme est maître même du sabbat » (Marc 2,27-28). Là est l'origine de son autorité et de la puissance de l'évangile au service de la liberté de l'amour. Les exigences de cet amour annulent, en les dépassant, les réglementations qui pourraient lui faire obstacle. Ainsi en est-il des estropiés, boiteux, aveugles qui sont tous invités au Royaume (Luc 14,12-24), alors qu'ils étaient exclus de la Communauté comme du temple au nom de la même Loi mosaïque pour de simples raisons de pureté rituelle (1QSa II 3-11).

## *L'amour du prochain*

Ce qui est premier pour Jésus et qui résume toute la Loi et les Prophètes, c'est l'amour de Dieu et du prochain, le premier et le plus grand commandement (Matthieu 22,37-40) qui dépasse les durcissements, les clivages et les formalismes des Esséniens, des Sadducéens et des Pharisiens. Ainsi au « vous avez appris qu'il a été dit : "Tu aimeras ton prochain et tu haïras ton ennemi" » (Matthieu 5,43-48 et Luc 6,27-35, mais Lévitique 19,18 : « Tu aimeras ton prochain comme toi-même » ne prend pas en considération les ennemis, excepté un passage du psaume 139,21-22), Jésus répond par l'amour des ennemis : « Aimez vos ennemis, priez pour ceux qui vous persécutent », ou « faites du bien à ceux qui vous haïssent, bénissez ceux qui vous maudissent... », ce qui est à l'opposé de la pratique essénienne : « Aimer tous les fils de lumière, chacun selon son sort dans le dessein divin, et haïr tous les fils de ténèbres, chacun selon sa culpabilité dans la vengeance de Dieu » (1QS I 9-10), et encore : « Et telles sont les règles de conduite pour l'Instructeur, au cours de ces étapes, concernant son amour et sa haine, haine éternelle envers les hommes de perdition » (1QS IX 21-22). Cet amour des hommes du parti de Dieu et cette haine des fils de ténèbres, des hommes du parti de Bélial, ressort parfaitement des bénédictions prononcées par les prêtres et des malédictions par les lévites à la fête de la Pentecôte, le jour de l'entrée du novice dans l'alliance ou le jour de son renouvellement pour les autres (1QS 1 16-II 18). Il y a bien là une pratique constante de la Communauté dont on retrouve des traces dans bien d'autres de leurs compositions.

La parabole du Bon Samaritain en Luc 10,30 et suivants ou la scène du jugement dernier en Matthieu 25,31-46 montrent bien qui est le prochain dans la pensée du Maître galiléen et pour la jeune Église dans ce monde juif contemporain aux courants religieux si divers et compartimentés. Si en Lévitique 19, le prochain est le compatriote hébreu, ce sera le juif par la suite, mais les seuls fils de lumière pour l'Essénien. Là encore, l'enseignement de Jésus ne dépend manifestement pas de l'essénisme, même si les deux courants demandent à leurs disciples d'être parfaits comme le Père céleste est parfait, ou saints comme le Dieu unique est saint.

*Le divorce*

Contrairement à la Loi de Moïse (Deutéronome 24,1 et suivants), le prophète Malachie (2,11-16) se prononce déjà contre le divorce. Dans le Sermon sur la Montagne (Matthieu 5,31s, voir aussi 19,4-8), Jésus se prononce contre le divorce qui s'oppose au plan divin de la création au commencement (Genèse 1,27 et 2,24), avec une exception « hormis le cas de fornication », incise absente des passages parallèles de Marc 10,5-9 et Luc 16,18, voir 1 Corinthiens 7,10-11. Ces deux positions mises dans la bouche de Jésus se retrouvent déjà dans les textes qumraniens.

Dans le *Document de Damas* (CD IV 19-21) il est dit que « les bâtisseurs de muraille... sont attrapés sur deux points dans la luxure en prenant deux femmes au cours de leur vie, alors que le principe de la création est : "homme et femme il les créa" », et après avoir rappelé au prince de « ne pas multiplier le nombre de ses femmes », CD V 7-11 condamne l'inceste et les unions illégitimes à la suite de Lévitique 18 et du Décalogue sur l'adultère (Exode 20,14 et Deutéronome 5,18). Le *Document* s'oppose donc à la polygamie et au remariage après divorce, du vivant du conjoint, comme le montre également l'application de ce principe au cas du roi dans le *Rouleau du Temple* (11QRT LVII 17-19) : « Il ne prendra pas d'autre femme en plus, mais celle-là seule sera avec lui tous les jours de sa vie, et si elle meurt, il en prendra une autre dans sa propre famille, dans son propre clan », principe probablement influencé par la loi lévitique imposée au grand prêtre (Lévitique 21,14). Cette règle stricte s'écarte de la permissivité de la loi pharisienne qui autorise le roi à avoir jusqu'à dix-huit femmes (*Mishna, Sanhédrin* II 4), ou qui autorise le divorce pour motif d'indécence ou impudicité (École de Shammaï) ou pour n'importe quel motif (École de Hillel) (*Mishna*, *Gittin* IX 10).

Mais parmi les instructions que le même *Document* (CD XIII 12-18 dans un passage corrompu à compléter en partie à l'aide des 4Q266 9 III 4-10) donne à l'intendant du camp, figurent des cas matrimoniaux avec une réglementation divergente :

« ... Et de même pour celui qui prend une femme [17]il [le

guidera avec] conseil, et de même pour celui qui divorce ; il édu[quera leurs fils [18]et leurs filles avec un esp]rit d'humilité et une charité bienveillante. Il ne doit pas garder rancune envers eux [19][dans un emportement violent à cause de] leurs fautes, ni avec celui qui n'est pas lié par un ser[ment [20]*personnel* selon]leur[s règlements » (notre reconstruction).

Si les cas « des bâtisseurs de muraille » et du roi donnent la position essénienne condamnant la polygamie et le remariage après divorce qui entraînent les parties au péché, ce passage réglementant le comportement de l'intendant (le *mebaqqer* qui deviendra l'épiscope dans la jeune église) reconnaît par le fait même la possibilité de divorce parmi les Esséniens mariés, tout comme encore le *Rouleau du Temple* (11QRT LIV 5) : « Tout vœu d'une veuve ou d'une répudiée, tout ce qui l'engage personnellement, seront valides pour elle conformément à tout ce qui est sorti de sa bouche », de même Paul citant le Seigneur en 1 Corinthiens 7,10-11 reconnaît la possibilité du divorce de la part de la femme mais s'oppose à son remariage.

Mais comparé à la loi de Moïse, le *Rouleau du Temple* interdit le divorce dans le cas de viol de la fille séduite qu'il assimile à celui du rapt de la fille, étant donné que le viol a déjà créé le lien du mariage et qu'on ne peut prendre deux femmes à la fois, durant leur vie (même idée en 1 Corinthiens 6,16) :

« Si un homme séduit une jeune fille vierge qui n'est pas fiancée mais qui pourrait légalement être la sienne, et qu'il couche avec elle et qu'il soit pris, l'homme qui a couché avec elle, donnera au père de la jeune fille cinquante (sicles d')argent et elle deviendra sa femme parce qu'il en a abusé. Il ne pourra pas la répudier de toute sa vie » (4Q524 15-22 1-2 = 11QRT LXVI 8-11).

Il en est de même en 4Q159 2-4 : « Si un homme diffame une vierge d'Israël, s'il parle le jour de son mariage, des femmes de confiance l'examineront, et s'il n'a pas menti à son sujet, elle sera mise à mort, mais s'il a témoigné faussement contre elle, il sera redevable de deux mines et il ne pourra pas (la) répudier de toute sa vie. » Il est clair que la mise à mort de la vierge n'est pas liée à la perte de sa virginité, mais à son mensonge, puisqu'elle était déjà liée ou mariée à un homme, ne faisant plus qu'une seule chair avec son premier partenaire. Dans les deux cas, l'essentiel est l'interdiction de remariage, assorti dans le deuxième cas de l'impossibilité de divorce. En revanche, la coupable est adultère et punissable de mort selon la Loi.

À ce sujet, Jésus prend une position différente de celle du milieu juif (voir « La Femme adultère » en Jean 8,2-11). S'il est plus strict que ses contemporains, dans sa position contre le divorce et la polygamie, il est aussi plus ouvert en s'opposant à l'exécution de la femme adultère. Le cas de l'incise unique en Matthieu sur la fornication ou impudicité semble correspondre à un cas prévu par CD (4Q270 7 13 = 4Q267 9 VI 4) : « Et l'homme qui approche sa femme pour forniquer, ce qui n'est pas conforme à la loi, devra sortir et ne plus jamais revenir. » Cette incise, deux fois en Matthieu uniquement, est-elle due à une influence essénienne sur la tradition de l'église primitive ? La question peut se poser.

Le *Rouleau du Temple* (4Q524 15-22 et 11QRT LXVI 8 et suivantes) précise la série des cas d'unions illégitimes que devaient observer les Esséniens, reprochant par là même à leurs opposants pharisiens et sadducéens les nombreuses fautes contre la Loi (Lévitique 18), reproche qui valut à Jean-Baptiste sa décapitation.

## Les pratiques

Il est clair que les us et coutumes puisent leur fondement dans la Loi, mais certaines pratiques s'y retrouvent dans un rapport plus ou moins élaboré. Seront ici examinés rapidement l'exorcisme, les calendriers et la peine capitale de la crucifixion.

### *Exorcisme*

L'invocation du nom divin est au centre d'une formule universellement reçue de rituel d'exorcismes dont Qumrân a fourni de bons exemples dans un rouleau de Psaumes davidiques (11Q*Psaumes Apocryphes*[a]). Celui-ci devait contenir les « quatre Psaumes à cantiler sur les possédés » mentionnés dans une autre composition davidique (11Q*Psaumes*[a] XXVII 9-10). Il faudrait encore signaler les *Cantiques du Sage* (4Q510-511) proprement esséniens. Le combat que se livrent dans le cœur de chaque homme la lumière et les ténèbres, à la tête desquelles se trouvent respectivement Michel et Bélial, en est le thème central, de là la nécessité impérative d'invoquer le nom divin YaHWeH, Dieu guérisseur. En effet, prononcer le nom, c'est avoir pouvoir sur la divinité qui, elle, a pouvoir sur l'esprit mauvais comme sur l'esprit bon comme l'indique l'*Instruction sur les Deux Esprits* (voir p. 282-285). Pour sa part, Flavius Josèphe décrit les Esséniens comme des experts dans l'art de la guérison et des propriétés médicinales des plantes et des pierres (*Guerre* II § 136).

Les Évangiles et les Actes des Apôtres rapportent de nombreuses guérisons et des exorcismes par Jésus, agissant de sa propre autorité en tant que le Fils unique de Dieu et dans l'égalité avec Dieu, ou par les disciples qu'il envoie, mais ceux-ci invoquent le nom de Jésus en lieu et place du tétragramme (Marc 1,23-27, etc.). Aussi dans la pratique chrétienne, le nom invoqué n'est plus YaHWeH mais « Jésus » ou « Seigneur », ou les deux à la fois. Au lieu de suivre un rituel connu et parfaitement accepté des Esséniens qui en ont transmis des exemples, Jésus a innové en remplaçant la formule sacro-sainte et immuable de l'invocation du nom divin, partie essentielle pour l'efficacité du rite d'exorcisme, par un ordre personnel : « Esprit mauvais, Je te l'ordonne, sors de cet homme » (Marc 1,25, etc.). Cette innovation provoque la réaction attendue des témoins : « Voilà un enseignement nouveau, donné avec autorité. Il commande même aux esprits mauvais et ils lui obéissent » (Marc 1,27). Seul Jésus pouvait de lui-même changer la formule sans nuire à l'efficacité qu'on lui attribue, ce que nul magicien ou thaumaturge n'oserait jamais opérer, et ne l'a jamais tenté, dans une pratique multimillénaire du Proche et Moyen-Orient Ancien, avant comme après.

Si le christianisme primitif a remplacé le tétragramme ou nom divin par le nom de Jésus, ou celui de Seigneur, c'est que

Jésus lui-même avait agi de la sorte et qu'il avait demandé aux disciples de chasser les esprits mauvais en son nom. Jésus a donc traduit dans ses actes et ses paroles une révélation du mystère de sa personne et la conscience qu'il avait de sa mission. Remplaçant le nom divin par un « Je », ne se faisait-il pas, là encore, l'égal de Dieu ? Une fois de plus, il accomplissait lui-même les signes et prodiges que Dieu devait réaliser lors de la venue du Messie (4Q521 2 II 11-14). Dieu seul a pouvoir sur les esprits et peut chasser les démons, tout comme il peut pardonner les péchés et ressusciter les morts. Ce changement de formule ne peut remonter qu'à Jésus lui-même. La découverte de ces textes d'exorcismes parmi les manuscrits revêt donc une grande signification pour la révélation de la personne de Jésus à travers ses faits et gestes, et la conscience qu'il avait de sa propre filiation divine, car la nouvelle formulation ne peut être une création du christianisme primitif, ainsi que des exégètes l'écrivent parfois et que ces nouveaux documents permettent maintenant de s'en assurer.

## *Les calendriers*

Dans le judaïsme les calendriers avaient toute leur importance dans la détermination des fêtes et l'organisation du culte. C'est ce que rappelle l'introduction de la *Règle de la Communauté* : « ... afin de se conduire devant lui en parfaits selon toutes les révélations concernant leurs fêtes réglementaires » (1QS I 8-9), et « ils ne modifieront en rien quelqu'une des paroles de Dieu au sujet de leurs temps, ni ils ne devanceront leurs temps ni ils ne retarderont aucune de leurs fêtes, et ils ne s'écarteront pas de ses préceptes de vérité pour aller à droite ou à gauche » (1QS I 13-15). Ce à quoi fait aussi allusion le *Document de Damas* : « Mais avec ceux qui étaient restés attachés aux commandements de Dieu, ceux d'entre eux qui avaient survécu, Dieu établit son alliance avec Israël à jamais, leur révélant les choses cachées dans lesquelles s'était égaré tout Israël : ses sabbats saints et ses fêtes glorieuses, ses justes témoignages et ses voies authentiques et les désirs de sa volonté que l'homme doit accomplir pour vivre grâce à eux » (CD III 12-16).

De fait les Esséniens ont gardé avec fidélité le calendrier solaire sacerdotal de 364 jours (4 trimestres de 91 jours) dont on trouve des traces dans la Bible, au début de la Genèse, en Ézéchiel 45,18-20, et dans le *Livre du Patriarche Hénoch* et le *Livre des Jubilés*. Ce calendrier au cycle de cinquante-deux semaines a l'avantage de répartir à dates fixes les sabbats et les fêtes de l'année sans aucun chevauchement, les fêtes tombant annuellement le même jour de la semaine, le premier de chaque trimestre étant toujours la nuit de mardi soir à mercredi soir et donc la Pâque, le 14 de nisan, tombait toujours la nuit du mardi soir, la fête des Semaines ou de la Pentecôte le dimanche 15 du troisième mois, etc. Mais dans le calendrier luni-solaire de 354 jours, les fêtes sont à jour variable et peuvent tomber le sabbat. C'est ce qui se produisit en l'an 30 de notre ère où le sabbat solennel était celui de la Pâque. On a diverses traces de cet usage dans les rouleaux qumraniens, l'un d'eux rappelle que David composa 364 psaumes pour l'holocauste quotidien (11QPs[a] XXVII 6).

Différents calendriers ont été retrouvés avec les répartitions du service des vingt-six classes sacerdotales au temple, soit deux fois par an, au lieu des vingt-quatre classes comme dans le reste du judaïsme (1 Chroniques 24,7-19). Toutefois, l'Essénien ne peut participer au culte sacrificiel du temple souillé par un grand sacerdoce illégitime et l'usage de calendriers inexacts comme le rappelle encore le *Document de Damas* : « Et tous ceux qui ont été introduits dans l'alliance n'entreront pas dans le sanctuaire pour allumer son autel en vain, mais ils doivent fermer la porte, ainsi que Dieu l'a dit (citation de Malachie 1,10), et ils prendront soin d'agir selon l'interprétation de la Loi dans les temps de l'impiété en se séparant des fils de perdition ... en observant le sabbat selon sa détermination et les fêtes et le jour de jeûne selon le comput de ceux qui sont entrés dans la Nouvelle Alliance au pays de Damas » (CD VI 11-15, 18-19). L'usage de ces différents calendriers explique parfaitement le *Commentaire d'Habaquq* (XI 4-8) : « Ceci s'interprète au sujet du Prêtre Impie qui a poursuivi le Maître de Justice pour l'engloutir dans l'irritation de sa fureur dans le lieu de son exil, et au temps de la fête chômée du jour des Expiations, leur est apparu pour les engloutir et pour les renverser au jour du jeûne de leur sabbat chômé. » Les Esséniens et les Asmonéens n'observaient manifestement pas le jeûne de Kippur à la même date.

Mais contrairement aux Esséniens qui ont provisoirement rompu avec les sacrifices du temple souillé, depuis leur éviction, par les prêtres impies qui ont changé les temps et les moments révélés, Jésus monte au temple et y enseigne. En effet, rien ne prouve qu'il ait jamais suivi le calendrier solaire essénien, y compris lors de sa dernière semaine à Jérusalem pour la célébration d'un repas pascal le « mardi soir », jour fixe de la pâque du calendrier solaire essénien, comme il a été exposé ci-dessus. Tous les évangiles rapportent la mort de Jésus le jour de la Préparation (Matthieu 27,62 ; Marc 15,42 ; Luc 23,54 ; Jean 19,14,31,42). Au vu de ses faits et gestes, Jésus a certainement suivi jusqu'à la fin le calendrier luni-solaire pharisien. Il n'a donc pu manger une pâque anticipée avant de mourir, que ce soit la veille ainsi que l'admettent nombre de critiques, ou le mardi soir selon le calendrier solaire en admettant qu'il ait décidé de prendre son repas d'adieux avec les Douze dans la ville de Jérusalem, dans le quartier essénien même mais non avec eux, ainsi que le soulignent certains indices des synoptiques en particulier et que le suppose le témoignage de Paul. En effet, rien ne prouve que « la nuit où il fut livré » fut celle du jeudi soir (13 nisan), la veille de la crucifixion selon le calendrier luni-solaire en relevant « une erreur d'un jour » à la suite de Renan et d'autres après lui.

## *La crucifixion*

Renan s'exprime à plusieurs reprises sur ce point dans la *Vie de Jésus* : « Jésus a été l'honneur du peuple d'Israël qui l'a crucifié... Ce fut Hanan (= Anne) qui tua Jésus. Hanan fut l'acteur principal dans ce drame terrible, et, bien plus que Caïphe, bien plus que Pilate, il aurait dû porter le poids des malédictions de l'humanité... Ce ne furent donc ni Tibère ni Pilate qui condamnèrent Jésus. Ce fut le vieux parti juif ; ce fut la loi mosaïque... Bien que le motif réel de la mort de Jésus fût tout religieux, ses ennemis avaient réussi, au prétoire, à le présenter comme coupable de crime d'État ; ils n'eussent pas obtenu du sceptique Pilate une condamnation pour cause d'hétérodoxie. Conséquents à cette idée, les prêtres firent demander pour Jésus, par la foule, le supplice de la croix. Ce supplice n'était pas juif d'origine ; si la condamnation de Jésus eût été purement mosaïque, on lui eût fait subir la lapidation. La croix était un supplice romain réservé pour les esclaves et pour les cas où l'on voulait ajouter à la mort l'aggravation de l'ignominie. En l'appliquant à Jésus, on le traitait comme les voleurs de grand chemin, les brigands… »

Les propos de ces lignes que l'on retrouve encore de nos jours sous bien d'autres plumes, ne sont pas sans quelques contradictions. En effet, comment les grands prêtres qui appliquent les sanctions de la Loi mosaïque peuvent-ils faire condamner quelqu'un à une peine romaine pour des motifs relevant de la seule Loi mosaïque, comme une prétention messianique et le blasphème ?

Deux questions principales sont au centre du débat. Quelle faute, d'après la Loi, méritait la condamnation à la crucifixion et qui, des Juifs et des Romains, décidait et appliquait cette peine ? Vouloir utiliser, comme l'ont fait Renan et bien d'autres, les traditions rabbiniques assez tardives pour expliquer des faits plus anciens et conclure à une peine par lapidation selon la Loi mosaïque, peut être méthodologiquement risqué. Aussi, dans cette enquête historique, les manuscrits de Qumrân plus anciens revêtent-ils toute leur importance.

À première vue, les textes vétérotestamentaires semblent ne rien dire sur la crucifixion, mais il faut y regarder de plus près. Comment comprendre Deutéronome 21,22-23 : s'agit-il de la pendaison du cadavre, ainsi qu'on l'admet ordinairement d'après une interprétation rabbinique, ou de la suspension/crucifixion pour que mort s'ensuive ? La tradition textuelle n'est ni claire ni unanime, et la traduction syriaque, les révisions de la traduction grecque et des manuscrits supposent la suspension/crucifixion afin que mort s'ensuive. L'hébreu ne distingue pas crucifixion et suspension sur le bois. De fait, le texte hébreu de Deutéronome peut être compris avec des nuances consécutives et traduit comme suit : « Et si un homme a commis une faute qui mérite la mort et qu'il doive être exécuté, tu le suspendras sur le bois. Son cadavre ne doit pas passer la nuit sur le bois mais tu dois l'ensevelir le jour même, car un pendu est une malédiction divine. »

Cette manière de comprendre le texte soulignant d'une part la gravité de la faute et de l'autre l'application de la peine, a des appuis anciens dans le judaïsme, et peut remonter jusqu'au IIe siècle av. J.-C. et même au-delà, ainsi qu'en témoignent deux copies du *Rouleau du Temple* citant ce passage à un bon siècle d'intervalle (4Q524 14 2-4 et 11QRT LXIV 6-13) : « S'il arrive qu'un homme rapporte contre son peuple et livre son peuple à une nation étrangère, et qu'il fasse du mal à son peuple, vous le suspendrez/crucifierez sur le bois et qu'il meure. C'est sur la parole de deux témoins ou sur la parole de trois témoins qu'il mourra, et ce sont eux qui le suspendront/crucifieront sur le bois. S'il arrive qu'un homme soit coupable d'un crime de peine capitale et qu'il s'enfuie au milieu des nations, et qu'il maudisse son peuple, les fils d'Israël, vous le suspendrez/crucifierez sur le bois lui aussi et qu'il meure. Et que leur cadavre ne passe pas la nuit sur le bois, mais vous devez les ensevelir ce jour-même, car sont maudits de Dieu et des hommes les suspendus/crucifiés sur le bois, et tu ne souilleras pas la terre que je te donne en héritage. »

Dans l'intervalle de ces deux copies qumraniennes du *Rouleau du Temple*, un passage du *Commentaire de Nahum* (4QpNah 3-4 I 6-8) vise très probablement la crucifixion, vers 88 av. J.-C., par le roi-prêtre Jannée, de huit cents Pharisiens, pour trahison à la suite de leur appel au séleucide Démétrius III : « Ceci s'interprète au sujet du Lionceau Furieux, [7][*instrument de la colère divine* exécutant les ven]geances contre les chercheurs d'allègements, qui suspend/crucifie des hommes vivants [8][sur le bois, comme on faisait] en Israël auparavant, car du suspendu/crucifié vivant sur le bois, on (en) parle (dans l'Écriture). »

Si le *Rouleau du Temple* a changé l'ordre des mots, a-t-il pour autant changé le sens de la loi deutéronomique ? La nouvelle formulation a rendu plus limpide une ancienne tournure hébraïque devenue inusitée, laquelle pouvait être mal comprise comme en témoignent à leur tour les traductions anciennes, et elle a précisé les cas de peine capitale ici envisagés : ceux de l'informateur-traître et du transfuge-blasphémateur. On ne peut donc trop vite conclure qu'il s'agit là du seul point de vue essénien. Sans être plus cruels que leurs contemporains, ces auteurs esséniens n'ont fait que reprendre la loi telle qu'elle leur était transmise et l'appliquer en précisant les cas visés. En effet, une suspension/crucifixion n'a pas beaucoup de sens comme peine capitale après la mort du coupable et il n'était nul besoin de clouer les pieds et les mains d'un cadavre comme en témoignent les ossements d'un crucifié retrouvés dans un ossuaire au nord de Jérusalem. À ce propos, il est important de noter que le pronom accusatif dans « Tu le suspendras » de la phrase de Deutéronome 21,22 reprend « l'homme coupable », alors que le mot « cadavre » ne vient qu'après la mention de la suspension/crucifixion en vue de l'ensevelissement le jour même ; dans le cas d'une pendaison du cadavre, on attendrait l'ordre inverse : « Tu suspendras le cadavre, il ne doit pas passer… »

Qu'il ne s'agisse pas là d'une interprétation secondaire de la loi mosaïque ni d'une pratique récente exclusivement essénienne ou sadducéenne, mais aussi pharisienne, remontant à une pratique juive antérieure, cela paraît aller de soi. De fait, le grand prêtre Alcime crucifia soixante juifs pieux bien avant le début du mouvement essénien (1 Maccabées 7,16 et suivants, Flavius Josèphe, *Antiquités* XII § 256). De même le Sadducéen Jannée et le sage pro-pharisien Simon ben Shétah crucifièrent une multitude de juifs (respectivement 800 et 80) dans le premier quart du Ier siècle, bien avant l'arrivée des Romains avec Pompée en 63 av. J.-C. (Flavius Josèphe, *Guerre* I §§ 97, 113, *Antiquités* XIII §§ 380-382, 410-411, et *Mishna, Sanhédrin* VI 4). Cette pratique juive d'abord pré-essénienne et asmonéenne ensuite trouverait encore un appui dans un *Apocryphe de Lévi* (4Q541 24, 2-5) qui rapporte à propos d'un grand prêtre :

« [2]Ne fais pas de deuil avec des sacs [ sur -] et ne co[mmet]s pas [de fautes qui ne seraient pas [3]ra]chetées, qu'elles soient des fautes ca[chées] au[ssi bien que si elles étaien]t des fautes dévoilées, et [...]. [4]Recherche, scrute et connais ce que demande l'agitateur et ne le repousse pas au moyen de l'épuisement, et la crucifixion comme [pein]e (capitale) [*ne prononce pas*] [5]et de clou n'approche pas de lui. »

L'association des termes « clou, suspension/crucifixion, épuisement » par la torture d'un agitateur que le grand prêtre serait tenté de supprimer, semble désigner le supplice de la crucifixion comme couronnement d'une longue série d'épuisements, comme la flagellation, la bastonnade, etc. En outre, cette mise en garde à une haute époque ne peut viser qu'une pratique coutumière de la part des grands prêtres, et elle explique les crucifixions en série par les grands prêtres Alcime et Jannée et par Simon ben Shétah qu'on ne saurait autrement justifier.

On ne peut donc conclure que la crucifixion est spécifiquement une peine romaine à l'encontre de juifs. De plus, le mot utilisé ne peut signifier « strangulation », ainsi qu'on le dit parfois, mais bien « crucifixion », ainsi que l'ont bien compris Flavius Josèphe à propos des cas mentionnés ou les versions et les traductions araméennes et syriaques en bien des passages.

Ces nouveaux textes versés au dossier expliquent parfaitement le procès et la crucifixion de Jésus tels qu'il sont décrits par les Évangiles et les Actes des Apôtres : accusations de trahison et de blasphème, condamnation à la crucifixion par les grands prêtres et le sanhédrin, recherche de deux ou trois (faux) témoins, mais aussi implication de Pilate, le gouverneur romain qui ne trouve pas de vrais motifs de condamnation dans ces griefs et arguties de prétention messianique et de blasphème (Matthieu 27,18-19,24 ; Marc 15,10,14-15 ; Luc 23,4,14-22 ; Jean 18,38 ; 19,6,12 ; Actes 3,13-15), descente de la croix et ensevelissement avant le sabbat solennel de la Pâque dans un tombeau neuf, puisque par tradition un condamné ne peut rejoindre le tombeau familial avant la décomposition de la chair de péché.

Que le sanhédrin eût encore le droit non seulement d'instruire mais aussi de condamner à mort un coupable selon leur interprétation de la Loi, on en veut pour témoignage une *baraïta* du *Talmud* de Jérusalem (*Sanhédrin* I 1) qui rapporte que le sanhédrin s'est vu retirer le droit de prononcer des condamnations à des peines capitales quarante ans avant la destruction du temple de Jérusalem en 70. Cela nous ramène en 30 de notre ère et non en 6 (déposition d'Archélaüs), précisément l'année généralement retenue de la crucifixion de Jésus, ce qui sous-entend que ce jugement injuste du sanhédrin, non sans conséquences, et la collusion avec le pouvoir romain sont à l'origine de la nouvelle procédure. Mais indiscutablement, l'affaire Jésus portait plus atteinte à l'autorité du temple qu'à celle de Rome.

Il n'était pas sans intérêt de relever ces nouveaux textes qui ont permis de relire et de préciser les sources déjà connues qui ne peuvent appuyer en tous points l'opinion de Renan et de bien des modernes dans leur reconstruction de la dernière semaine de Jésus en particulier.

## Pour conclure

Sans doute n'ont été abordés dans ces pages que quelques points significatifs du judaïsme qui ont été confirmés ou passablement renouvelés, mais bien d'autres auraient mérité une note, en particulier le pur et l'impur (Marc 7,14-15; Matthieu 15,10-20), le dualisme, les Deux Voies (Matthieu 7,13-14), les invités aux repas, le temple, etc. Ils suffisent cependant à situer le Messie Jésus face aux Esséniens, ses contemporains, et par là même face aux autres courants religieux du moment en Palestine. Jésus s'est coulé dans la formulation des croyances et espérances juives de son époque, fondées qu'elles étaient sur les mêmes sources, les Écritures communes aux uns et aux autres. Mais il a marqué, de son empreinte de Maître, la Loi Nouvelle destinée à remplacer l'Ancienne en la dépassant, car, pour lui, la Loi mosaïque n'est ni absolue ni définitive, mais elle doit régir les rapports de l'homme avec son Dieu et son prochain dans sa marche vers les temps de la fin. En cela, il rejoint l'esprit de « l'interprétation révisée de la Loi » de la nouvelle alliance qu'en a donnée le Maître de Justice et dont on trouve une formulation dans le *Document de Damas* d'après le titre : « Ceci est la dernière (en date) interprétation de la Loi », mais il la dépasse dans une Alliance Nouvelle et Éternelle. Il s'est opposé aux Pharisiens sur le divorce en adoptant une position proche du point de vue essénien, mais sur le sabbat et l'amour du prochain par exemple, il donne un enseignement tout à fait nouveau. Dans son combat contre le prince des ténèbres, Lui, le Fils de Dieu, a totalement renouvelé la formule d'exorcisme, remplaçant le tétragramme par le « Je » qui est à l'origine de la formule « au nom de Jésus » de l'église primitive. Il a changé la signification du baptême de Jean en inaugurant le Royaume dans sa personne et par son Évangile. Le Messie Jésus qui a agi avec autorité, ainsi que l'ont reconnu ses auditeurs, ne peut nullement dépendre de l'essénisme pour qui la dernière autorité est le Maître de Justice à qui Dieu a révélé ses mystères. Enfin, il a considéré l'obéissance à Dieu et la recherche de la perfection supérieures au culte sacrificiel du temple qui est désormais totalement dépassé. Le Père demande de vrais adorateurs en esprit et vérité, et non le sang des animaux.

La réussite du christianisme tient, dès le début, à la personne même de Jésus, Messie, Fils de Dieu, mort et ressuscité, au centre du kérygme pascal*. Les Esséniens, comme tous les autres courants juifs, attendaient la venue du messie-roi qui devait les délivrer. Jésus, l'Élu de Dieu, est venu, a prêché le Royaume, a accompli les Écritures et dépassé toutes les attentes. Il ne saurait être surprenant que des Esséniens – non des Qumraniens – aient finalement reconnu en lui le Messie tant attendu et que, nombreux, ils soient entrés dans la communauté de ses disciples. Cela expliquerait bien des passages des Actes des Apôtres, de l'Épître aux Hébreux, et nombre de rapprochements, la mise en commun des biens, le temple d'hommes, le titre « fils de lumière » passé aux chrétiens, l'entrée d'une multitude de prêtres de Jérusalem obéissant à la foi, etc., bref des influences sur les institutions et sur la forme littéraire du Nouveau Testament, ainsi que l'absence de la mention des Esséniens dans le Nouveau Testament, sans oublier l'importance du Cénacle – le quartier essénien à Jérusalem – lieu du repas d'adieux de Jésus et des débuts de l'Église dans la tradition chrétienne.

Le christianisme est-il un essénisme qui a réussi ? Si oui, ce dernier est « fondamentalement transformé et méconnaissable, ouvert aux juifs et aux gentils, sans exclusive aucune, avec pour seule entrée ou initiation, non un long noviciat élitiste, mais le baptême dans l'Esprit, au nom de Jésus, mort et ressuscité. Le croyant n'a plus de secrets à garder par devers lui, mais à annoncer au monde l'Évangile en vue de l'édification du Corps du Christ, l'Église fondée sur les Apôtres. Il s'agit là de la nouveauté radicale de l'Alliance Nouvelle et Éternelle dans une certaine continuité des origines.

*Annonce des événements de Pâques (passion, crucifixion et résurrection de Jésus) qui est au cœur du message des Apôtres et de l'Évangile.

## Règle de la Communauté :
## Instruction sur les deux esprits (1QS III 13-IV)

**Texte établi et traduit par Émile Puech.**

[13]Pour l'instructeur.
Pour qu'il fasse comprendre et qu'il enseigne à tous les fils de lumière l'histoire de tous les fils d'homme,
[14]ce qui concerne toutes les espèces de leurs esprits d'après leurs marques pour leurs œuvres durant leurs générations,
et ce qui concerne la visite de leurs malheurs ainsi que [15]les temps de leur rétribution.

Du Dieu des connaissances vient tout ce qui est et qui sera : dès avant leur existence Il a fixé tout leur plan,
[16]et pendant leur existence, en fonction de leurs statuts, conformément à son plan de gloire,
ils remplissent leur tâche sans changer quoi que ce soit.
Dans Sa main [17]sont les lois de tout et Lui, Il les fournit en tous leurs besoins.
Lui, Il a créé l'homme pour la domination [18]du monde,
et Il lui a attribué deux esprits grâce auxquels il doit se conduire jusqu'au moment de Sa visite.

Voici les esprits [19]de vérité et de perversité :
Grâce à la source de lumière, il existe des générations fidèles
mais à cause de la fontaine de ténèbres, il existe des générations perverses.
[20]Et dans la main du prince des lumières est la domination de tous les fils de justice,
– dans les voies de lumière ils se conduiront –
mais dans la main de l'ange [21]de ténèbres est toute la domination des fils de perversité,

– aussi dans les voies de ténèbres ils se conduiront.
Par l'ange de ténèbres s'égarent [22]tous les fils de justice
et toutes leurs fautes, leurs iniquités, leur culpabilité et les péchés de leurs œuvres sont sous son emprise
[23]selon les secrets de Dieu jusqu'à son terme.
Et tous les malheurs et les temps de leurs détresses sont sous l'emprise de son hostilité
[24]et de tous les esprits de son lot faisant trébucher les fils de lumière.
Mais le Dieu d'Israël, ou son ange fidèle, vient en aide à tous [25]les fils de lumière.

Et Lui, Il a créé les esprits de lumière et de ténèbres
et sur eux Il a fondé toute œuvre,
[26]sur leurs [décisions], toute activité, et sur leurs voies, toute visite.
L'un, Dieu l'a aimé pour tous IV [1]les temps éternels, et en toutes ses actions, toujours Il se complaît,
l'autre, Il l'a profondément détesté, et toutes ses voies Il hait éternellement.
[2]Et telles sont leurs voies dans le monde :
faire la lumière dans le cœur de l'homme et aplanir devant lui toutes les voies de justice authentique
et terrifier son cœur par les jugements de [3]Dieu,
un esprit humble et longanime, surabondante miséricorde et éternelle bonté, perspicacité et intelligence
et une solide sagesse confiante dans toutes [4]les œuvres divines et s'appuyant sur l'abondance de son amour,
un esprit de connaissance en tout projet d'action et le zèle pour les justes jugements,
et un saint [5]propos dans un caractère ferme et une abondante miséricorde envers tous les fidèles,
et une purification méritoire détestant toutes les idoles de souillure,
une humble conduite [6]avec un discernement universel et la discrétion sur la vérité des mystères de connaissance.
Tels sont les conseils de l'esprit pour les fils fidèles dans le monde.

Et la visite de tous ceux qui le suivent consistera en une guérison [7]et une grande paix dans la longueur de jours,
et une fécondité avec toutes les bénédictions perpétuelles et une joie éternelle dans une vie sans fin,
et une couronne de gloire [8]avec un vêtement de majesté dans la lumière éternelle.
[9]Mais à l'esprit de perversité appartiennent une ambition de l'âme et un relâchement dans le service de la justice,
méchanceté et mensonge, orgueil et cœur superbe, fausseté et tromperie,
cruauté [10]et abondance de scélératesse, impatience et excès de folie,
et un zèle arrogant d'actions abominables dans un esprit de débauche et des voies de souillure au service de l'impureté,
[11]une langue blasphématoire, des yeux aveugles et une oreille dure,

une nuque raide et un cœur dur pour marcher dans toutes les voies des ténèbres, et une ruse méchante.

Et la visite [12]de tous ceux qui le suivent consistera en des malheurs innombrables par l'intermédiaire de tous les anges dévastateurs,
en une corruption éternelle par l'ardente colère du Dieu des vengeances,
en un tourment perpétuel et une honte [13]éternelle avec l'opprobre de l'extermination dans le feu des antres ténébreux.
Tous leurs temps, pour leurs générations, sont dans le deuil de l'affliction et le malheur de l'amertume
dans les calamités des ténèbres jusqu'à [14]leur anéantissement sans aucun reste ni rescapé.

[15]Par eux se fait l'histoire de tous les fils d'homme
et en leurs catégories se partageront toutes leurs armées durant leurs générations,
et dans leurs voies ils se conduiront, et toute l'activité [16]de leurs œuvres se fera d'après leurs catégories,
selon la part de chacun, entre le plus et le moins, pour tous les temps éternels.
Car Dieu les a disposés à égalité jusqu'au temps [17]dernier et Il a mis une inimitié éternelle entre leurs catégories :
abomination de la vérité sont les actes de la perversité et abomination de la perversité toutes les voies de la vérité,
et une ardeur [18]combative au sujet de tous leurs arrêts, car ils ne vont pas de conserve.

Mais dans les secrets de Son intelligence et dans la sagesse de Sa gloire,
Dieu a mis un terme à l'existence de la perversité,
et au temps de [19]la visite, Il la détruira pour toujours.
Alors paraîtra à jamais la fidélité du monde car elle s'était fourvoyée dans les voies de l'impiété par la domination de la perversité jusqu'au [20]temps du jugement décisif.
Alors Dieu, dans sa fidélité, purifiera toutes les œuvres de l'homme
et Il fera pour Lui l'épuration parmi les humains,
en supprimant tout esprit de perversité de ses entrailles de [21]chair
et en le purifiant par un esprit saint de tous les actes d'impiété.
Il répandra sur lui l'esprit de vérité comme des eaux lustrales
en enlevant toutes les abominations mensongères, car il s'était vautré [22]dans un esprit impur,
pour faire comprendre aux hommes droits la connaissance du Très-Haut
et pour donner l'intelligence de la sagesse des fils des cieux aux parfaits de conduite.
Car c'est eux que Dieu a élus pour l'alliance éternelle, [23]et c'est à eux qu'est destinée toute la gloire d'Adam.

Et il n'y aura plus de perversité, toute œuvre de tromperie sera pour la honte.

Jusqu'à ce moment-là seront en conflit les esprits de fidélité et de perversité dans le cœur de l'homme,
[24]et ils (= les hommes) se conduiront dans la sagesse et la folie.
Selon la part de chacun dans la fidélité, il pratiquera la justice, et ainsi il haïra la perversité,
et selon sa participation au lot de perversité, il pratiquera l'impiété, et ainsi [25]il détestera la fidélité.
Car, à égalité, Dieu les a disposés jusqu'au Terme fixé et au Renouvellement.
Lui, Il connaît les activités de leurs œuvres pour toutes les périodes [26]des temps.
Et Il les (= esprits) a répartis aux fils d'homme pour la connaissance du bien et du mal,
ainsi Dieu fera tomber les sorts pour chaque vivant, selon son esprit, au mo[ment de la Rétribution de la] visite.

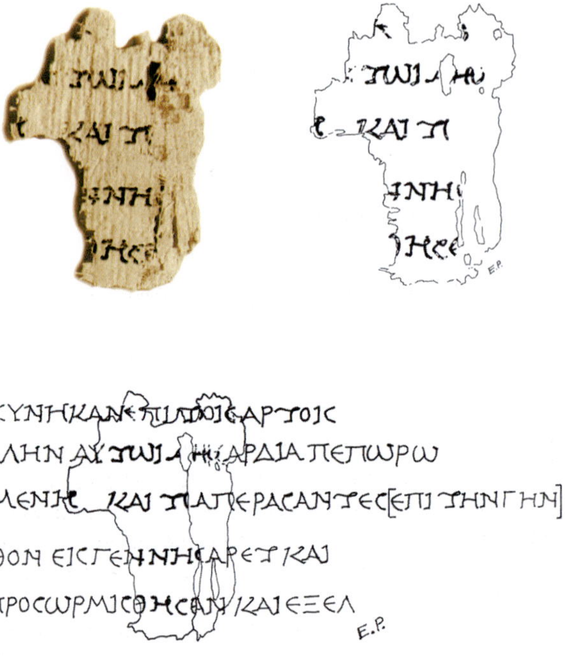


1. Mise en stichométrie de 7Q5 selon Marc 6,52-53 montrant l'impossibilité de l'identification à Marc 6.

# CHAPITRE XIII

# La fascination des chrétiens pour Qumrân

*Florentino García Martínez*

La fascination des chrétiens pour les manuscrits de la mer Morte, depuis le moment même de leur découverte, est un fait incontestable. Il suffit de feuilleter les volumineuses bibliographies qumraniennes pour s'en apercevoir. Cet intérêt se manifesta avant même que les premières éditions des textes provenant de la grotte 1 ne fussent publiées. Et il ne fit que s'accroître après les premières publications dans les années cinquante. Une bonne preuve de cet intérêt : les sommes avec lesquelles les manuscrits furent achetés aux bédouins, une fois épuisés les fonds du musée Rockefeller, provenaient de fonds chrétiens. Cette fascination a été si grande qu'elle a fait dire à un savant juif que, pendant presque cinquante ans, les manuscrits ont été « prisonniers » des chrétiens. D'où l'insistance de quelques savants sur le caractère « monastique » de la communauté de Qumrân, l'étude des textes théologiques essentiellement et de ceux dont les idées intéressent surtout les chrétiens (comme le messianisme), le moindre parallèle avec le Nouveau Testament aussitôt soulevé, au détriment parfois de parallèles avec les écrits rabbiniques ; d'où, en bref, le fait qu'on a pu considérer les manuscrits comme des écrits préchrétiens au lieu d'y voir des écrits purement juifs.

Cette fascination de la première heure est compréhensible. En effet, avec ces manuscrits, on disposait de documents datant de la période des origines chrétiennes, qui plus est provenant de Palestine, écrits dans les langues du pays (l'hébreu et l'araméen), trouvés sur place, restés dans des grottes pendant deux mille ans et ainsi préservés de toute intervention ou manipulation humaine postérieure. En outre, l'un des premiers documents publiés, la *Règle de la Communauté*, permettait d'établir certains liens avec les Esséniens et parlait d'une communauté qui, par certains aspects, présentait quelques parallèles avec les premières communautés chrétiennes.

Les promesses des découvertes de Qumrân étaient donc en mesure d'éveiller un intérêt profond de la part de milliers de chrétiens de tous bords. À ceux qui faisaient leur la fameuse formule d'Ernest Renan selon laquelle « le christianisme est un essénisme qui a réussi », Qumrân offrait la possibilité de rechercher des arguments allant dans ce sens ; à ceux qui soutenaient que la pensée évangélique avait été altérée dans le Nouveau Testament, Qumrân offrait un contexte religieux purement juif ; à ceux qui cherchaient à comprendre les origines chrétiennes dans le contexte palestinien du premier siècle de notre ère, Qumrân offrait des témoignages directs des gens de l'époque, bien plus précis que les récits des historiens ; à ceux qui voulaient saisir la forme du message des Évangiles avant son expression en langue grecque, Qumrân offrait une masse de documents d'une littérature religieuse en hébreu et en araméen ; à ceux qui voulaient comprendre l'évolution des premières communautés chrétiennes, Qumrân offrait divers modèles de communautés fortement structurées. Bref, les manuscrits promettaient d'apporter une réponse aux questions les plus diverses des chrétiens. Si l'on ajoute l'attrait de l'inconnu et de l'inespéré, la magie de toute découverte archéologique, et l'épopée même des découvertes, on comprend mieux le phénomène de la fascination des chrétiens pour Qumrân dans les années cinquante.

Il est en revanche plus difficile d'expliquer la permanence de cette fascination une fois que l'euphorie des découvertes eut laissé place à une étude en profondeur des textes qumraniens, celle-ci ayant montré que Qumrân ne contenait pas de clef miraculeuse pour résoudre les problèmes des origines chrétiennes. Ce fut encore plus évident une fois que l'ensemble des textes trouvés furent accessibles à tous dans des traductions plus complètes et plus fiables : beaucoup d'hypothèses et d'assertions insensées furent ainsi renvoyées dans le domaine de la fable. Malgré cela, la fascination des chrétiens pour Qumrân n'a pas diminué, et elle est toujours aujourd'hui aussi vive et intense qu'il y a cinquante ans.

Du moins en partie, elle me paraît être provoquée par de mauvaises, voire de fausses raisons. Je n'en citerai ici que trois : la présence ou non à Qumrân des figures clefs du Nouveau Testament, tels Jésus, Jean-Baptiste, Jacques, etc. ; la possibilité d'identifier certains personnages de l'histoire qumranienne mentionnés dans les textes avec des personnages du Nouveau Testament ; la présence, dans la grotte 7, des plus anciens témoins des Évangiles ou d'autres livres du Nouveau Testament grec.

La première de ces raisons vient de ce que Qumrân se trouve à proximité des grandes localités du Nouveau Testament comme Jérusalem ou Jéricho, et de ce que l'occupation de Qumrân coexiste avec la période d'activité de Jésus et des origines chrétiennes ; mais elle se heurte au fait incontestable que le Nouveau Testament ne parle pas de Qumrân et que les textes qumraniens ne mentionnent ni les figures ni les faits centraux du Nouveau Testament. Cela peut d'abord étonner, mais on est beaucoup moins surpris quand on considère le caractère extrêmement clos de la communauté de Qumrân, tournée sur soi et fermée à tout contact avec le monde extérieur. Dans ses écrits, on trouve peu de références aux grands groupes et aux grands événements politiques et sociaux de l'époque. Leur silence sur le petit groupe juif qui fut à l'origine de la première communauté chrétienne, n'a, en soi, rien de surprenant, au contraire. Or, le silence du Nouveau Testament sur la communauté de Qumrân est un peu plus difficile à comprendre ; il parle, en effet, de beaucoup d'autres groupes de l'époque, quelques-uns assez méconnus comme les « Hérodiens », mais il passe sous silence d'autres groupes tels les « Esséniens » qui se trouvaient implantés, aux dires de Flavius Josèphe, dans les villes de Judée, sans que l'on puisse savoir si ce silence est intentionnel ou accidentel. On peut avancer toutes les explications imaginables, mais devant le silence des textes accessibles, tout reste spéculation. Même les chercheurs qui placent Qumrân dans la mouvance essénienne reconnaissent que Qumrân est un phénomène marginal, isolé dans le désert et coupé du monde extérieur, donc éloigné des intérêts du Nouveau Testament.

Le deuxième motif qui veut lire l'histoire du Nouveau Testament et de la première communauté chrétienne dans les textes de Qumrân, où se trouveraient des allusions codées à des personnages tels que Jésus, Paul et Jacques désignés par des sobriquets tels que le « Maître de Justice », le « Prêtre Impie » ou « l'Homme de Mensonges », se heurte à la barrière infranchissable de la chronologie. L'intérêt porté à l'éclaircissement des identités que ces allusions dissimulent est parfaitement légitime et cet effort a sans doute contribué à dévoiler l'histoire de la communauté de Qumrân. Mais toute recherche historique doit accepter les contraintes que posent les textes, sous peine de se voir renvoyée à la fiction. Puisque l'on trouve des mentions de ces personnages de l'histoire qumranienne dans des manuscrits datés du IIe et du Ier siècle avant l'ère chrétienne – c'est le cas du *Document de Damas* et des *Pesharîm* –, toute tentative d'identification avec des figures du Nouveau Testament est de ce fait même exclue, à moins de prétendre que Jésus, Paul et Jacques ont vécu au IIe, voire au Ier siècle avant l'ère chrétienne, ou que la datation relative obtenue par la paléographie et la datation absolue de ces manuscrits obtenue par le carbone 14 n'ont aucune valeur scientifique.

Le troisième motif : la présence possible ou impossible, dans la grotte 7, des plus anciens manuscrits du Nouveau Testament grec, est aussi dépourvu de fondement. Cette hypothèse, présentée comme telle en 1972 par le professeur José O'Callaghan, reprise et défendue récemment par le professeur Carsten Peter Thiede dans plusieurs livres, dispose d'un support documentaire si réduit et si fragile qu'il est impossible de conclure positivement. Les données sont simples. Tous les matériaux trouvés dans la grotte 7 de Qumrân – les restes de 18 fragments de papyrus et l'empreinte d'un autre fragment de papyrus sur une motte d'argile – sont écrits en grec ; ces documents sont de si petites dimensions qu'ils ont été publiés sur une seule planche de l'édition officielle *(DJD III)* ! Le premier éditeur identifia les deux plus grands fragments avec des textes de la Bible grecque – le fragment 1 avec Exode 28,4-7 et le fragment 2 avec l'Épître de Jérémie 43-44 –, laissant tous les autres sans attribution. José O'Callaghan proposa d'identifier le fragment 4 avec 1 Timothée 3,16 et 4,1-3 ; le fragment 5 avec Marc 6,52-53 ; une partie du fragment 6 avec Marc 4,28 ; l'autre avec les Actes des Apôtres 27,28 ; le fragment 7 avec Marc 12,17 ; le fragment 8 avec Jacques 1,23-24 ; le fragment 9 avec Romains 5,11-12 ; le fragment 10 avec 2 Pierre 1,15, et le fragment 15 avec Marc 6,48. Plus tard, une bonne partie de ces identifications ont été abandonnées car impossibles, et il a dernièrement été prouvé que les fragments 4, 8, 11, 12, 13 et 14 proviennent d'une traduction grecque de la partie finale du *Livre d'Hénoch*. Du coup, toute la polémique actuelle se concentre sur l'identification du fragment 5 avec l'Évangile de Marc. Dans ce fragment, seules 20 lettres distribuées sur cinq lignes ont été préservées, et seulement 14 d'entre elles sont de lecture certaine. Pour parvenir à son identification, O'Callaghan est obligé de lire six lettres différemment des autres savants, ce qui signifie que plus de 25 % de la base de son identification est problématique et incertaine. Par ailleurs, ses lectures ne rendent possible la correspondance de 7Q5 avec le texte de Marc qu'en supposant une variante textuelle – l'omission de trois mots – qui n'est attestée dans aucun autre manuscrit de l'Évangile. Mais ce qui, selon moi, rend l'identification de ce fragment proposée par O'Callaghan et Thiede plus problématique encore, c'est qu'on en a proposé plusieurs autres identifications avec divers passages de la Bible grecque ou d'autres textes juifs de l'époque. Ces identifications alternatives ne requièrent ni lectures diverses ni variantes textuelles et respectent davantage le contexte chronologique et littéraire de l'ensemble des manuscrits qumraniens. Si plusieurs identifications paraissent possibles, aucune d'entre elles ne peut être considérée comme sûre et certaine. Je ne crois donc pas que 7Q5 puisse justifier la fascination des chrétiens pour Qumrân (*planche 1* p. 286).

La vraie raison qui suscite tant d'intérêt chez les chrétiens, c'est que les manuscrits de Qumrân nous ont montré l'arrière-fond juif de la figure de Jésus et de son message, ainsi que celui du Nouveau Testament et du christianisme primitif. Ils nous ont fait connaître les vrais visages du judaïsme de l'époque, un judaïsme beaucoup plus riche, pluriel, multiforme, que ce que nous pouvions en connaître par les écrits rabbiniques postérieurs avec lesquels nous étions auparavant contraints de comparer le christianisme. Ces manuscrits surgis des grottes du désert de Judée, nous ont permis de combler, ne serait-ce que partiellement, le vide des deux siècles qui séparent les derniers niveaux de l'Ancien Testament des couches les plus anciennes du Nouveau. Ils nous ont donné quelques chaînons manquants dans le processus de croissance et de développement des idées religieuses en Palestine préchrétienne. Ils ont ancré dans cette terre et dans le premier siècle de notre ère un phénomène chrétien que nous connaissons surtout par sa floraison dans le monde gréco-romain. Il nous est ainsi aujourd'hui permis de saisir les origines du phénomène chrétien, son enracinement dans la tradition biblique, son appropriation des développements théologiques déjà effectués en milieu juif, son partage des normes de vie communes à plusieurs groupes de l'époque. En conséquence, le phénomène chrétien nous apparaît beaucoup moins comme un météorite tombé du ciel ou une nouveauté absolue. Nous percevons en revanche beaucoup mieux son enracinement profond dans l'histoire du salut, ses développements propres, ses prises de position vis-à-vis d'autres groupes juifs qui partageaient les mêmes origines mais prirent des chemins différents.

Il n'y a pas de domaine dans le Nouveau Testament, que ce soit sur le plan de la signification technique de certains mots, des formes littéraires employées, des discussions sur des questions légales, des structures sociales et communautaires, de la pratique religieuse ou des conceptions théologiques – y compris le messianisme ou la justification qui se trouvent au centre du christianisme –, sur lequel les manuscrits de Qumrân n'aient projeté une lumière neuve sur leurs antécédents juifs insoupçonnés jusque-là.

Ce nouvel éclairage sur les racines juives du christianisme – au départ une simple intuition confirmée plus tard par la publication des manuscrits de Qumrân – est sans doute la raison fondamentale qui explique la fascination constante des chrétiens pour Qumrân jusqu'à aujourd'hui, plus de cinquante ans après les premières découvertes.

# Conclusion

L'Internet, le grand outil de communication de la fin du XX^e^ siècle, reflète, en bon miroir sociologique, les obsessions et les attentes de ses utilisateurs. En inscrivant « Qumrân » ou « mer Morte » comme mots clefs de recherche, on constate, par le nombre étendu de sites concernés dont les adresses viennent s'accumuler sur l'écran d'ordinateur, combien le sujet fait l'objet d'attention. Dans ce catalogue se côtoient des entrées académiques sérieuses et d'autres, foisonnantes, nées d'initiatives privées. Ces dernières sont les plus révélatrices de la fascination du public pour les manuscrits de la mer Morte et le monde essénien, et de ce qui la sous-tend. En poussant la porte d'un forum interactif, on peut lire des appels de thésards à des conseils bibliographiques sur le thème, et les réponses de lecteurs attentionnés mais souvent peu avertis, invitant essentiellement à la consultation d'ouvrages de fiction à grand succès (et non recommandables d'un point de vue scientifique), présentés comme des références. L'indigence des titres honorables dans cette mêlée étonne, indigne et effraie. Car ces adresses-là du cyberespace, où la rigueur scientifique est loin de faire loi, s'avèrent les plus fréquentées, beaucoup plus, en tous les cas, que les sites académiques plus fiables. Ainsi sont colportées rumeurs et sottes idées : un certain E. D. S. aurait découvert un « évangile essénien » dans les archives « secrètes » du Vatican ; on accuse les archéologues d'avoir laissé perdre des « documents importants » des grottes de Qumrân par négligence (ils auraient « siroté le thé sous la tente à l'abri du soleil tandis que les bédouins fouillaient les grottes ») ; on demande « si l'ordre des Esséniens existe encore et comment faire pour le contacter », ou mieux « comment les joindre afin de postuler à leur fraternité » *(sic)*. On prétend que « le concept d'essénisme a arrangé tout le monde pour créer un fourre-tout dans lequel on a mis tout ce qui ne collait pas, dans les manuscrits de la mer Morte, avec le judaïsme (actuel) qui était la seule référence connue et admise ». On en veut aux éditeurs « si lents à publier les rouleaux » et l'on invente ce qui pourrait expliquer ce « retard » ou cette « inaccessibilité » des manuscrits au grand public : on nous cacherait « d'importantes révélations ».

S'il est vrai qu'une collection de poche sérieuse dédiée aux textes des manuscrits de Qumrân, à l'instar de ce qui existe en anglais, reste à créer en français, il faut dire et redire que l'étalement de la publication sur des années est lié à la difficulté du travail de déchiffrement, et que les textes sont rendus publics, volume par volume, dans l'édition officielle publiée par *Oxford University Press*. Il n'y a jamais eu de complot et les Esséniens ne sont plus de ce monde (quoi qu'en dise la propagande fallacieuse de certaines agences de tourisme américaines). En revanche les rumeurs sont légion et parfaitement fausses, et l'intérêt du public pour ces juifs pieux de jadis et les vestiges de leurs bibliothèques est assurément frénétique, voire démentiel.

L'image du manuscrit ancien caché enflamme les esprits à l'instar de la pierre de Rosette en son temps et des cartes de pirates – le mystère magnétise car l'inconscient de l'homme aime transgresser, passer du connu à l'inconnu, marcher du permis vers l'interdit. Les fictions sur ce thème, en librairie comme au cinéma, font toujours recette. Deuxième image de fascination : celle du groupe d'élus investis d'une connaissance supérieure, dont les Esséniens sont un exemple. Là encore, il y a désir de transgression chez le public : quitter le vulgaire pour l'élite, l'ignorance pour la gnose, la vanité pour la sagesse, être initié. D'où la force de frappe de l'ésotérisme. Des sites Internet mettent en relation Jésus et le christianisme avec la communauté essénienne de Palestine : troisième schéma d'attrait – l'introspection, l'homme s'intéresse à soi. Les manuscrits de Qumrân renvoient, entre autres périodes, au Ier siècle de notre ère, moment de la venue de Jésus, moment de gestation d'un Nouveau Testament pour une nouvelle foi, le christianisme, dans le terreau de l'Ancien Testament et des judaïsmes. La curiosité pour le sentiment religieux, les formes qu'il peut prendre, ses évolutions, relèvent, chez le public, de son intérêt général pour les questions existentielles.

Si les plates-formes virtuelles de discussion sont massivement fréquentées, dans le monde réel, le sont encore plus – et fort heureusement – le site archéologique de Qumrân et le Sanctuaire du Livre à Jérusalem, visités par des millions de touristes plus intéressés par l'histoire tangible que par les services Internet. C'est un fait de société : croyants de toutes religions, libres penseurs, agnostiques ou athées, ces visiteurs sont venus ou viennent là mus par la même fascination. Ce phénomène doit, certes, beaucoup à l'extrême médiatisation dont les manuscrits de la mer Morte ont fait l'objet depuis leur découverte, d'une part en raison du caractère exceptionnel de l'événement, d'autre part en raison du développement de la communication au XXe siècle grâce à celui de ses supports traditionnels (presse écrite, radio) et des nouveaux médias (télévision, Internet). Effectuée un siècle plus tôt, la découverte des manuscrits n'aurait sans doute pas eu le meme impact auprès du public, l'information circulant plus difficilement et une majorité de gens n'y ayant pas accès. Cet attrait des masses pour Qumrân doit aussi énormément à sa localisation géographique – la « Terre Sainte », car biblique et donc sacrée – et à la situation politique de la région en ce temps-là (la création de l'État d'Israël dans laquelle l'Europe et l'Amérique se trouvaient impliquées). Alors que le monde entier ou presque avait déjà les yeux rivés sur la Palestine, Qumrân ne pouvait que devenir un point de mire quand les manuscrits sortirent de l'ombre. Et ce d'autant plus que l'histoire de leur mise au jour et de leur acquisition comportait naturellement tous les ingrédients requis pour un beau conte ou un récit d'aventures. Lorsque Frank Moore Cross raconte, pour marquer le cinquantième anniversaire de la découverte, ses souvenirs à la demande des organisateurs du colloque de l'été 1997 à Jérusalem, et qu'il évoque son attente nocturne, trente ans plus tôt, dans le vieux souq de Beyrouth pour rencontrer les intermédiaires de gens annoncés comme détenteurs de rouleaux de la grotte 11 à vendre (après dix minutes d'attente angoissée, car c'était le lieu rêvé pour se faire dévaliser ou pis, Cross voit arriver une Mercedes dont la porte s'ouvre et où il reconnaît Kando de Bethléem), le public est captivé ! De telles conditions aiguisèrent une curiosité et suscitèrent un enthousiasme encore intacts aujourd'hui. C'est pourquoi les auteurs de fiction n'en finissent pas, eux non plus, de puiser à cette source la trame de romans qui ne manquent jamais de lecteurs. La fiction sous couvert d'authenticité est une stratégie fructueuse.

Les rouleaux de la mer Morte ont beau être des objets scientifiques bien réels, ils sont devenus mythiques de par leur célébrité, de même que les Esséniens un peu à la manière des druides du monde celtique pour les mystiques modernes ou les adeptes du *New Age*. Ils ont ainsi, d'une certaine manière, échappé à la seule emprise des spécialistes pour appartenir un peu à tous, avec tout ce que cette vulgarisation peut comporter de métamorphoses – la popularité a nourri les imaginaires et tissé autour des manuscrits des histoires fictives, des rumeurs : le Vatican est alors soupçonné de retarder ou d'empêcher l'édition de certains documents qui déstabiliseraient l'Église, Jésus serait le Maître de Justice ou encore le Prêtre Impie (le Maître ne serait autre, dans ce cas, que Jean le Baptiste), des rouleaux non recensés par les éditeurs des manuscrits seraient dissimulés ici ou là au Moyen-Orient, etc. La fascination des gens s'auto-alimente de ses propres constructions.

Cette obsession dévorante atteint non seulement le public profane mais aussi des gens de science. Une véritable course à l'interprétation du site de *Khirbet* Qumrân, par exemple, est née de l'enthousiasme des chercheurs. C'était à qui éluciderait le mystère des ruines. Une majorité d'historiens et d'archéologues s'accordent pour y voir les vestiges du lieu de vie ou de réunion des propriétaires – esséniens – des manuscrits retrouvés dans les grottes. De toutes, leur théorie est la mieux fondée scientifiquement. À côté d'eux, quelques chercheurs ont émis des hypothèses souvent farfelues auxquelles, néanmoins, la presse a prêté attention (le sensationnel, même dans les meilleurs journaux, l'emporte presque toujours en comité de rédaction, car il se vend bien). On a vu dans les manuscrits des écrits chrétiens dont les auteurs auraient habité l'établissement de Qumrân, une sorte de monastère avant la lettre. On a pensé que les ruines étaient celles d'une forteresse juive, principalement en raison de la présence d'une tour de bâti effectivement défensif ; or, si la tour a pu être utilisée comme refuge contre une quelconque agression, rien dans les autres structures ne témoigne d'une organisation défensive. Certains ont lu dans les ruines non pas un centre communautaire mais une villa rustique et sa manufacture d'onguents, un centre de copie des manuscrits, un centre de formation ou un lieu de culte essénien, un port, un centre de pèlerinage, un hospice pour les vieillards infectieux de Jéricho, un mouroir, etc. D'autres ont mis en doute l'authenticité des manuscrits, ou bien les ont datés du Moyen Âge ; or, l'œil de l'épigraphiste digne de ce nom ne peut se méprendre sur la période de copie, la paléographie fait foi ; et la datation par le carbone 14, quoique peu précise, l'est tout de même suffisamment pour prouver que les rouleaux et les tissus ne sont pas médiévaux (les tests sur textiles ont donné une date comprise entre 91 av. J.-C. et 233 ap. J.-C.) ; enfin, la spectrographie de masse, technologie nécessitant d'infimes échantillons de matière à tester (5 à 10 milligrammes), a pu dater le grand rouleau d'Isaïe vers 199-120 av. J.-C. Par ailleurs, les zones d'ombre des textes – qui étaient le Prêtre Impie et le Maître de Justice – ont naturellement retenu l'attention et généré, chez les universitaires, une course à l'identification dont les résultats laissent souvent à désirer : aller reconnaître l'apôtre Paul sous le déguisement littéraire du Prêtre Impie et Jacques, le frère de Jésus, sous celui du Maître, alors que le *Commentaire d'Habaquq*, qui mentionne ces deux figures, remonte, avec une très grande probabilité, à une date entre 120 et 5 av. J.-C., soit avant la venue à l'existence de Paul et Jacques, relève de l'absurdité académique. La rivalité des chercheurs, la quête de la notoriété à travers des coups médiatiques, le simple plaisir du jeu de devinette, peuvent expliquer l'excentricité de certaines théories. De plus, le jeu s'offrant sur deux terrains à la fois, l'archéologie du site et les manuscrits, deux terrains sur lesquels le temps a opéré ses dommages et ménagé des lacunes, il y a d'autant plus matière à aiguillonner les imaginations. Et, fort heureusement, pas uniquement celles des plaisantins.

L'intérêt pour les Esséniens, il est utile de le préciser, n'est pas né avec la découverte des manuscrits de la mer Morte. Les textes de Philon et de Josèphe ont été redécouverts à la Renaissance et les descriptions de cette fraternité de justes en Palestine ont dû impressionner les esprits à une époque dévolue à l'humanisme. L'histoire de la fascination pour les Esséniens a au plus tard démarré là. Les siècles suivants, avec leurs préoccupations philosophiques, leurs Lumières, leur romantisme, ne sont pas restés indifférents. Les Rose-Croix, les francs-maçons, les spiritualistes se sont intéressés de près aux Esséniens, parce que, d'une certaine manière, ils découvraient chez eux des parallèles avec leurs propres confréries, voulues réunions de sages détenteurs de la gnose. À la fin du XIXe siècle, dans son *Histoire du peuple d'Israël*, Ernest Renan écrivait : « Le christianisme est un essénisme qui a largement réussi. L'esprit est le même, et certainement, quand les disciples de Jésus et les Esséniens se rencontraient, ils devaient se croire confrères. » Au XXe siècle, très tôt, la même passion a laissé des témoignages. Edmond Bordeaux Szekely publie ainsi en 1937 un *Évangile de la paix* qu'il dit inspiré d'un texte araméen d'origine essénienne découvert par ses soins dans les années vingt dans une bibliothèque du Vatican. Il y prône des principes qui allaient, plus tard dans le siècle, entrer dans le credo du mouvement hippie (végétarisme, égalité des sexes, etc.). Les Esséniens sont devenus une icône mercantile pour le monde moderne, des associations, sectes ou « Églises esséniennes » (en Amérique, mais oui) s'étant emparés de leurs valeurs (pureté de corps et d'esprit) pour séduire une population de citadins stressés et harassés. Un retour du mythe du bon sauvage, cette fois campé dans le désert de Judée, en quelque sorte.

Mais le charme du monde essénien et des manuscrits n'a pas joué, soulignons-le, que dans le sens de la vanité humaine. Il a le plus souvent agi en la faveur de la connaissance – le chapitre VIII a montré l'importance des textes des manuscrits en ce sens et les savants les ayant étudiés ou les étudiant pour en tirer du savoir étaient/sont forcément animés d'une certaine passion à leur égard, sans quoi ils auraient démissionné d'une vie de recherches souvent rébarbative. Chez les savants juifs, à partir d'Eléazar Sukenik, le charme tenait au symbole incarné par les rouleaux : la redécouverte d'un patrimoine juif ancien au moment où un État d'Israël naissait des maux de la deuxième guerre mondiale. Et avant 1947 ? Le charme opérait déjà depuis fort longtemps, chez les Qaraïtes, juifs dissidents rejetant la littérature rabbinique (la *Mishna* et le *Talmud*) pour n'accorder autorité qu'aux Écritures. Ce courant fut fondé en Mésopotamie par un certain Anan ben David, au VIIIe siècle de notre ère. Un demi-siècle plus tard, vers 800, le patriarche Timothée Ier de Séleucie informait Serge le métropolite d'Élam de la découverte de manuscrits dans une grotte près de Jéricho. Des savants juifs de Jérusalem venus consulter les documents, il semble que les Qaraïtes, en particulier, leur aient accordé leur estime car il s'agissait d'exégèses et de commentaires bibliques comme le spécifie le commentateur Qaraïte Qirqisani au IXe siècle, évoquant, dans un de ses ouvrages sur les différentes sectes religieuses du judaïsme ancien, « les gens dits de la caverne dont les écrits furent retrouvés dans une grotte » (il faisait sans doute référence aux documents mentionnés par Timothée et les avait lus). Or, c'est dans la *genizah* d'une synagogue Qaraïte du Caire que les premières copies connues du *Document de Damas* furent exhumées à la fin du

XIXe siècle, exemplaires des Xe-XIIe siècles ap. J.-C. d'un ouvrage essénien à dater vers 100 av. J.-C. selon les recensions découvertes un demi-siècle plus tard à Qumrân. Grâce à la révérence des Qaraïtes (dont le courant a essaimé en Palestine et en Égypte) pour les très vieux écrits du judaïsme, des textes esséniens avaient été sauvés de l'oubli voulu par le judaïsme officiel des rabbins. Le *Document de Damas* de la *genizah* avait été publié en 1910 sous le titre de « Fragments sadocites » par le savant juif Salomon Schechter.

De façon plus actuelle et chez les chrétiens, la passion des mormons pour les manuscrits de la mer Morte trouve peut-être son origine dans la familarité de leurs propres règles avec celles des purs de Qumrân. Le mouvement fut créé au milieu du XIXe siècle par Joseph Smith, imposteur hors pair ayant publié un livre de Mormon prétendument révélé à lui par l'ange Moroni au moyen de plateaux d'or inscrits – le fameux texte gravé n'était, selon un épigraphiste américain de Columbia, qu'une agglutination insensée de lettres grecques, hébraïques et romaines, avec parfois des emprunts cohérents à la Bible; les plaques d'or ne sont plus disponibles... car elles auraient été rendues aux cieux; quoi qu'il en soit et malgré les frasques du Maître Smith, l'« Église mormone » n'a fait que forcir, quittant l'Ohio après l'assassinat de son fondateur pour s'installer en Utah sur les bords du grand lac salé. En 1847 fut érigée Salt Lake City, au milieu du désert, dans le rejet des séductions du monde impur. Les mormons sont aujourd'hui engagés dans des actions civiques et humanitaires. Ils ont conservé l'austérité de vie des origines du mouvement (la polygamie en moins), ce qui les caractérise aux yeux du monde.

Notre livre, lui aussi, est né de l'attrait exercé par les rouleaux de la mer Morte. Nous avons pris soin d'y montrer comment la saine fascination de gens de science pour Qumrân a pu être fertile au point d'éclairer une communauté essénienne des premiers siècles avant et après Jésus. Nous avons voulu faire savoir qu'une obsession, à condition qu'elle ne soit ni naïve ni démentielle ni générée par l'appât du gain ou de la renommée, ne saurait desservir la connaissance.

# Guide linguistique

Les mots hébreux et araméens, plus rarement arabes et grecs, apparaissent, dans ce livre, sous une forme « translittérée », c'est-à-dire qu'une transcription en a été faite en transposant les lettres (et les vocalisations) des alphabets d'origine par les lettres de notre alphabet latin avec le souci de rendre au mieux la prononciation dans ces langues.

## Hébreu et araméen

*(Lettres, Nom des lettres, Valeur)*

| | |
|---|---|
| א | 'Alef, 'a, est une semi-consonne en sémitique |
| ב | Bet, b |
| ג | Gimel, g |
| ד | Dalet, d |
| ה | He, h doux |
| ו | Waw, w |
| ז | Zaïn, z |
| ח | Ḥet, ḥ guttural |
| ט | Ṭet, ṭ emphatique |
| י | Yod, y |
| כ ך | Kaf (médial et final), k, kh (h exprime une prononciation gutturale) |
| ל | Lamed, l |
| מ ם | Mem (médial et final), m |
| נ ן | Nun (médial et final), n |
| ס | Samek, s |
| ע | $^{c}$Aïn (la prononciation du $^{c}$a est précédée d'une attaque gutturale) |
| פ ף | Pe (médial et final), p, f |
| צ ץ | Ṣade (médial et final), ṣ (point souscrit = prononciation emphatique) |
| ק | Qof, q |
| ר | Reš, r (l'accent sur le š marque la prononciation « ch » de la lettre) |
| ש | Sin, š, ch, sh |
| ת | Taw, t |

*Ḥasîdîm* : les juifs « pieux » ; le mot hébreu a été traduit en araméen par *ḥasîn*, terme qui a inspiré le sobriquet grec *Essênoi*, « Esséniens ».

*Genizah* : lieu de dépôt des manuscrits sacrés devenus inutilisables par l'usure ; ces documents ne devaient pas être détruits par l'homme ou les bêtes.
*Mezuzah,* pl. *mezuzot :* manuscrit miniature, inscrit d'extraits de la Loi, logé dans un étui fixé au chambranle des portes.
4QMMT : l'acronyme MMT désigne un ouvrage mis au jour dans la grotte 4 de Qumrân (manuscrits 394 à 399). Il s'agit d'Extraits des préceptes de la Loi, ensemble appelé en hébreu *Miqṣat Ma*ᶜ*aśeh ha-Torah,* littéralement « quelques œuvres de la Loi ».
*Miqweh,* pl. *miqwaot :* « bassin » ou « bain rituel ».
Sokoka : vocalisation ancienne de la Septante du toponyme hébreu *skkh* (*Sekakah* dans le texte massorétique plus tardif) ; ce lieu a été identifié à Qumrân.
ᶜ*Aïn* : « source » ; ᶜ*Aïn Feshkha* signifie « la source de Feshkha ».
*Pesher,* pl. *pesharim :* « commentaire ».
*Tefilîn* (pl.) : phylactères, manuscrits miniatures, inscrits d'extraits de la Loi, serrés dans de petites capsules de cuir maintenues sur le bras (une capsule) ou le front (quatre capsules) par une lanière lors de la prière.

## Arabe

Qumrân : (la première lettre du nom, *qof,* est une consonne emphatique sourde). C'est le nom des ruines fouillées par Roland de Vaux ainsi que du cours d'eau passant à proximité. Véhiculé par les bédouins, il a pour origine le nom sémitique ᶜ*Amorah,* en grec *Gomorra,* « Gomorrhe ». En effet, des ermites byzantins situaient dans ce secteur la ville biblique de Gomorrhe.
*Khirbeh* : « ruine » en arabe dialectal palestinien (la consonne khâ, transcrite par Kh en tête du mot, se prononce comme un r guttural). Lorsque le mot est suivi d'un complément, comme dans l'expression *Khirbet* Qumrân, « la ruine de Qumrân », sa finale se prononce avec un « t » d'où la modification orthographique de la translittération latine.
*Wâdî* : « cours d'eau temporaire » ou « torrent ».

# Tableau biblique

## Colonne 1

Bible hébraïque (canon de Jamnia, vers 100 ap. J.-C. ; texte des Massorètes, VIe-Xe siècles ap. J.-C.). Elle compte 24 livres. Les deux groupes de textes prophétiques forment un tout dans cette Bible, désigné comme « les Prophètes ». Les autres textes que la Bible hébraïque a en commun avec la Bible grecque (hors Pentateuque et livres prophétiques) composent un ensemble qui fait suite aux Prophètes et ferment la Bible : les Écrits ou Hagiographes.

## Colonne 2

Bible grecque ou Septante (IIIe-fin du Ier siècle av. J.-C.) : Esther grec, Judith, Tobit, Maccabées, le livre de la Sagesse, l'Ecclésiastique ou Ben Sira, Baruch et l'Épître de Jérémie sont désignés sous le nom de livres deutérocanoniques. Les textes de la Bible grecque ont été retenus par l'Église pour constituer l'Ancien Testament de la tradition chrétienne. Ceux qu'elle a en commun avec la Bible hébraïque présentent des ensembles et un ordre spécifiques : Loi (comme la Bible hébraïque), Histoire (Josué, Juges, Ruth, livres des Règnes, Paralipomènes, Esdras, Esther, Judith, Tobit, Maccabées), Écrits (Psaumes, Odes, Proverbes de Salomon, Ecclésiaste, Cantique, Job, livre de la Sagesse, L'Ecclésiastique, Psaumes de Salomon), Prophètes (Douze petits prophètes, Isaïe, Jérémie, Baruch, Lamentations, Épître de Jérémie, Ézéchiel, Suzanne, Daniel, Bel et le Dragon).

## Colonne 3

Textes retrouvés dans les grottes de Qumrân. Tous les livres de la Bible hébraïque sont représentés sauf Esther. S'y ajoutent trois des livres deutérocanoniques de la Bible grecque : Tobit, L'Ecclésiastique et l'Épître de Jérémie. Ne figurent pas dans le tableau, les écrits apocryphes de l'Ancien Testament propres à Qumrân (tels que les livres des Jubilées, d'Hénoch, des Géants, les Testaments des Douze Patriarches, de Jacob, de Qahat, les Pseudo-Jérémie, Ézéchiel, Daniel, Moïse, etc.).

Les • marquent les livres hébreux présents dans les Bibles grecque et samaritaine, et à Qumrân ; les o marquent les livres propres à la Bible grecque retrouvés à Qumrân ; le signe = est suivi du titre spécifiquement porté par le livre dans la bible concernée ou sous lequel le texte y est connu.

## Colonne 4

Bible samaritaine. Elle se limite au Pentateuque, d'où son autre nom de Pentateuque samaritain.

| | Bible hébraïque (texte massorétique) | Bible grecque (Septante) | Textes bibliques retrouvés à Qumrân | Bible samaritaine |
|---|---|---|---|---|
| Lois / Pentateuque | Genèse | + | + | + |
| | Exode | + | + | + |
| | Lévitique | + | + | + |
| | Nombres | + | + | + |
| | Deutéronome | + | + | + |
| Prophètes / Prophètes antérieurs | Josué | + | + | |
| | Juges | + | + | |
| | Ruth | + | + | |
| | Samuel (1-2) | + = livres I et II des règnes | + | |
| | Rois (1-2) | + = livres III et IV des règnes | + | |
| Prophètes / Prophètes postérieurs | Isaïe | + | + | |
| | Jérémie | + | + | |
| | Ézéchiel | + | + | |
| Prophètes / Prophètes postérieurs / Petits prophètes | Osée | + | + | |
| | Joël | + | + | |
| | Amos | + | + | |
| | Abdias | + | + | |
| | Jonas | + | + | |
| | Michée | + | + | |
| | Nahum | + | + | |
| | Habaquq | + | + | |
| | Sophonie | + | + | |
| | Aggée | + | + | |
| | Zacharie | + | + | |

| | | | | |
|---|---|---|---|---|
| Écrits | Malachie | + | + | |
| | Psaumes | + | + | |
| | Job | + | + | |
| | Proverbes | + = Proverbes de Salomon | + | |
| | Ruth | + | | |
| | Cantique des cantiques | + | + | |
| | Qohélet | + = Écclésiaste | + | |
| | Lamentations | + | + | |
| | Esther | + = Esther grec | | |
| | Daniel | + = Daniel (un des prophètes dans la Septante) (Daniel 1 à 12, avec Daniel 3, 24-90 propre au grec) + Suzanne (Daniel 13) + Bel et le dragon (Daniel 14) | + | |
| | Esdras-Néhémie | Esdras I apocryphe + + (= Esdras II) | + | |
| | Chroniques (1-2) | + = Paralipomènes I et II | + | |
| | | Judith | | |
| | | Tobit | o | |
| | | Maccabées I et II | | |
| | | Maccabées III et IV apocryphes | | |
| | | Odes | | |
| | | « Sagesse de Salomon » | | |
| | | Écclésiastique ou Ben Sira | o | |
| | | Psaumes de Salomon | | |
| | | Baruch | | |
| | | Épître de Jérémie | o | |

# Chronologie

## Monde romain

| | |
|---|---|
| 509-27 av. J.-C. | la République romaine. |
| 241-29 av. J.-C. | conquête du Bassin méditerranéen et établissement de provinces romaines, notamment Illyrie (167-45 av. J.-C.), Macédoine-Achaïe-Afrique (146 av. J.-C.), Asie (129 av. J.-C.), Gaule narbonnaise (120 av. J.-C.), Gaule cisalpine (81 av. J.-C.), Bithynie (74 av. J.-C.), Cyrénaïque-Crète (74-67 av. J.-C.), Cilicie-Chypre (64-58 av. J.-C.), Syrie (64 av. J.-C.), Gaule transalpine (51 av. J.-C.), Égypte (30 av. J.-C.), Mésie (29 av. J.-C. ?). |
| 149 av. J.-C. | troisième guerre punique (Rome contre Carthage). |
| 146 av. J.-C. | destruction de Carthage. |
| 106 av. J.-C. | naissance de Cicéron († 43 av. J.-C., avocat et orateur). |
| 99 av. J.-C. | naissance de Lucrèce († 55 av. J.-C., poète philosophe). |
| 86 av. J.-C. | naissance de Salluste († 35, historien). |
| 82 av. J.-C. | naissance de Catulle († 52 av. J.-C. [?], poète lyrique). |
| 70 av. J.-C. | naissance de Virgile († 19 av. J.-C., poète épique). |
| 65 av. J.-C. | naissance d'Horace († 8 av. J.-C., poète et philosophe). |
| 62 av. J.-C. | Æmilius Scaurus, gouverneur de Syrie (le seul Romain mentionné dans les manuscrits de Qumrân). |
| 60 av. J.-C. | premier triumvirat (Pompée, Crassus, César). |
| 59 av. J.-C. | César consul ; naissance de Tite-Live († 17, historien). |
| 52 av. J.-C. | insurrection et soumission de Vercingétorix. |
| 49 av. J.-C. | César dictateur de la République (puis de 46 à 44 av. J.-C.). |
| 48 av. J.-C. | bataille de Pharsale en Thessalie (César, consul, vainc Pompée) ; naissance supposée de Tibulle († 19 av. J.-C., poète lyrique et élégiaque). |
| 44 av. J.-C. | César est assassiné aux ides de mars (conspiration de quelque cinquante sénateurs). |
| 43 av. J.-C. | deuxième triumvirat (Octave, Antoine, Lépide), 5 ans ; naissance d'Ovide († 18, poète lyrique). |
| 42 av. J.-C. | bataille de Philippes en Macédoine (Antoine et Octave soumettent Brutus et Cassius). |
| 40 av. J.-C. | partage du monde méditerranéen (l'Orient à Antoine, l'Occident à Octave, l'Afrique à Lépide). Antoine épouse Octavie, sœur d'Octave. |
| 36 av. J.-C. | déposition de Lépide. Antoine répudie Octavie pour Cléopâtre VII, reine d'Égypte et ex-amante de César, ce qui provoque la colère d'Octave qui déclare la guerre à Cléopâtre. |

| | |
|---|---|
| 31 av. J.-C. | bataille d'Actium dans l'Adriatique (défaite de la flotte de Cléopâtre). |
| 30 av. J.-C. | Octave débarque en Égypte et annexe le pays après la mort d'Antoine et Cléopâtre. |
| 27 av. J.-C. | Octave prend le titre d'Auguste et devient le premier empereur de Rome († 14). |
| 27 av. J.-C.- 192 ap. J.-C. | l'Empire romain. |
| 25 av. J.-C.- IIe s. ap. J.-C. | nouvelles conquêtes romaines ; création d'autres provinces, notamment Galatie (25 av. J.-C.), Rhétie, Norique (15 av. J.-C.), Alpes maritimes (14 av. J.-C.), Pannonie (10), Cappadoce (17), Germanie supérieure et inférieure, Mauritanie tingitane (40), Mauritanie césarienne, Pamphylie-Lycie (43), Bretagne, Thrace (46), Alpes cottiennes (sous Néron). |
| 4 av. J.-C. | naissance de Sénèque († 65, philosophe). |
| 14-37 | règne de l'empereur Tibère. |
| 37-41 | règne de l'empereur Caligula. |
| 41-54 | règne de l'empereur Claude. |
| 54-68 | règne de Néron. |
| 64 | incendie de Rome et persécution des chrétiens. |
| 68-69 | règne de Galba. |
| 69 | très courts règnes d'Othon, puis de Vitellius. |
| 69-79 | règne de Flavius Vespasien. Son fils Titus détruit Jérusalem en 70. |

## Égypte

| | |
|---|---|
| 323-30 av. J.-C. | monarchie lagide (dynastie des Ptolémée). |
| 181-145 av. J.-C. | Ptolémée VI Philométor, roi. |
| 145-116 av. J.-C. | Ptolémée VII Évergète, roi. |
| 145 av. J.-C. | Ptolémée VIII Eupator, roi. |
| 116-107 av. J.-C. | Ptolémée X Sôter II, roi. |
| 107-88 av. J.-C. | Ptolémée XI Alexandre Ier, roi. |
| 88-80 av. J.-C. | Ptolémée X Sôter II, roi. |
| 80 av. J.-C. | Ptolémée XII Alexandre II, roi installé par le dictateur romain Sylla. Il est tué par la populace après qu'il a assassiné son épouse, Bérénice. Il lègue, dans son testament, l'Égypte à la République romaine qui toutefois n'y prête guère attention pendant quelques années. |
| 80-58 av. J.-C. | Ptolémée XIII Aulète, roi. Chassé par les Alexandrins en 58 av. J.-C., il s'exile à Rome puis est réinstallé sur le trône par les légions romaines en 55. |
| 55-51 av. J.-C. | Ptolémée XIII, roi. |
| 51-47 av. J.-C. | Cléopâtre VII (née en 69 av. J.-C.) règne avec son frère cadet-époux Ptolémée XIV. |

| | |
|---|---|
| 48 av. J.-C. | Cléopâtre VII rencontre Jules César à son arrivée à Alexandrie (début de leur liaison dont serait né Césarion en 47 av. J.-C.). |
| 47 av. J.-C. | guerre d'Alexandrie, opposant Ptolémée à Jules César. Ce dernier a le dessus, mais n'impose pas sa domination sur l'Égypte. Premier incendie de la bibliothèque d'Alexandrie. |
| 47-44 av. J.-C. | Jules César installe sur le trône d'Égypte Cléopâtre VII et son deuxième frère cadet, Ptolémée XV. |
| 46-44 av. J.-C. | séjour de Cléopâtre VII à Rome. |
| 44 av. J.-C | retour précipité de Cléopâtre à Alexandrie ; mort du roi Ptolémée XV. Le jeune Césarion est associé au trône de sa mère, devenant le roi Ptolémée XVI César. |
| 44-30 av. J.-C. | Cléopâtre VII règne avec son fils. |
| 41 av. J.-C. | rencontre de Cléopâtre VII et d'Antoine. |
| 30 av. J.-C. | prise d'Alexandrie par Octave. Suicide d'Antoine, puis de Cléopâtre VII. Mort de Césarion. L'Égypte devient province romaine. |
| 19 ap. J.-C. | Germanicus, le fils adoptif de l'empereur Tibère, voyage en Égypte. |
| 50 | L'Égypte romaine est divisée en trois colonies : Alexandrie, le Delta, l'Heptanomide (7 districts du sud). |
| 54-68 | des légions sont lancées contre le royaume éthiopien d'Axoum. |
| 69 | Les légions d'Égypte proclament empereur Flavius Vespasien qui se rend en visite au temple alexandrin de Sérapis. |
| après 70 | Alexandrie devient le grand centre de la diaspora juive en Égypte. |

## Syrie

| | |
|---|---|
| 305-64 av. J.-C. | souveraineté des Séleucides, rois grecs (20 rois de la dynastie sur la période : Séleucus I à VII et Antiochos I à XIII). La Syrie appartient à la partie asiatique de leur empire. |
| 198 av. J.-C. | fin des prétentions égyptiennes sur la Syrie méridionale. |
| 188 av. J.-C. | la paix d'Apamée assure aux Romains une mainmise sur l'Asie Mineure. |
| 175-164 av. J.-C. | Antiochus IV Épiphane est le dernier grand souverain de la dynastie séleucide. Après lui, elle se divise en deux branches rivales sans cesse en guerre. Le royaume séleucide ne fait que se rétrécir pour ne plus se réduire qu'à la Syrie. |
| 64 av. J.-C. | Pompée dépose Antiochos XIII et annexe la Syrie qui devient province romaine. |
| 95-88 av. J.-C. | Démétrius III Eukairos, roi. |

## Palestine

| | |
|---|---|
| *circa* 200 av. J.-C. | les Séleucides dépouillent les Lagides d'Égypte de la Palestine. |
| 172/171-162 av. J.-C. | Ménélas, grand prêtre du Temple de Jérusalem, fait tuer Onias III en 171/170 av. J.-C. à Daphné en Syrie. |
| 167-130 av. J.-C. | les juifs de Palestine se soulèvent contre la dynastie des Séleucides. |
| 167 av. J.-C. | le prêtre Matthatias se réfugie à Modîn et donne le signal de la révolte avec ses cinq fils. |
| 166 av. J.-C. | Judas Maccabée, fils du précédent, prend le contrôle de la révolte juive armée (insurrection asmonéenne). |
| 164 av. J.-C. | purification du Temple de Jérusalem. |
| 162-159 av. J.-C. | Alcime, grand prêtre du Temple de Jérusalem. |
| 159-152 av. J.-C. | Simon III, fils d'Onias III, grand prêtre du Temple de Jérusalem (?). |
| *circa* 152 av. J.-C. | le grand prêtre du Temple de Jérusalem est dépouillé de sa charge par le Syrien Alexandre Balas qui nomme Jonathan Maccabée comme grand prêtre. Première installation essénienne à Sokoka-Qumrân autour du grand prêtre expulsé Simon III qui devient le « Maître de Justice » de cette communauté. |
| 143/142 av. J.-C. | Tryphon emprisonne Jonathan et l'exécute. |
| 143/142-134 av. J.-C. | Simon Maccabée, grand prêtre. |
| 134-104 av. J.-C. | Jean Hyrcan, fils de Simon Maccabée, grand prêtre confirmé par Démétrius II et prince des juifs. |
| 130 av. J.-C. | indépendance des juifs de Judée. |
| 129 av. J.-C. | destruction du temple samaritain du mont Garizim par Jean Hyrcan. |
| *circa* 115-110 av. J.-C. | mort du « Maître de Justice ». |
| 104 av. J.-C. | Aristobule Ier, roi de Judée. |
| 103-76 av. J.-C. | Alexandre Jannée, roi des juifs. Il a fait crucifier de nombreux Pharisiens autour des remparts de Jérusalem. |
| 76-67 av. J.-C. | Hyrcan II, grand prêtre. Salomé Alexandra, reine des juifs. |
| 67-63 av. J.-C. | Aristobule II, dernier roi asmonéen et grand prêtre. |
| 63 av. J.-C. | prise de Jérusalem par Pompée. Antipater, ministre d'Hyrcan, gouverne en fait la Judée. Pompée emmène à Rome Aristobule et son fils Antigone. |
| 63-40 av. J.-C. | Hyrcan II, grand prêtre. |
| 47-41 av. J.-C. | Hyrcan II, ethnarque (chef d'une province vassale des Romains) de Judée. |
| 40-4 av. J.-C. | Hérode, roi de Judée (règne effectif de 37 à 4 av. J.-C.). |
| 40-37 av. J.-C. | Antigone, roi et grand prêtre. Hérode s'enfuit à Rome. |
| 39-37 av. J.-C. | lutte entre Hérode et Antigone. |
| 37 av. J.-C. | prise de Jérusalem par Sosius et Hérode. |
| 31 av. J.-C. | tremblement de terre. Fin de la période Ib de Qumrân. Un peu plus tard à une date imprécise, réoccupation essénienne de Sokoka-Qumrân (période II). |

| | |
|---|---|
| 20/19 av. J.-C.-15 ap. J.-C. | Hérode fait reconstruire le Temple de Jérusalem. |
| 6 av. J.-C. | naissance de Jean-Baptiste. |
| 6-5 av. J.-C. | naissance de Jésus. |
| 4 av. J.-C.-6 ap. J.-C. | Archélaüs, ethnarque de Judée et de Samarie. |
| 4 av. J.-C.-39 ap. J.-C. | Hérode Antipas tétrarque de Galilée. |
| 4 av. J.-C. | guerre de Varus en Galilée. |
| 5 ap. J.-C. | deuxième guerre de Varus en Galilée. |
| 6 | la Judée devient province procuratorienne avec Césarée pour capitale. |
| 18 | fondation de Tibériade au bord du lac de Gennésareth. |
| 26-36 | Ponce Pilate, préfet/procurateur, gouverneur de Judée. |
| 27/28 | activité de Jean le Baptiste au bord du Jourdain. |
| 28-29 | emprisonnement et décapitation de Jean-Baptiste. |
| 30 | lors de la Pâque, procès, condamnation et crucifixion de Jésus. |
| 36-37 | martyre d'Étienne ; conversion de Paul. |
| 41-44 | Agrippa Ier, roi de Judée-Samarie. |
| 43 | martyre de Jacques le Majeur. Premières persécutions de chrétiens à Jérusalem. |
| 44 | mort d'Hérode Agrippa Ier. La Judée redevient province procuratorienne (44-66). |
| 45-58 | trois voyages missionnaires de Paul. |
| *circa* 50-90 | rédaction des livres du Nouveau Testament. |
| 60 | martyres de chrétiens à Rome sous Néron. |
| 62 | le grand prêtre Anan fait lapider Jacques, le « frère » de Jésus. |
| à partir de 66 | la Judée, province romaine, est sous l'autorité de procurateurs romains. |
| 66-73 | première révolte juive contre Rome. Quelques Esséniens prennent part à la Révolte, au dire de Flavius Josèphe. |
| 68 | prise de Jéricho et de Sokoka-Qumrân par les Romains. Fin de l'occupation essénienne du site. Présence de soldats romains sur le site (période III). |
| 70 | fin du siège, prise et destruction de Jérusalem et siège de Massada. |
| 73 | prise de Massada. |
| 132-135 | deuxième révolte juive. Très courte occupation juive de Sokoka-Qumrân. |
| 134 | prise de Jérusalem. Les grottes de Murabba'ât et d'autres au sud d'En Gedi ont servi, un temps, de refuges. |

# Les principaux acteurs de la recherche qumranienne

**Eléazar L. Sukenik (1889-1953)**

Professeur d'archéologie et d'épigraphie sémitique à l'université hébraïque de Jérusalem, il fut le premier universitaire mis, en novembre 1947, en présence des textes sur peau, retrouvés par les bédouins dans les grottes de Qumrân. Il fut le premier à proposer l'identification essénienne de ces documents et publia trois manuscrits de la grotte 1 qu'il avait achetés pour le compte de l'université hébraïque : 1QM, IQH, 1QIs[b].

**Yigael Yadin (1917-1984)**

Fils d'Eléazar L. Sukenik, archéologue, il fouilla notamment à Massada et au nord de Massada des grottes du Naḥal Ḥever, où furent notamment mis au jour une copie de *Ben Sira* et du *Cantique de l'holocauste du sabbat* et des manuscrits contemporains de la révolte juive de Bar Kokhba (IIe siècle ap. J.-C.). Il dirigea le département d'archéologie puis l'Institut d'archéologie de l'université hébraïque à Jérusalem. Il acquit, au nom d'Israël, quatre manuscrits de la grotte 1 de Qumrân (Isaïe[a], *Commentaire d'Habaquq*, *Règle de la Communauté*, *Apocryphe de la Genèse*) et le *Rouleau du Temple* de la grotte 11. Il a publié des *tefilîn*, le *Rouleau du Temple* et l'*Apocryphe de la Genèse* (avec Nahman Avigad). Il est l'auteur d'autres ouvrages sur Qumrân, Massada, etc.

**Gerald Lankester Harding (1901-1979)**

Inspecteur principal du Service des Antiquités jordaniennes, il fut l'un des premiers scientifiques à se rendre à Qumrân sur le lieu de provenance des premiers manuscrits (de la grotte 1) mis sur le marché des antiquités. Il codirigea la fouille de la caverne, des autres grottes à manuscrits repérées par la suite, et de *Khirbet* Qumrân.

**Roland Guérin de Vaux (1903-1970)**

Révérend Père de l'ordre dominicain des frères prêcheurs, archéologue, historien et exégète de l'Ancien Testament, il dirigeait l'École biblique et archéologique française de Jérusalem à l'époque de la découverte des manuscrits. Il fut à la tête de la mission archéologique de l'École à Qumrân qui fouilla les grottes de Qumrân et de Murabbaᶜât au coude à coude avec les équipes de G. Lankester Harding (Jordanie) et du *Palestine Archaeological Museum* (PAM, fondation Rockefeller) de Jérusalem. Il codirigea la mission conjointe (mission française de l'École, financée par le ministère français des Affaires étrangères, le Service des

Antiquités de Jordanie et le PAM) à *Khirbet* Qumrân pour l'étude de l'établissement en ruines des bords de la mer Morte. L'équipe internationale organisée en 1953 pour préparer la publication des manuscrits et composée de sept savants (Józef Milik, Patrick Skehan, Frank Cross, John Allegro, John Strugnell, Jean Starcky, Claus Hunzinger, auxquels fut rattaché Maurice Baillet) fut placée sous sa direction.

**Józef Tadeusz Milik**

Ce jeune érudit polonais de 30 ans fut remarqué par Roland de Vaux qui l'invita, en 1952, à quitter Rome pour se rendre à Jérusalem afin d'étudier les fragments de manuscrits de la grotte 1. Il put ainsi également participer aux fouilles des grottes de la falaise et de la terrasse et à celles du *Khirbeh*. Entré au CNRS (Centre national de la recherche scientifique), il sera détaché spécialement à Jérusalem pour déchiffrer les documents des grottes 1 et 5, un grand lot de manuscrits de la grotte 4, ainsi que le *Rouleau de cuivre* de la grotte 3. Un autre versant de la carrière de ce savant épigraphiste rompu aux langues anciennes : les inscriptions nabatéennes de Pétra (Jordanie) (en collaboration avec Jean Starcky).

**Dominique Barthélémy (1921-2002)**

Frère dominicain bibliste alors à l'École biblique, il travailla, avec Józef T. Milik, à la publication des manuscrits de la grotte 1. Puis, professeur de Bible (Ancien Testament) à la faculté de théologie de l'université de Fribourg (Suisse), il a principalement travaillé à la critique textuelle de l'Ancien Testament hébreu. Mais dès 1953, il étudia des fragments de rouleaux des « Douze Petits Prophètes » en grec et, dans un ouvrage magistral, *Les Devanciers d'Aquila* (1963), rouvrit la question des traductions grecques de la Bible.

**Jean Starcky (1909-1988)**

Prêtre bibliste chercheur au CNRS, il fut chargé, en tant qu'éditeur officiel, de publier un lot de manuscrits hébreux et araméens de la grotte 4. Épigraphiste spécialisé surtout en palmyrénien et en nabatéen, il était jusqu'en 1952 professeur à l'Institut catholique de Paris.

**Jean Carmignac (1914-1986)**

Prêtre bibliste français, boursier de l'Académie des Inscriptions et Belles Lettres à l'École biblique et archéologique française en 1954-1955, il s'intéressa alors aux manuscrits de Qumrân et publia des traductions annotées des rouleaux publiés pendant la première décennie. Il donna un bon départ à la recherche sur les manuscrits de la mer Morte en fondant, en 1958, la *Revue de Qumrân* à la direction de laquelle il s'adjoignit Émile Puech en 1976.

**André Dupont-Sommer (1900-1983)**

Professeur à la Sorbonne, à l'École pratique des hautes études et au Collège de France (chaire d'hébreu et d'araméen), cet épigraphiste orientaliste impulsa la qumranologie à travers, surtout, un corpus en français des textes non bibliques de Qumrân, publié en

1959 et plusieurs fois réédité (*Les Écrits esséniens découverts près de la mer Morte*, Paris, Payot). Il s'agit principalement d'une traduction des documents alors déjà publiés par les éditeurs des manuscrits, accompagnée de commentaires. Le traducteur occupa aussi la fonction de secrétaire perpétuel de l'Académie des Inscriptions et Belles Lettres (Paris).

**Frank M. Cross**

Orientaliste américain versé dans les langues orientales et épigraphiste, il a été notamment professeur au département d'hébreu de l'université d'Harvard (Cambridge, Massachussetts, États-Unis) et directeur du *Semitic Museum* au sein de cette dernière. Il fut l'un des membres de la première équipe chargée de la publication des textes de la grotte 4 de Qumrân (lot de manuscrits bibliques). Il enseignait alors à Chicago *(McCormick Theological Seminary)*. Il a écrit notamment des ouvrages sur la Bible et la bibliothèque de Qumrân. Il prépare l'édition du livre de Samuel de la grotte 4.

**Patrick W. Skehan (1909-1980)**

Ecclésiastique américain, professeur de Bible à l'université catholique de Washington, Monseigneur Skehan fut membre de la première équipe épigraphique chargée d'étudier et de publier les manuscrits de Qumrân. Il était personnellement affecté à la publication des textes bibliques de la grotte 4, tout comme son compatriote Frank M. Cross.

**John M. Allegro (1923-1988)**

Épigraphiste anglais de l'université de Manchester, il fut membre de l'équipe internationale chargée de la publication d'un lot de manuscrits de la grotte 4 (les *Commentaires* bibliques, *DJDJ* V).

**John Strugnell**

Recruté en 1954 pour l'étude des manuscrits de la grotte 4 (il finissait alors ses études au *Jesus College* d'Oxford, en Grande-Bretagne), il devint plus tard professeur des origines chrétiennes à l'université d'Harvard *(Divinity School)* après avoir enseigné à l'*Oriental Institute of Chicago* et à *Duke University* (Durham, Caroline du Nord). En 1984, il succéda à Pierre Benoit comme directeur de l'équipe internationale, poste qu'il occupa jusqu'en 1990. Il a publié entre autres les *Extraits des préceptes de la Loi* (4QMMT) et les manuscrits de sagesse (4Q*Instruction*) de la grotte 4, et une série d'autres manuscrits hébreux de son lot (en collaboration).

**Claus H. Hunzinger**

Seul citoyen allemand de l'équipe internationale et interconfessionnelle des éditeurs des manuscrits, il venait de l'université de Göttingen où est installée aujourd'hui une tradition d'études qumraniennes illustrée par l'équipe du Professeur Hartmut Stegemann. Il se vit confier les manuscrits de la *Règle de la Guerre* de la grotte 4 dont il donna une édition préliminaire de quelques fragments, mais se retira définitivement de l'équipe en 1971 et y fut remplacé par l'abbé bordelais Maurice Baillet.

**Maurice Baillet (1923-1998)**

Arrivé en 1952 à l'École biblique de Jérusalem comme boursier de l'Académie des Inscriptions et Belles Lettres (Paris), l'abbé Maurice Baillet s'attela à l'étude des fragments des « Petites Grottes » (2, 3, 6 à 10) de Qumrân, qu'il publia dans la série des *Discoveries in the Judaean Desert* (*DJDJ* III), ainsi qu'à celle d'un lot de fragments de la grotte 4 confiés par Jean Starcky (volume VII de la même série).

**Pierre Benoit (1906-1987)**

Révérend Père dominicain de l'École biblique et archéologique française, bibliste (Nouveau Testament) et directeur de l'École, il a succédé au R. P. de Vaux à la tête de l'équipe internationale en 1971. Il a publié les documents en grec et en latin des grottes de Murabbaᶜât (*DJD* II).

**Eugene C. Ulrich**

Cet universitaire américain (université de Notre-Dame, Indiana), intégré en 1979 à la nouvelle équipe des éditeurs, assura la relève de Patrick Skehan pour les manuscrits bibliques de la grotte 4. Il enseigne les Écritures à l'université (dotation O'Brian) tout en assurant la publication des volumes bibliques de la série des DJD.

**Émile Puech**

Élu par ses pairs, en 1990, éditeur en chef des manuscrits de la grotte 4 de Qumrân, il représente la France (et l'Aveyron comme prêtre du diocèse) dans l'équipe internationale des éditeurs. Arrivé à l'École biblique et archéologique française en 1971 comme boursier de l'Académie des Inscriptions et Belles Lettres (Paris), il commença de travailler avec Jean Starcky en 1973. D'abord contractuel puis entré au CNRS en 1980, il y est aujourd'hui directeur de recherche, détaché à Jérusalem pour la publication des manuscrits du lot légué par Jean Starcky. Il a publié dans la série des *DJD* un volume de textes hébreux de la grotte 4 et un autre consacré à une partie des manuscrits araméens de cette grotte. Il a préparé une réédition du *Rouleau de cuivre* en collaboration avec EDF et collaboré à d'autres volumes des *DJD*. Il prépare actuellement la publication d'un autre tome de la série comprenant le reste des manuscrits araméens de la grotte 4. Il dirige depuis 1986 la *Revue de Qumrân* fondée par Jean Carmignac, périodique scientifique semestriel dédié totalement à la recherche qumranienne.

**Hartmut Stegemann**

Professeur émérite de Nouveau Testament et directeur du *Qumran Institut* de l'université Georg-August de Göttingen (Allemagne), il a entre autres développé une méthode de reconstruction matérielle des manuscrits de Qumrân que Józef Tadeusz Milik avait mise au point et publié de nombreuses études sur le sujet.

**Annette Steudel**

Docteur en théologie de l'université de Göttingen, elle travaille depuis 1987 au *Qumran Institut* de Göttingen sous la direction de Hartmut Stegemann. Elle a publié des manuscrits hébreux de la grotte 4. Elle est actuellement directrice du projet et collaboratrice du *Dictionnaire hébreu et araméen des manuscrits de la mer Morte* (université de Göttingen). Elle a publié une édition manuelle vocalisée avec traduction allemande d'une série de manuscrits hébreux et araméens *(Die Texte aus Qumran II)*.

**George J. Brooke**

Professeur de critique et d'exégèse biblique (dotation Rylands) à l'université de Manchester (Grande-Bretagne), il a publié les *Commentaires de la Genèse* et *de Malachie*, et prépare une édition révisée du volume publié par John Allegro. Il a intégré en 1992 l'équipe internationale des éditeurs des rouleaux de la mer Morte. Il a beaucoup publié sur les manuscrits, en particulier *Exegesis at Qumran* (Sheffield, 1985) et l'édition de toutes les photographies de John Allegro prises à Qumrân (Leiden, 1996).

**Magen Broshi**

Archéologue israélien, il fut aussi le conservateur du Sanctuaire du Livre au musée d'Israël à Jérusalem. Il a mené à Qumrân plusieurs campagnes de prospection et de fouilles. Il a été membre du comité consultatif de l'*Israel Antiquities Authority* (bureau des Antiquités d'Israël) pour les manuscrits de la mer Morte et publié quelques fragments de manuscrits de la grotte 4.

**Florentino García Martínez**

Directeur du *Qumrân Instituut* à l'université de Gröningen (Pays-Bas) et professeur à l'université de Leuven (Belgique), il a publié les manuscrits de la grotte 11 confiés à l'Académie royale Hollandaise des Sciences et des Arts (en collaboration avec Adam Simon Van der Woude et Eibert Jean-Calvin Tigchelaar), des manuscrits araméens de la grotte 4 *(Hénoch astronomique)* et produit une édition manuelle des fragments les mieux conservés des grottes de Qumrân (textes et traductions, deux volumes) avec Eibert Jean-Calvin Tigchelaar. Il est secrétaire de la *Revue de Qumrân*.

**Emanuel Tov**

Nommé éditeur des manuscrits de la grotte 4 par le directeur de l'*Israel Antiquities Authority* (1990-2001), il enseigne au département biblique de l'université hébraïque de Jérusalem (dotation J. Magness). Il a publié quelques manuscrits bibliques ou apparentés. Il a coordonné la publication d'un nombre important de volumes de la grotte 4 et d'autres grottes du Désert.

**Jean-Baptiste Humbert**

Frère dominicain à l'École biblique de Jérusalem et archéologue, il est chargé de publier le matériel archéologique mis au jour par Roland de Vaux à Qumrân. Il s'est entouré, pour ce projet, d'une équipe de collaborateurs dont fait partie l'archéologue français Alain Chambon.

# Bibliographie


## Édition officielle des manuscrits

- *Collection Discoveries in the Judaean Desert (DJD)*, vol. I-XXXVIII, Oxford, Oxford University Press, depuis 1953.
- *The Dead Sea Scrolls of the Hebrew University*, E. L. Sukenik éd., Jérusalem, The Hebrew University, 1955.
- N. Avigad, Y. Yadin, *A Genesis Apocryphon. A Scroll from the Wilderness of Judaea*, Jérusalem,The Magness Press, 1956.
- Y. Yadin, *The Temple Scroll*, Jérusalem, Israel Exploration Society, 1983.

## Archéologie du site

- R. de Vaux, *Archaeology and the Dead Sea Scrolls. The Schweich Lectures of the British Academy, 1959,* Londres, Oxford University Press, 1973.
- *Fouilles de* Khirbet *Qumrân et de* ᶜ*Aïn Feshkha I*, (album de photographies, répertoire du fonds photographique, synthèse des notes de chantier du père Roland de Vaux OP, présentés par Jean-Baptiste Humbert OP et Alain Chambon au nom de l'École biblique et archéologique française de Jérusalem), Göttingen, Vandenhoeck & Ruprecht, coll. « Novum Testamentum et Orbis Antiques », 1994.

## Études

- Józef Tadeusz Milik, *Dix ans de découvertes dans le désert de Juda*, Paris, Cerf, 1957.
- *Revue de Qumrân*, Paris, Le Touzey-Ané, puis Gabalda éditeurs, depuis 1958.
- *The Dead Sea Scrolls. Fifty Years After Their Discovery, 1947-1997, Actes du colloque de Jérusalem (20-25 juillet 1997)*, Lawrence H. Schiffman, Emanuel Tov, James C. VanderKam éds., Jérusalem, *Israel Exploration Society - The Shrine of the Book, Israel Museum*, 2000.

• *Encyclopedia of the Dead Sea Scrolls*, 2 vol., L. H. Schiffman, James C. Vanderkam éds., Oxford-New York, Oxford University Press, 2000.

**Sources anciennes**

• Flavius Josèphe, *Les Antiquités juives*, Théodore Reinach éd., Paris, E. Leroux, 1904-1929 ; Étienne Nodet OP éd., Paris, Cerf, 1992 (t. I : livres I à III), 1995 (t. II : livres IV et V).

• Flavius Josèphe, *Autobiographie*, Paris, Belles Lettres, collection des universités de France, 1959.

• Flavius Josèphe, *Guerre juive*, Paris, E. Leroux, 1911-1932.

• Pline l'Ancien, *Histoire naturelle*, Paris, Gallimard, coll. « Folio », 1999.

• Philon d'Alexandrie, *Quod omnis probus liber sit*, in *Œuvres*, n° 28 (p. 197-211), Paris, Cerf, 1963.

• Philon d'Alexandrie, *De Vita contemplativa*, in *Œuvres*, n° 29, Paris, Cerf, 1974.

• Philon d'Alexandrie, *Hypothetica – Apologie pour les juifs*, cité par Eusèbe de Césarée (265-340), in *Préparation évangélique*, Sources chrétiennes n° 369 (bilingue grec-français), pp. 125-129, Paris, Cerf, 1991.

• Synésius (évêque de Cyrène [370-415]), *Vie de Dion*, *in Greek and Latin Authors on Jews and Judaism*, M. Stern éd., vol. I, p. 538-540), Jérusalem, *The Israel Academy of Sciences and Humanities*, 1974. L'ouvrage rapporte notamment les propos du rhéteur et philosophe grec Dion Chrysostome (30-112) au sujet des Esséniens.

**Bibles**

• Bible hébraïque, Biblia Hebraica Suttgartensia, Stuttgart, 1977.

**La Bible, Ancien et Nouveau Testaments :**

• Bible TOB (traduction oecuménique de la Bible), Paris, Société biblique, 1988.

• Bible de Jérusalem, École biblique de Jérusalem éd., Paris, Desclée de Brouwer, 1991.

• Bible samaritaine, A. von Gall, *Der Hebraïsche Pentateuch der Samaritaner*, Giessen, 1918.

**Sur la Palestine ancienne :**

• S. Munk, *Palestine. Description géographique, historique et archéologique*, Paris, Firmin Didot, coll. « L'Univers », 1845.

**Crédits photographiques**

Albatross : p. 54, 214. BNF : p. 125 (bas). Collection de la famille Kando : p. 33 (bas). DR : p. 25, 39, 49, 203, 233. Ecole biblique et archéologique française de Jérusalem : p. 204, 216. Israel Antiquities Authority : p. 23, 33 (haut), 68, 94. The Israel Museum : p. 24, 87, 89, 95 (haut), 103, 119, 142, 166. Photothèque EDF : p. 129, 130, 131. Piccirillo-Garo Nalbandian, archives du *Studium biblicum franciscanum* : p. 14, 16, 19, 29, 86. Bargil Pixner : p. 51. Emile Puech : p. 70, 74 (bas), 75, 76 (haut), 76 (milieu), 79, 82, 83, 99, 106, 141, 177, 215, 290. Zev Radovan : p. 36, 196. Naïli Samaan : p. 17 (haut), 48, 60, 85, 132, 135, 138, 200, 219, 230, 250. Jean Starcky : p. 17 (bas), 26, 27, 28, 32, 34-35, 41,(47), 73, 74 (haut), 76 (bas), 80, 81, 95 (bas), 100, 101, 112, 113, 114, 118, 122, 124, 125 (haut), 126, 128, 134, 184, 188, 191, 202, 205, 212, 217, 218, 221, 222, 223, 225.

Adaptation graphique
et mise en page : Anne-Danielle Naname

Photogravure Point 4

Achevé d'imprimer en Espagne par Graficas Estella
Dépôt légal éditeur : 46119-06/2004
Librairie Générale Française - 43, quai de Grenelle - 75015 Paris
ISBN : 2-253-10885-5 31/0885/9